Arsène Lupin 亞森・羅蘋冒險系列 07

L'Île aux trente cercueils

棺材島

莫里斯・盧布朗／著
李楠／譯

好讀出版

別具一格的系列作品

——驚魂棺材島

推理評論名家　景翔

和我們印象中的亞森・羅蘋作品比起來，《棺材島》可說是比較「別具風格」的一部。前面近三分之二的篇幅是一場發生在一處荒涼而詭異的島上，以復仇爲名，實則暴露了人性中貪婪殘暴和自私邪惡的大屠殺。其間雖不乏親情、忠誠、信諾等溫情和感人的情緒，但整個過程加上對場景的描寫，更予人一種陰慘的強烈感覺，直到後面亞森・羅蘋登場之後，才恢復了這個系列幽默機智而充滿趣味的既有風格。

不過單就前面的部分來看，儘管血腥和暴力令人心驚，然於情節曲折變化多端之外，作者莫里斯・盧布朗再度發揮他布局的能力，讓故事中充滿了懸疑和緊張，一再地安排女主角陷入絕境或是見到她無法置信的衝擊景象，連帶使讀者在身心兩方面產生感同身受的壓力，也因此更加急於追索眞相，想知道進一步的發展。這正是盧布朗的功力所在，把古老的傳說、傳奇，與特殊的時空背景結合，成功地緊抓住了讀者的目光焦點。

在這樣一段經歷各種變化卻仍留下不少謎團與未解僵局的冒險故事之後，亞森羅蘋總算登場，前後對比之下，更突顯了這個系列的特色，令人有豁然開朗之感。這系列作品中最讓人讀來過癮的即是主角亞森・羅蘋的機巧百出。他向來計畫周密，因此在進行時，能舉重若輕，兼顧發揮詼諧的態度，把對手玩弄於股掌之間。

《棺材島》長篇中當然也不例外，只不過本回亞森・羅蘋之涉入這個事件，可說是臨危受命，幾乎沒能有時間好好籌劃一番，因而「即興」的部分較多，也就是說，必須得見招拆招、且戰且走，於是很多謎團的解開和僵局的化解很可能會讓讀者覺得「巧合」多了些。

一般人都會認爲用「巧合」爲化解的手段不是很高明的寫作技法，但從另一個角度來看，所謂「無巧不成書」，世上巧的事情無所不在，也無時無之，重點是在後面的那個「合」字上。如何把「巧」事拿來「合」用，完全取決於豐富的經驗、靈敏的反應、快速的計算和組織能力，而怪盜亞森・羅蘋恰是具備了這些條件。正如所謂的「靈感」，看似天外飛來，其實是平素經由親身體會或學習而來的經驗累積在潛意識之中，一旦觸及，便成了「乍現」的靈光，絕不是無端有的。

另外值得一提的是，書末以近代科學來解釋原先傳奇中被人以爲是「神蹟」的種種現象，不但言之成理，而且很富知識性，讓讀者在欣賞這部精采的冒險小說之餘，還能夠學到一些平常可能較少接觸的事物，就更符合所謂「開卷有益」的說法了。

羅蘋對決殺人魔
——談《棺材島》

推理作家　既晴

本書《棺材島》（*L'île aux trente cercueils*）發表於西元一九一九年，是羅蘋探案第六部長篇。相較於初期其他羅蘋的長篇探案，故事的情節大多是追蹤關乎國家存亡、歷史內幕的重大機密，重視高張力、快節奏的鬥智冒險過程，《棺材島》雖然也不例外，同樣是以尋寶、探祕爲主軸的冒險推理故事，然而，它卻以一種截然不同的呈現手法，開拓了嶄新的可能。

故事的背景，是發生在第一次世界大戰中法國幾近亡國並與德軍僵持許久之際，那是遭逢浩劫的人們期盼苦難盡早落幕，可再度重建家園、重建秩序的時刻。知名英國巨石建築研究家安東尼・戴日蒙（Antoine d'Hergemont）的女兒薇洛妮克（Véronique），在戰前因爲執意與阿萊克斯・沃斯基（Alexis Vorski）伯爵相戀、結婚，卻引發一場家族醜聞後，最後獨自進入修道院成爲修女。但，她在一部電影中，偶然發現自己少女時代的特有簽名，因而在徵信社的協助下找到了那個拍

攝景點，並在那裡聽說了她在船難中喪生的父親與兒子很可能仍然活著，而且就住在一座被稱爲「三十口棺材島」的偏遠孤島上。於是，薇洛妮克決定踏上這座棺材島。

從故事提要中，不難發現本作的故事主角並非亞森・羅蘋，而是爲了見愛子一面，不惜涉足險地的薇洛妮克。我們曾經在系列的其他作品，例如《奇巖城》中也能見到活躍的女性角色，但像《棺材島》這樣戲份吃重、貫串全場的安排，則是首次。再者，薇洛妮克出身書香門第，並非如同「古墓奇兵」（*Tomb Raider*）裡蘿拉（Lara Croft）般的強勢人物，卻「爲母則強」，如此設計，可說是掙脫了總是以男性爲中心的冒險小說框架。其次，在故事的舞台「三十口棺材島」上，流傳了極爲恐怖的殺人預言詩。「……被釘上十字架的四個女人，三十個犧牲者送入三十口棺材」這首可怕的預言詩，將是孤島上住民們的噩夢，因爲就在薇洛妮克踏上棺材島以後，隨即發生了殘虐的連續殺人事件，那名瘋狂冷血、精神異常的殺人魔，彷彿在等待薇洛妮克的到來，還準備在她的眼前將這首預言詩的內容一一實現。因爲這項設計，使《棺材島》的故事氛圍變得非常陰森，即使不將本作視爲推理小說，單以恐怖小說觀之，水準亦是一絕，就女性爲主角的冒險小說而言，更發揮了無與倫比的驚悚效果。事實上，將恐怖的詩詞結合連續殺人事件，如此處理，也影響了後世許多推理小說作品，如阿嘉莎・克莉絲蒂（Agatha Christie）的《一個都不留》（*And then there were none*，1939）是以鵝媽媽童謠爲主體，或橫溝正史的《獄門島》（1947）是以日本俳句爲主體，都可以看到在創作概念上的傳承與演變。

隨著情節的進展，連續殺人魔的身分、目的愈加昭然若揭，羅蘋依然是解除一切危機的不二人選，棺材島上的恐怖預言，究竟還隱藏了何種秘密，就有待讀者自己發現了。

推薦序

來自棺材島的恐怖傳說

推理部落客　余小芳

在亞森・羅蘋的系列小說中，有些讓他在書頁的起始處登場，但也有其他的書籍開端以他人作爲主要被敘述者，再巧妙、適時地把羅蘋帶入其中。《棺材島》屬於後者，這樣的陳述樂趣在於讀者可以揣想羅蘋將以什麼身分進入小說主軸、他和故事中原本的角色們有什麼關聯，並透過其他角色的視角塑造更加豐富多元的故事性及可讀性。

本書出場的女性角色薇洛妮克異常搶眼，其生命經驗宛若一則傳奇，只是日後爆發的戰爭使十四年前的事件逐漸地被世人遺忘：薇洛妮克在一場荒唐又轟動的綁架案後兩個月結婚，父親與兒子於海難中殞落，她毅然決然遁入修道院。後來，她再度現身，渾身散發出優雅非凡的氣質，留著一頭黑髮、鬢角有些灰白，小麥色的膚色如同南方人，湛藍色的眼睛大而明亮，由於追逐著電影場景中出現的神祕簽名，那是十多年來自己不曾使用過的簽名，進而到達棺材島。

棺材島原名撒雷克島，三十座危險的礁石幾個世紀以來環繞著三十口棺材島，其險峻的環境充斥著神話和祕密的色彩。島名的由來可能是暗礁（ecueil）和棺材（cercueil）這兩個詞容易被世人搞混，也有一說表示撒雷克（Sarek）是從石棺（sarcophage）這個名詞衍生而來的。三十座暗礁美其名爲「守護」島嶼，但更直接的說法是帶來罪惡和殺戮。戰爭爆發後，父親出外作戰，母子只能相偕出外工作，因此島上的人口相當稀少。

莫里斯・盧布朗在本書裡頭的呈現非常適合影像化，不僅人物特出，氣氛到位，連故事本身也引發讀者濃厚的閱讀渴望：自突出的角色掀開故事序幕，廢棄小屋離奇消失的屍體、藏著死亡預言的老畫，再搭配具備詛咒性質的孤島，以及令人毛骨悚然之傳說的應驗。海上屠殺、天主寶石，層層疊疊的人事物相互輝映，使得小說氛圍從驚悚的開頭漸次導入冒險的氣息。

「傳說」這類名詞聽來有些古味，不過其整體範圍亦包括現代都市中的民間故事。都市傳說這類型故事的傳播途徑，前期主要透過口耳相傳的方式流通，後來經由傳媒、電子郵件等方法擴散流傳，內容無所不包，舉凡裂嘴女、人面魚等近似於鬼故事的怪談，或者黑松沙士加鹽、生雞蛋可治癒感冒的謠言，皆在其收錄範圍內。雖然都市傳說大都只是謠傳，缺乏實質根據，甚至於有些惡作劇成分很高，然而這些故事卻有足以引人注意的特質讓作家們一再運用與改寫。由於那些傳說往往耳熟能詳，更能增添特殊的魅力。這種以孤島或傳說爲小說內容的題材，在往後電影或漫畫中亦相當常見，現今仍受到廣大的歡迎。無論如何，請回頭看看關於棺材島如同被鬼魅縈繞般的詭異傳聞吧！

contents 目錄

012 Prologue 引子

015 chapter 1 廢棄小屋

027 chapter 2 大西洋岸

045 chapter 3 沃斯基之子

066 chapter 4 撒雷克島犧牲者

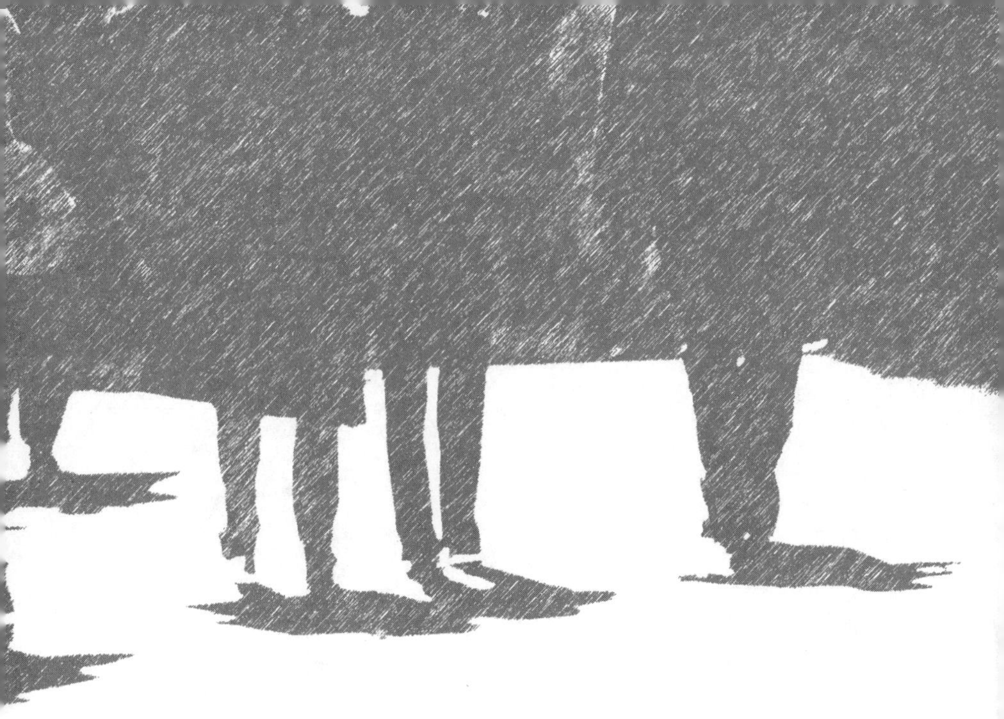

083 chapter 5 十字架上的四個女人

104 chapter 6 好好先生

121 chapter 7 弗朗索瓦和斯特凡

136 chapter 8 不安

152 chapter 9 死囚室

contents 目錄

165 chapter 10 逃跑

183 chapter 11 天禍

199 chapter 12 登上各各他山

219 chapter 13 上帝，祢為何棄我不顧？

236 chapter 14 德落伊老祭司

255 chapter 15 地下祭廳
279 chapter 16 波希米亞王的石板
294 chapter 17 執行天命的殘酷王子
311 chapter 18 天主寶石
318 Epilogue 尾聲

暗道
仙女石桌墳
開滿鮮花的骷髏地
地道出口
隱修院
大橡樹林
黑色荒原
撒雷克島
阿爾希娜家

引子

Prologue

戰爭引起了太多慌亂，而今幾乎已經沒有人記得幾年前那樁戴日蒙家族的醜聞了。

讓我們簡單地回憶一下這件事：安東尼．戴日蒙先生以其對英國巨石建築的研究而聞名。一九○二年六月，他與女兒薇洛妮克在樹林中散步時，遭到四個不明人士的突襲，一棒打倒在地。短暫無力的反抗之後，他的女兒，這個叫做薇洛妮克的美麗女孩，被擄到一輛車上。據目擊者證實，車子轉眼間就開離聖克盧海岸。

這看起來像是單純的綁架案。然而，在第二天，一切眞相大白：阿萊克斯．沃斯基伯爵是位年紀尚輕的波蘭青年，名聲不佳卻風度非凡，自稱有皇家血統；他愛上了薇洛妮克．戴日蒙，姑娘也愛慕他，但這段關係遭到了女方父親的反對，甚至數次辱罵。他因此鋌而走險，薇洛妮克本人對此事則毫不知情。

從幾封公開信中可以看出，安東尼·戴日蒙脾氣暴躁，不苟言笑，有著古怪的幽默感，自私兇狠，極其吝嗇。他公開告知自己不幸的女兒，他將以最無情的方式復仇。

兩個月後，他同意女兒在尼斯舉行婚禮。但在第二年，人們聽到一連串駭人聽聞的消息。戴日蒙先生履行了他的諾言，強行帶走了薇洛妮克與沃斯基的兒子，在維爾佛朗什登上新買的遊艇。

海上風浪很大，遊艇在義大利海岸附近沉沒。遊艇上的四名水手被一艘小船救起，他們證實戴日蒙先生和孩子已消失在波浪中。

薇洛妮克得到有關爺孫倆雙雙罹難的確切證據後，不久便前往加爾默羅會女修道院當了修女。

事情就是這樣。時隔十四年，這些往事竟引發了最可怕而奇特的冒險。儘管乍看有些細節略顯戲劇化，這仍是一場貨眞價實的探險。尤其，戰爭對人們的影響太過深刻，使得其他事件也顯得不尋常、不合邏輯，有時更是神奇，只有奪目的眞理之光才能給這些事件烙下眞實的烙印。

chapter 1

廢棄小屋

五月的某個早晨，一位女士乘車來到布列塔尼地區中部風景秀麗的法韋村。寬大的灰色上衣和厚重的面紗掩藏不住她的美麗與優雅。

這位夫人在旅舍快速用完午餐。接近晌午時分，她請老闆幫忙照看行李，並詢問了當地的一些情況，然後穿過村子來到郊外。

不久，她面前出現了兩條路，一條通往坎貝勒，一條通往坎貝爾。她選擇了通往坎貝爾的路。她下到谷底，又爬上坡，在右側一條鄉間小路的入口處發現了一塊指示牌，上面寫著：「洛克利夫，三公里。」

她喃喃自語：「就是這裡了。」

然而，她環顧四周，驚奇地發現竟無自己要找的東西。難道她弄錯了別人提供的信息？她周圍沒有任何人，望過樹林中的草地和起伏的山丘，直到布列塔尼鄉間的盡頭，也不見半個人影。村子不遠處，一座小城堡浮現於春日的新綠中，它有一面牆是灰色的，所有百葉窗都關著。中午，教堂的鐘聲在空中迴盪，而後又是無限的寂靜與安寧。

接著，她坐在斜坡的淺草坪上，從口袋裡拿出一封厚厚的信翻開。第一頁上端寫著一個事務所的名字：「杜特宜事務所／徵信社，機密信息，切務保密。」然後，下面寫著收信人地址：「伯桑松，時裝店，薇洛妮克夫人。」

她讀道：

夫人：

您無法相信，在下能夠完成您一九一七年五月委託的兩項任務，是多麼地高興。我從來沒有忘記，十四年前，在您身陷困境的時候，我是在怎樣的條件下，盡己所能地幫助您。事實上，正是我爲令尊安東尼・戴日蒙先生以及您可愛的兒子弗朗索瓦的罹難提供了確切的證據——這是我職業生涯的首次成功，當然，以後我還會有更卓越的表現。

請別忘記，也是在下我，見知到幫您逃脫丈夫的愛恨糾纏是多麼必要，應您之邀幫忙辦理進入加爾默羅會女修道院的手續。最後，當您覺得女修道院的生活有悖您的本性而想離開時，同樣是我幫助您找到這份伯桑松地方時裝店的差事。伯桑松遠離您度過童年、喜結連理的城市。爲了活下去，爲了不再胡思亂想，您有意願且需要投入工作。您應該達得成，也已經心想事成了。

現在，讓我們回歸主題，談談兩件案子的情況。

首先，第一個問題，您那位有文件證明於波蘭出生、自詡爲王子的丈夫沃斯基先生在戰亂中下場如何？我長話短說。戰爭開打的時候，他淪爲嫌疑犯，被關在卡爾邦特拉附近的集中營裡。他逃了出來，經過瑞士回到法國，後來被控爲間諜而遭捕，並被指認爲德國人。得知等待他的是無可避免的死刑，他再次逃跑，在楓丹白露森林中消失蹤影，最後被不知什麼人刺殺。

我直截了當地告訴您這些，因爲我知道您多麼鄙視這個背叛了您的可憎之人。我想您大概已從報紙上得知這些事，只是不能確認其中的絕對眞實性。

然而，證據是存在的。我親眼看到了，毫無疑問地，阿萊克斯・沃斯基被埋葬在楓丹白露森林。

夫人，我順便斗膽地提醒您，他死得頗爲蹊蹺。事實上，您還記得您跟我談起的那個有關沃斯基先生的預言吧？沃斯基先生著實是個聰明人，他精力超群，卻爲錯誤和迷信的靈魂所累，深受幻覺和恐懼所害。幾個精通祕術的人寫給他關乎其命運的預言：「沃斯基，國王之子，你會被朋友殺死，你的妻子將死在十字架上」，他被這則預言深深影響。夫人，預言中最後幾個字惹得我笑了。釘上十字架！這種酷刑老早過時了！關於您的部分，我保持沉默。但是，您如何看待沃斯基先生遭刺竟與神祕預言相符一事呢？

考慮得夠多了，現在讓我們來談談……

薇洛妮克把信擱在膝蓋上。這些自負的語句和放肆的玩笑傷害了她細膩的情感。阿萊克斯・沃斯基的慘相在她心頭縈繞難消。想起這個可怕的男人，她便不安地打顫。她定了定神，繼續讀信。

夫人，現在最重要的是我的另一個任務。對您來說，這才是最重要的，其餘的都過去了。

讓我們來說說情況。三個星期以前，某個星期四的晚上，您難得地同意打破單調的生活，帶著您的雇員去看電影。一個無法解釋的片段讓您感到震驚。這部叫做《布列塔尼傳奇》的電影描述朝聖場面時，有一幕場景落在公路邊，公路後方有間廢棄的小屋。小屋和故事情節毫無關係，顯然，它被拍進去純屬偶然。但是，一件異常的事引起了您的注意。在塗有瀝青的破舊門板上，出現手寫的三個字母：V・d'H.①——這完全是您少女時代僅在寫信給家人時使用的簽名，且整整十四年不曾用過了！薇洛妮克・戴日蒙！絕對不會錯！兩個大寫字母被小寫字母d和省音符分開。字母H的花邊畫到三個字母的下面，跟您從前的寫法一模一樣！

夫人，這偶然的巧合使您感到萬分驚訝，決定再次尋求在下的幫助。您曾得到過這種幫助，深知其效。正如您所料，夫人，我成功了。

這次，我還是依我的習慣，長話短說。

夫人，請搭乘夜間快車從巴黎出發，次日清晨即可到達坎貝勒。您從那裡乘汽車到法韋村。如果在午時前後有餘暇，請參觀一下奇特的聖巴爾博小教堂，那裡周圍景色奇特，正是電影《布列塔尼傳奇》的拍攝地。接著，請步行至坎貝爾。在第一個上坡的盡頭，通往洛克利夫那條小路前方不遠，寫著字的廢棄小屋就在一處樹木圍成的半圓形地帶上，無任何引人注意的特別之處。小屋裡面空蕩蕩的，甚至沒有地板，只有一塊腐爛的木板當作長凳。屋頂是一扇被蟲蛀爛的破窗，下雨的時候會漏水。我再重複一次，無疑地，鏡頭拍攝到它純屬巧合。最後，我還要補充，這部電影是去年九月拍的，所以那幾個字母是至少八個月以前就寫上去了。

好的，夫人，我的兩個任務告成。爲了謹慎起見，我就不告訴您我是如何費力、用何種絕妙辦法在如此短的時間內完成了任務，否則您就會覺得我僅向您索要五百法郎是多麼可笑了。

此致……

薇洛妮克闔上信，有幾分鐘沉浸在這封信給她帶來的種種回憶中。信中講述的內容讓她想起自己可怕的婚姻。有一種念頭，讓她覺得與自己爲了逃避這段婚姻而決定進入昏暗的女修道院這個念頭，同樣地痛苦。這就是她認定自己所有的不幸——父親和愛子的死，全是由於自己愛上沃斯基這個錯誤引起的。當然，她拒絕過他的愛，最後爲了避免他報復戴日蒙先生，還是違心地結了婚。但不管怎樣，她愛過這個男人。起初，她曾經爲他的目光臉色發白，而現在，他在她眼中是個不可原諒的懦夫。時間的流逝不能沖淡她的自責。

「夠了，」她小聲對自己說：「想得太多了。我可不是到這兒來浪費眼淚的。」

尋求眞相的欲望讓她從伯桑松的隱居生活走出來，現在，這種欲望促使她重新振作精神。她站起身來，決定開始行動。

「通往洛克利夫那條小路前方不遠，樹木圍成的半圓形地帶上……」杜特宜先生的信上是這麼寫的，那麼她走過頭了。她原路折返，很快發現了被樹叢擋住的小屋。走近一些，才看見屋子。

這是給牧羊人和養路工用來歇腳的地方。在風霜的侵蝕下，小屋變得破舊不堪。薇洛妮克走近觀察，發現字跡在日曬雨淋之下，遠不如電影中那樣清晰，但那三個字母和H的花邊依稀可辨。她甚至發現了杜特宜先生沒注意到的東西：在字母下面，還有一個箭頭和一個數字，數字9。

她越來越激動。雖然絕不會有人能模仿她的簽名，但這確確實實是她年輕時的簽名。然而，是誰將她的簽名寫在布列塔尼一座廢棄小屋的門上呢？她可是初次造訪這裡。

薇洛妮克在世上再也沒有什麼認識的人。由於一連串事件，可以說，她少女時期的過往早已隨著她所愛、所相識之人的辭世而消逝了。那麼，除了她和那些已經不在的人之外，怎麼還會有人記得她的簽名呢？尤其是，爲什麼寫在這個地方？這意味著什麼呢？薇洛妮克在小屋周圍轉了一圈，沒發現其他值得注意的地方，周圍的樹上也沒有。她想起杜特宜先生先前開門進去過，裡面空空如也。然而，她想親自確認他是否遺漏掉什麼。

門用一個簡單的木栓拴著，木栓可繞著一根細螺釘旋轉，她用手將門栓打開。她無法解釋這種奇怪的感覺：她要十分費勁——不是身體的，而是心靈上的努力——要極強的意願，才能拉開這扇開向她的門。彷彿這個小小的動作，將會把她帶入恐怖的未知世界。

「到底怎麼了？」她說：「有什麼阻止我？」

她猛地拉開門。一聲恐懼的叫喊從她喉嚨迸出，小屋裡有一具男人的屍體。

再次仔細看這具屍體的同時，她發現了明顯的異常之處：這個男人缺了一隻手。

這是一位老人，灰色的鬍鬚呈扇形，白髮及頸。死者嘴唇發黑，皮膚微腫，那顏色讓薇洛妮克猜疑他也許是遭毒害致死，因爲他身上除了手臂上的傷口外，不見其他傷痕。手從腕部乾淨俐落地被切下，應該是幾天前的事了。他身上穿的是布列塔尼農民的衣服，乾淨卻破舊不堪。屍體坐在地上，頭搭在長凳上，雙腿蜷縮。

薇洛妮克在幾乎麻痹的狀態下作出這些判斷，而這些判斷將一直縈繞在她心頭。當時她顫抖地站在那裡，眼睛直直盯著那具屍體，結結巴巴地說：「一具屍體……一具屍體……」

她忽地想起也許是她弄錯了，那個人還活著。但是，當她觸摸到他額頭上冰冷的皮膚之後，不禁渾身顫慄。

然而，這個動作讓她從麻痺中甦醒過來，她決定付諸行動。因爲周圍沒有人，她要回到法韋村通知警方。她先檢查了屍體，想看看是否有蛛絲馬跡能夠證明他的身分。

口袋裡是空的，外衣和襯衣上也沒有任何標記。不過，這番搜尋像是打擾了屍體，屍體的頭垂下來，牽動上半身壓到腿上。這樣，凳子下面的部分便顯露了出來。

她在凳子下發現了一卷紙，是一張薄畫紙，皺得不成樣子。她撿起紙卷攤開，然而，畫還未完全展開，她的手就開始顫抖。她結結巴巴地說：「噢！我的上帝！噢！我的上帝……」

她用盡全身力氣保持鎮定，想讓自己的眼睛能看清東西，讓自己的大腦能夠思考。

這種鎮定僅保持了幾秒鐘。在這幾秒鐘裡，她透過眼前越來越濃厚的迷霧，分辨出畫上有四個女人被釘死在樹幹架成的十字架上。

第一個女人在畫的前部正中央，身體僵直、頭戴面紗，臉因爲劇烈的痛苦而扭曲。但是，仍然可以認出這個被釘死的女人正是她！毫無疑問地，就是她本人，薇洛妮克・戴日蒙！

另外，根據古老的習俗，她頭頂的樹幹頂端掛著一個名牌，上面重重地寫著帶有花邊的三個字母，那正是薇洛妮克少女時代的簽名：V. d'H.！

她頓時打了個寒顫。她站起來，轉身離開屋子，跌坐在草地上，感到一陣眩暈。

薇洛妮克身材高大、體型勻稱，十分結實強壯，所有的苦難都沒能觸及她堅強的內心，傷及她健康的身體。只有碰上這樣突如其來的特殊情況，加上兩夜乘坐火車的勞累，才使她的神經和意志陷入如此慌亂的境地。

這種狀態僅持續了兩三分鐘，之後她便恢復了清醒，膽子大了起來。

她起身回到小屋，拿起那張紙。當然，她心中的焦慮難以言喻，但這次她的眼睛總算能看清，大腦能思考。她仔細地觀察著。

首先，是那些看起來不具意義，或者至少在她眼裡似無意義的細節。左邊，是十五豎行窄窄的批注，不是整齊地寫上去的，而是由一些不成形的字母和豎著的筆畫組成的，顯然只是爲了填補空白。然而，在一些地方，仍能看出幾個詞。

薇洛妮克讀道：「四個被釘上十字架的女人」，再遠一些是「三十口棺材」，最後一行寫著「天主寶石賜生或賜死」。

所有的字都被兩條整齊的豎線框起來，一條是用黑色墨水畫的，一條是用紅色墨水畫的。在畫的上方，是兩把被槲寄生枝葉纏繞的鐮刀，下面是一副棺材的輪廓，都是紅色的。紙的右側是更爲重要的部分，即那張血腥的畫，用原始方法繪製、毫無繪畫技巧，加上一行行的注釋，看起來像一頁古書畫的複製品。

畫上面是被釘在十字架上的四個女人。

另外三個女人一個比一個小，漸漸消失在地平線。她們穿著布列塔尼的服裝，頭巾也是布列塔尼式，但是根據當地的習慣紮得很特別，在黑色大髮髻兩邊像亞爾薩斯人一樣紮個蝴蝶結。畫面的中心就是那個讓薇洛妮克不禁盯住不放的可怕東西，即最大的十字架。樹的枝條被砍掉了，樹幹左右兩邊是女人的兩條手臂。

手腳沒有被釘上，但用繩子一圈圈地從肩膀直綁到兩條合攏的大腿。死者身上穿的不是布列塔尼服裝，而是一塊裹屍布。這塊布一直拖到地上，被酷刑折磨得骨瘦如柴的身軀顯得更加細長。

女人臉上的表情帶著痛苦、屈從和憂傷，令人心碎。這正是薇洛妮克的面龐，尤其像她二十歲左右時的模樣。薇洛妮克猶記得她在那些苦難日子裡對鏡凝視的時候，曾經看到過這雙淚痕滿面下的絕望眼眸。

而且，那齊腰的厚重捲髮也和她的頭髮很相似。

圖面上出現那個簽名：V．d'H.。

薇洛妮克站著想了很久，在腦中搜尋著過去的記憶，試圖在一團迷霧中找到眼前種種怪事與過去的聯繫。然而，她什麼也沒有想到。她讀到的字句、看到的圖畫，所有一切對她不具任何意義，也起不了解釋的作用。

她反覆地檢查那頁紙，接著慢慢地不再去想。她把畫撕成碎片，任其隨風飄散；當最後紙片飛走之後，她便下定決心。她扶起屍體，關上門，急匆匆地向村子跑去。讓警方給這樁奇事一個結論，現在看來，這對她來說才是最正確的。

一個小時之後，她帶著法韋村長、警察和一群對她所述之事好奇不已的人們回到這裡的時候，小屋空了。

屍體消失了。

*　　*　　*

一切都太奇怪了，人們懷疑薇洛妮克的證詞和她出現的動機，甚至她的頭腦是否清醒。薇洛妮克自知在頭腦如此混亂的情況下，不能回答人們的問題、打消人們的疑慮，所以她放棄了爭辯的企圖。旅店老闆也在，她向他詢問沿著這條路最近可以到達哪個村莊，那裡是否有火車可以讓她返回巴黎。

她記下兩個名字：斯卡埃爾和羅斯波當，叫車載著行李來接她，便出發了。她非凡的優雅和傾城的美貌打消了人們的敵意。

她盲目地走著，路不斷延伸，看不到邊際。但是，她急於脫離這些無法理解的事件，想要恢復平靜，忘記這一切。她疾步走著，甚至沒想到無須這般勞累趕路，因爲會有車來接她。

她爬上山坡、下到谷底，什麼都不想，拒絕思考面前這些謎團的答案。她懼怕想起過去，從她被沃斯基綁架，到她父親和兒子的死亡……

她只想著自己在伯桑松創造的小小世界，那裡沒有煩惱、沒有幻想、沒有回憶。她相信，在自己選擇的小天地裡，在周圍平民百姓的環繞下，她可以忘記那棟廢棄的屋子、斷手的屍體、可怕的畫和神祕的簽名。

然而，在快靠近大鎮斯卡埃爾的地方，她聽到身後傳來馬的鈴鐺聲，回頭看見通往羅斯波當的岔路口，路邊有一堵快要倒塌的牆。

在這堵牆上，她看見一個箭頭和數字10，以及用白色粉筆寫著預言中的簽名：V. d'H.。

譯註：

①V. d'H.即薇洛妮克．戴日蒙這個名字的首字母縮寫。

chapter 2

大西洋岸

薇洛妮克頓時提起了精神，在她眼中，她將面臨的厄運是由不堪過往帶來的，她剛才決定逃離這種威脅。然而，現在她決定沿著面前這條可怕的路一直走到底。

這種轉變是因爲她在黑暗中瞥見了一絲光亮。她突然明白一件簡單的事，那就是箭頭指示著方向，數字10應該嵌在一串數字中，這串數字標明出某條路線。

這是一個人留下的記號，好讓另一個人追尋他的腳步嗎？這都不重要了。重要的是這條線索能指引薇洛妮克找到她感興趣的答案：她少女時代的簽名與這錯綜複雜的悲劇有何相干？

從法韋村來的車追上了她，她上車後，告訴司機朝著羅斯波當的方向慢慢地開。

她在那裡吃了晚餐。不出她所料，她兩次在交叉路口看見她的簽名和數字11、12。

薇洛妮克在羅斯波當過夜，第二天清晨便出發，繼續她的調查。

薇洛妮克在一座墓地旁找到數字12指引她到孔卡諾，不過沿路幾乎走到盡頭，便沒再發現其他簽名。

她覺得自己弄錯了，便沿原路返回，但調查了一整天下來，卻是徒勞無功。

次日找到的模糊數字13，將她帶往弗艾斯南方向。接著，她放棄了這個方向，一直按照路標沿著鄉間小路走，她又一次迷路了。之後在離開法韋村四天後，她抵達了大西洋岸的貝格梅伊①海灘。

她在村子裡過了兩夜，小心提了些問題，沒獲得任何答案。最後，一天早晨，在海灘上半露出水面的岩石間、在被樹和灌木叢覆蓋的低矮懸崖上，她漫無目的地散步。她發現在兩棵光禿禿的橡樹間，有一個用泥土和樹枝堆起來的避風洞，應該是海關人員的棲身之所。入口處有一根小石柱，石柱上面是簽名和數字17。沒有箭頭，下面只有一個句號，就這些。

避風洞裡面有三個被打碎的瓶子和幾個空罐頭盒。

「這就是終點了。」薇洛妮克自語道：「有人在這裡吃過東西，也許食物是事先放進來的。」不遠處有個圓形的小港灣，在周圍岩石包圍下恍若一個貝殼。這時候，薇洛妮克發現港灣邊上漂浮著一艘小艇。那是艘汽艇，她看見了發動機。

她站的地方，一開始只看得到一個上了年紀的男人手裡拎著五、六袋食物，裝有麵粉、乾菜。

他一邊把袋子放到地上，一邊說：「那麼，您一路上可好？奧諾琳夫人？」

「好極了。」

「您去哪了呢？」

「當然是巴黎，去了一週，爲我的主人買東西。」

「回來高興嗎？」

「高興得很哪！」

「您看看，奧諾琳夫人，您的船還停泊在原來的地方。我每天都來看看，今早我才把帆卸下。船跑得不錯吧？」

「好極了。」

「您是個値得驕傲的舵手，奧諾琳夫人。誰能想到您會投入這行呢？」

「全是因爲戰爭，我們島上的年輕人都離開了，其他的也跑去捕魚啦。現在不比從前，過去每兩週都會有船運送東西。所以，現在我就自個兒開船去買東西。」

「那麼汽油呢？」

「我們有儲備，沒什麼可擔心的。」

「哦，那麼我就走了。奧諾琳夫人，需要我幫您裝船嗎？」

「不必了，您很忙吧！」

「那好吧，我就走了。」那個男人再說道：「下次，奧諾琳夫人，我會提前把袋子裝好的。」

他離開了，走到稍遠處，他大聲喊：「不管怎麼說，小心這該死之島周圍的暗礁！說眞的，它的名聲太壞了，人們喚作『三十口棺材島』不是沒有道理的。祝您走運，奧諾琳夫人。」說完隨即轉身消失在岩石的後面。

薇洛妮克渾身顫慄。三十口棺材！正是她在那幅恐怖畫批注上看到的詞！

她彎下腰。那個女人朝小艇走了幾步，把所有帶來的東西放好之後，轉過身來。

薇洛妮克這回瞧見了她的正面。她穿著布列塔尼服裝，髮髻兩邊是黑絲絨頭巾紮成的蝴蝶結。

「啊！」薇洛妮克結結巴巴地說：「畫上的頭巾……那三個被釘死在十字架上女人的頭巾！」

那名布列塔尼婦女應該有四十歲，精神飽滿，消瘦的臉線條分明，因爲風吹日曬而變得黝黑。但她黑色的雙眸閃耀著智慧和溫柔，使她看起來異常活躍。她的胸前掛著一條沉甸甸的金鍊，絲絨上衣緊緊地裹在身上。

她一邊把包裹搬到船上，一邊低聲唱歌。裝船的時候，需要跪在船停靠的大石頭上。裝完船，她看了看天邊，天空烏雲密佈，然而，她看起來並不怎麼擔心。她邊解纜繩，邊放大音量繼續唱歌。這樣，薇洛妮克便聽清了歌詞。這是一首旋律單調舒緩的催眠曲。她露出潔白美麗的牙齒，微笑地唱著。

媽媽搖著孩子說：
別哭了。你哭的時候，
聖母也會哭。

你唱歌和微笑，
聖母才會微笑。

雙手合十，祈禱吧！
慈悲的聖母瑪利亞……

她還沒唱完，薇洛妮克就來到了她面前，臉部扭曲而蒼白。
她被嚇了一跳，小聲嘟囔道：「發生什麼事了？」
薇洛妮克用顫抖的聲音說：「這首歌是誰教您的？您從哪兒學來的……這是我母親從前唱的歌，是她家鄉薩瓦的歌。自從、自從她死後，我就再沒聽過。那麼，我想……我想知道……」
她沒再說下去。那個布列塔尼婦女靜靜地凝視著她，表情錯愕，彷彿也想回問些什麼。
薇洛妮克重複問道：「是誰教您的？是誰教您的？」

「那邊的人。」終於，這個叫做奧諾琳的女人回答。

「那邊的人？」

「是的，我們島上的人。」

薇洛妮克有點害怕地說：「是三十口棺材島嗎？」

「這是人們起的綽號，原來是叫撒雷克島。」

她們仍舊一動不動地凝視著對方，眼神中摻雜著懷疑，還有與跟對方交談、瞭解眞相的極度渴望。兩人同時感覺到對方不是敵人。

薇洛妮克接著說：「實在抱歉，可是，您看，有這麼多讓人困惑的事……」

布列塔尼婦女點頭表示贊同。薇洛妮克繼續說：「如此讓人困惑和不安。您知道我爲什麼會來到這海灘上嗎？我應該告訴您，只有您能向我解釋。是這樣的……偶然間，一個小小的偶然——所有事皆因它而起——帶領我初次踏上布列塔尼，指引我來到路邊一間廢棄小屋門前，門上書寫著我少女時代簽名的縮寫。我已經十四、五年不曾用過這簽名了。然後我沿路數次發現同樣的簽名，以及按順序排列的不同數字。我就是這樣來到這裡，來到貝格梅伊海灘上的。這是某人預設旅程的終點……這人是誰呢？我不知道。」

「有您的簽名？」奧諾琳激動地問：「在哪裡？」

「在我們頭頂這塊岩石上，避風洞的門口。」

「我在這裡看不見，是哪幾個字母呢？」

「V. d'H.。」

布列塔尼婦女抑制住衝動，消瘦臉龐露出萬分激動的神色。她從牙縫裡擠出一句話：「薇洛妮克……薇洛妮克・戴日蒙。」

「啊！」年輕的女子說：「您知道我的名字……您知道！」

奧諾琳緊緊握住薇洛妮克的雙手，粗糙的臉上綻放出微笑，淚水浸濕了她的雙眼。她再度說：「這麼說，薇洛妮克小姐……薇洛妮克夫人就是您了？噢！我的上帝！這怎麼可能！願聖母瑪利亞保佑您！」

薇洛妮克困惑不已，不停地說：「您曉得我的名字，您知道我是誰。那麼您可以幫我解開所有謎團了？」

沉默良久，奧諾琳答道：「我不能向您解釋什麼，因爲我也不明白。但是，我們可以一起想想。那麼，是布列塔尼的哪個村子呢？」

「法韋村。」

「法韋村……我知道。廢棄的小屋在哪裡？」

「離村子兩公里的地方。」

「您進去了嗎？」

「是的，這才是最可怕的。那間廢棄小屋裡頭有……」

「說下去，有什麼？」

「有一個老男人的屍體，穿著布列塔尼的服裝，滿頭白髮，灰鬍子……啊！我永遠也不會忘記這屍體的慘樣。他應該是被謀殺的……被毒死的……我不知道……」

奧諾琳急切地聽著，但這宗罪惡沒能提供她任何線索。她只是說：「他是誰呢？警察調查此事了嗎？」

「當我帶著法韋村人回去時，屍體莫名地失蹤了。」

「不見了？是誰把他帶走的呢？」

「我不知道。」

「所以說您一無所知？」

「一無所知。但是，第一次在小屋裡時，我找到一幅畫。我已經撕掉了那幅畫，可是畫中所見像噩夢一般纏繞著我，不斷在我眼前浮現，我擺脫不了它。聽著……那是一卷紙，明顯有人臨摹了一幅老畫，嗯，上面畫著……噢！可怕的東西……恐怖得不得了，有四個被釘在十字架上的女人！其中一個是我，寫著我的名字，另外的三個和您帶著同樣的頭巾。」

奧諾琳握緊她的雙手，臉上帶著罕見的表情。「您說什麼？」布列塔尼婦女大聲說：「四個被釘在十字架上的女人？」

「是的。還有三十口棺材島，和您住的島有關。」

布列塔尼婦女將手放在她的唇上。「別再說了！別再說了！噢！不該談論這一切。不，不，不應該……您看，說到了地獄裡的東西。說這些是褻瀆神靈的，不要再說下去了，晚點再說……也許一年之後，要更晚……更晚……」

她嚇得渾身發抖，彷彿被撼天震地之狂風抽打的樹木。突然，她跪倒在岩石上，彎身抱頭祈禱了很久，虔誠至極。薇洛妮克便不好再向她提問。

最後，她站了起來，過了一會又開口說：「是的，所有一切都太可怕了，但我們的任務仍沒有改變，也無須猶豫。」她鄭重地對這個年輕女人說：「您應該隨我一起去那邊。」

「那邊？去您住的島上嗎？」薇洛妮克答道，毫不掩飾自己的排斥感。

奧諾琳再次抓住她的手，依然用有些莊重的語調繼續說：「您是叫薇洛妮克・戴日蒙嗎？」薇洛妮克覺得這聲音背後潛藏著許多神祕而不可言喻的想法。

「是的。」

「令尊大名如何稱呼？」

「安東尼・戴日蒙。」

「您的丈夫叫沃斯基，自稱是波蘭人？」

「是的，阿萊克斯・沃斯基。」

「您在綁架醜聞過後，和令尊決裂，並嫁給了沃斯基？」

「是的。」

「您們有生下孩子嗎？」

「嗯，有個兒子，取名叫弗朗索瓦。」

「可是，您幾乎認不出兒子來，因爲他被令尊奪走了？」

「是的。」

「您的父親和兒子在一次海難中喪生了？」

「沒錯，他們死了。」

「關於他們的死，您可知道些什麼呢？」

薇洛妮克並不訝異她會問這個問題，回答說：「我託人做的調查和警方的調查，都是來自於同一份不容置疑的證詞，就是那四個水手的證詞。」

「誰向您保證他們沒有說謊呢？」

「他們爲什麼要說謊呢？」薇洛妮克驚奇地反問道。

「他們的證詞可能是買來的……可能有人指使他們這麼說的。」

「是誰呢？」

「您的父親。」

「您怎麼能這麼想！不可能的！我父親已經死了。」

「我再跟您說一遍，您都知道些什麼？」

這次，薇洛妮克嚇呆了。

「她到底想做什麼呢？」她喃喃自語。

「等等，您知道那四個水手的名字嗎？」

「我以前知道，但現在不記得了。」

「您可還記得，那幾個名字是布列塔尼的名字？」

「確實，不過我想不起來了……」

「您未曾來過布列塔尼，而令尊由於寫書之故經常前來。甚至您母親仍健在的時候，他就在這裡居住過。這樣的話，他就應該和島上的人有聯絡。我們姑且假設他很早以前就認識那四個水手，這些人對他很忠心，或者被他收買，是爲了這場冒險特地僱來的……假定他們先把您父親和兒子安置到義大利的某個小港口，然後，這四個游泳健將在向小島開去的途中弄沉了小艇。假設……」

「這些人還活著！」薇洛妮克越來越激動地喊道：「我們可以問問他們！」

「有兩個幾年前英年早逝了，第三個，叫做馬格諾克的，年紀很大了。您會在撒雷克島上看見他。至於第四個，您剛才也許瞧見了。他拿著從這件事中撈到的酬佣，在貝格梅伊開了一家食品雜貨店。」

「啊！那個人，我們可以馬上和他談談。」薇洛妮克顫抖地說：「我們去找他。」

「找他做什麼呢？我知道的比他更多。」

「您知道……您知道什麼？」

「我知道一切您不知道的事。我可以回答您所有的問題，請問吧！」

但是，薇洛妮克不敢問她那個至關重要的問題，這個問題已在她混沌意識裡漸漸清晰。她害怕聽到那個無法接受、卻已隱約浮現的答案。帶著痛苦的語調，她結結巴巴地說：「我不明白……我不明白。我父親爲什麼要這麼做？爲什麼讓我相信他和我可憐的兒子已經死了？」

「令尊說過他要報復。」

「報復沃斯基，還是報復我？報復他的女兒……這樣的報復！」

「您愛過您的丈夫。一旦委身於他而不逃跑的話，您就等於是同意嫁給他，這恥辱便人盡皆知了。您瞭解您的父親，他兇狠殘暴的秉性……他有點……用他的話說，有點精神異常。」

「然後呢？」

「然後、然後……漸漸地，隨著時間的流逝，出於對孩子的疼愛，他開始自責。他到處找您……我爲此到處奔波！從去加爾默羅會女修道院開始。但是您很早之前就離開了，在哪裡呢？您在哪裡呢？」

「可以在報上登一篇尋人啓事啊！」

「他登過一次，因爲那件醜聞，措辭格外謹愼。有人回應了，雙方也見了面。您知道來人是誰嗎？沃斯基！就是那個對您又愛又恨且不放棄尋找您的人。您的父親很擔心，不敢公開行動。」

薇洛妮克默不作聲，虛弱地坐在岩石上，一直低垂著頭。她低聲嘀咕道：「您談到我父親的口氣，好像他還活著一樣……」

「他確實還活著。」

「您好像經常能見到他似的。」

「每天都能見到。」

「另外，」薇洛妮克壓低聲音，「您對我的兒子隻字不提，讓我不禁冒出了可怕的想法。也許，他沒有倖存下來？或許那時他就死了？因爲這樣，您才不談論他的嗎？」

她努力地抬起頭，奧諾琳微笑著。

「啊！求求您了，」薇洛妮克祈求，「告訴我眞相吧！無謂的幻想太可怕了，求求您……」

奧諾琳伸出雙臂，摟住她的脖子。「我可憐的夫人，如果他，我漂亮的弗朗索瓦已經死了，我還會跟您說這些嗎？」

「他活著？他活著？」年輕女人瘋狂地叫道。

「當然嘍！他身體很好。啊！他是個結實健壯的孩子。去吧，到他的身邊去吧！我有權爲此驕傲，因爲是我養大了您的兒子——弗朗索瓦。」

薇洛妮克在她面前完全沉醉了。沉重的感情壓在薇洛妮克心頭，有多少痛苦就伴隨著多少喜悅。

她對薇洛妮克說：「哭吧，我善良的夫人，這對您有好處。這眼淚比以往的都要值得。哭吧，這樣您過去的一切苦難就都過去了。我呢，我要回村子裡。您還有一些行李放在旅館吧？那裡的人認識我，等我取行李回來，我們就出發。」

*　　　*　　　*

半小時之後，布列塔尼婦女回來時，看見薇洛妮克原地站著。薇洛妮克示意她快些，她聽見薇洛妮克喊：「快點！我的上帝，您怎麼去了這麼久！一分鐘也不該浪費。」

然而，奧諾琳沒有加快腳步，臉上不見半點笑容。

「好了，我們走吧？」薇洛妮克走近她說：「有什麼事耽擱了嗎？遇到什麼麻煩了嗎？怎麼了？您看起來跟剛才不一樣了……」

「不，不，沒事。」

「那我們快走吧！」

奧諾琳在薇洛妮克的幫助下，把行李和食物袋裝到了船上。然後，她突然站到薇洛妮克的面前，說：「夫人，您十分確定畫中被釘在十字架上的女人是您嗎？」

「當然……再說，頭頂上還有我名字的縮寫……」

「這太奇怪了。」布列塔尼婦女不安地小聲說。

「爲什麼？也許是某個相識的人在跟我開玩笑。僅僅是巧合，瘋狂的巧合使舊事浮出水面。」

「噢！我並不擔心過去的事，我擔心的是未來。」

「未來？」

「想想那預言……」

「我不明白。」

「對，對，就是那則關於沃斯基和您的預言。」

「啊！您知道。」

「我知道。想起那幅畫和一些您不知道的可怕事，我就覺得難以忍受。」

薇洛妮克笑了起來。「怎麼，您就爲此猶豫，不肯帶我去嗎？就是因爲這件事？」

「別笑，當我們看見地獄之火時，不應該笑。」

布列塔尼婦女邊說邊閉上眼睛，在胸前劃十字。她接著說：「當然……您在嘲笑我，您覺得我是個迷信的鄉下蠢婦，相信怪力亂神之說。我不完全否認。但是，這……這……有些眞相使您失去了判斷力！您和馬格諾克談談吧，若您能取得他的信任。」

「馬格諾克？」

「那四名水手之一，是您兒子的老朋友。他也撫養了您的兒子。馬格諾克比所有博學者，甚至比令尊知道的還更多，可是……」

「可是……」

「可是他想冒著生命危險，刺探天機。」

「他做了什麼？」

「他想用手，您聽好，是用自己的手（他親口向我承認的）去觸碰黑暗的最深處。」

「然後？」薇洛妮克激動不已，打斷了她的話。

「然後，他的手被燒傷了，留下了一道可怕的傷痕。他給我看過，我親眼見證，像腫瘤一樣的傷疤……他痛苦到……」

「痛苦到如何？」

「痛苦到左手拿著斧頭，砍掉了自己的右手。」

薇洛妮克聽得目瞪口呆。她想起在法韋村看見的屍體，結結巴巴地說：「右手？您確定馬格諾克砍掉了自己的右手嗎？」

「用一把斧頭，十天前，就在我出發的前兩天晚上。是我幫他包紮的。您爲什麼問這個呢？」

「因爲……」薇洛妮克聲音都變了，「因爲那具屍體，那個我在廢棄小屋裡發現而後來消失的屍體，右手就是最近被砍掉的。」

奧諾琳嚇了一跳，面露懼色，激動不已，一反往日的平靜。她一字一句地說：「您確定嗎？是的，是的，就是這樣……就是他，馬格諾克。一個滿頭白髮的老頭，不是嗎？鬍子是扇形的？啊！太可怕了！」

她克制住自己，向周圍張望，爲剛才那樣大聲講話而擔心。她再一次在胸前劃十字，慢慢地用近乎耳語般的聲音說：「他是第一個遭受詛咒將死的人，他跟我這樣說過。老馬格諾克的雙眼能夠預知未來、洞穿過去，他可以看見旁人看不見的東西。『我將是第一個犧牲者，奧諾琳夫人。僕人消失幾日後，就輪到他的主人了……』」

「這個主人是誰？」薇洛妮克低聲問。

奧諾琳忽然起身，粗暴地握住拳頭。

「我會保護他的。」她嚷說：「我會救他的，您父親絕不會成爲第二個犧牲者。不，不，我會及時趕到的。讓我走！」

「我們一起走。」薇洛妮克堅決地說。

「我求求您，別堅持了。讓我來吧！今天晚餐之前，我會讓您見到他們爺孫倆。」

「爲何非不讓我去呢？」

「那邊太危險啦，對您父親……尤其是對您。想想那四個十字架！就在那邊……噢！您不該去那邊！那座島被詛咒了。」

「那我的兒子呢?」

「您今天就會看到他,再過幾小時。」

薇洛妮克突然笑起來。「幾小時以後!這眞是太瘋狂了!怎麼可以!我已經十四年沒有兒子了,突然知道他還活著,您卻叫我等上幾個小時再去擁抱他!一個小時都不行!我寧願死一千次也不願意推遲這一刻。」

奧諾琳看著她,明白薇洛妮克決心已定,多說無益,便就不再堅持。她第三次在胸前劃十字,只說:「願上帝達成您的心願。」

兩個人在滿是包裹的狹窄駕駛台中坐定。奧諾琳發動了引擎,握緊方向盤,熟練地駕著小艇,在岩石和尖角暗礁時隱時現的浪花間穿梭而過。

譯註:

①貝格梅伊(Beg-Meil),法國南部的小村莊,著名的海水浴療養站。

chapter 3 沃斯基之子

薇洛妮克坐在船右側的箱子上，面朝奧諾琳微笑著。她的笑容中摻雜憂慮和猶豫，充滿了遲疑，猶如試圖刺破隨暴風雨而來最後一片烏雲的陽光，但依舊洋溢著幸福。

幸福這個詞似乎可以貼切地描述這張透著貴族氣息的可愛面龐。她的臉上流露出些許女人在遭遇不幸或陷入愛情之時出現的不凡純淨，無意識地帶著一絲莊重，而不見半點女性的矯揉造作。

她有一頭黑髮，在頸部低低地紮起，鬢角處微微發灰。她的膚色像南方人一樣呈小麥色，湛藍色大眼睛恍若冬日晴空般，整個眼珠僅見同一道色彩。她身材高大，肩膀很寬，上半身十分勻稱。

她以略帶男性化的優雅嗓音說起她失而復得的兒子時，感覺輕快又愉悅。薇洛妮克除此之外什麼都不想談。

布列塔尼婦女試圖提起困擾自己的問題，結果徒勞無功。她幾次說道：「瞧，有兩件事我想不通。是誰留下了行蹤，指示您從法韋村來到我常出現的地點，究竟有誰從法韋村去到撒雷克島？還有，另一方面，馬格諾克老爹是怎麼離開島上的呢？是自願的嗎？還是別人把他的屍體運出島？用什麼方法？」

「有必要如此多慮嗎？」薇洛妮克反問。

「當然了。想想看！除了我每兩週開小艇去貝格梅伊或神父橋採購之外，只有兩艘漁船總是沿著岸邊北上直至歐迪恩去賣魚。另外，他是自殺的嗎？那麼他的屍體爲什麼會消失呢？」

薇洛妮克反駁：「我求求您了，現在這些都不重要了，一切再明白不過了。我們談談弗朗索瓦吧！您說他人在撒雷克島？」

面對這個年輕女人的企求，奧諾琳終於妥協。

「從您那裡被帶走之後幾天，他就落腳到可憐的馬格諾克那兒。戴日蒙先生訓示了馬格諾克一頓，告訴他有位外國女人把這個孩子託付給他。馬格諾克把孩子交給他女兒餵養，後來他女兒去世了。至於我，我那時出外遠行，在巴黎待了十年。當我回來的時候，他已經長成了個在荒野間、峭壁上奔跑的少年。從那時起，我開始在令尊那裡做事，他先前就移居到撒雷克。當馬格諾克的女兒去世時，孩子被送來了我們家。」

「他姓什麼呢？」

「弗朗索瓦……沒有姓，戴日蒙先生讓人稱呼自己爲安東尼先生，孩子叫他爺爺。從來沒有人對此說過什麼。」

「他的性格怎麼樣呢？」薇洛妮克急切地問道。

「哦！這方面可是老天爺的恩賜啦！」奧諾琳回答：「沒有半點像他的父親，也沒有半點像爺爺，戴日蒙先生親口說的。這孩子溫柔可愛、樂心助人，從不發怒，心情總是恬適。就是這一點吸引了他的爺爺，這也是戴日蒙先生回來找我們的原因。那孩子讓他想起自己拋棄的女兒。『完全和他媽媽一個模子印出來的，』他說：『薇洛妮克就是像他一樣溫和甜美、柔順可人。』然後他就同意我的話，開始找您。他漸漸信任起我。」

薇洛妮克臉上閃耀著愉悅的光輝。她的兒子像她！她的兒子不僅英俊，還有一張愛笑的容顏！

「可是，」她說：「他認得我嗎？他知道他的母親還活著嗎？」

「他知道就好了！戴日蒙先生起初想要保守這個祕密，但是讓我說出去了。」

「全部？」

「不是的。他相信他的父親已經死了，戴日蒙先生和他自己一塊遭遇海難，而您出家修行，沒有人能找到您。我旅行歸來的時候，他是多麼希望得到您的消息啊！他十分渴望啊！啊！他的母親，他多愛她！他總是唱您聽到的這首歌，是他爺爺教給他的。」

「我的弗朗索瓦……我的小弗朗索瓦……」

「是的，他很愛您。」布列塔尼女人繼續說：「我是奧諾琳媽媽，但是您，您就是媽媽。他是爲了尋找您才急著長大，想早點完成他的學業。」

「完成他的學業？他上學了嗎？」

「已經兩年了，跟著他爺爺，還有一個我從巴黎帶回來的勇敢青年，斯特凡・馬盧。這年輕人在戰爭中成了殘疾，身上有大大小小的傷口，還動過幾次內科手術。弗朗索瓦打從心底崇敬他。」

小艇在寧靜海面上快速行駛著，不時撞出白色的泡沫。雲在天邊消失，傍晚悄悄平靜地降臨。

「再多說一些！再多說一些！」薇洛妮克重複道，渴望聽到更多的消息，「那麼，他穿什麼衣服呢？我的兒子？」

「他穿著短褲，露出小腿肚，一件帶有金色鈕釦的寬大絨布襯衫；還戴著一頂貝雷帽，和他好朋友斯特凡的一樣，不過他那頂是紅色的，非常適合他。」

「除了馬盧先生，他有其他的朋友嗎？」

「以前在島上的所有男孩都是他的朋友。但是，戰爭爆發後，除了幾個少年水手，其他孩子因爲父親去打仗，所以跟著母親離開小島到孔卡諾和洛里昂的海岸工作。小島只剩下老人，島民不超過三十個人。」

「那他和誰一塊兒玩呢？和誰一起散步呢？」

「哦！這個嘛，他有最好的同伴。」

「啊！是誰？」

「一隻馬格諾克老爹送給他的小狗。」

「小狗？」

「最有趣的小狗，長得奇醜的滑稽樣，半獵犬半福克斯，但是特別逗趣！啊！是個典型的『好好先生』。」

「好好先生？」

「弗朗索瓦是這樣叫牠的，這個名字再適合牠不過了。牠總是一副高興模樣，看起來生活得很滿足、很獨立，常常整日消失蹤影，但是當你需要牠，當你感到悲傷或事不如願的時刻，牠總是能陪伴在你身邊。好好先生討厭眼淚，討厭訓斥和爭吵。一看到你哭泣或快要哭泣的時候，牠就會坐在對面朝你扮鬼臉，一隻眼閉上、另一隻半睜開，看起來可笑至極，惹你忍不住笑出來。『走吧，我的老朋友，』弗朗索瓦說：『你有道理，一切都好，不需要太擔心，是吧？』當你感到安慰的時候，好好先生就跑遠了，畢竟牠的任務達成了。」

薇洛妮克邊笑邊哭。她安安靜靜地聽了半晌，漸漸憂愁起來，內心的歡樂突然被一股失落感侵蝕。她想到了這十四年來失去了多少幸福，一直把自己當成失去兒子的母親，原來竟爲了仍活著的兒子守喪。一個新生命誕生的時候，應該給予他的關懷和溫柔，以及從他那裡得到的溫柔，看著他長大、牙牙學語的驕傲，所有讓一位母親開心興奮的一切，在每一個嶄新日子裡洋溢於心中的情感，所有這些她都不曾體會。

「我們已經走了一半路了。」奧諾琳說。

她們向格勒南島駛去，右邊是本馬爾岬角，她們在距離十五海里的地方沿岸平行行駛，劃出一道陰暗的線，彷彿和地平線融爲一體。

薇洛妮克回想起悲慘的過去，想起她幾乎已不復記憶的母親，想起在自私陰鬱的父親身邊度過的童年，想起她的婚姻。啊！尤其是她的婚姻。她想起和沃斯基的初次相遇，那時她年僅十七歲。她很快就對這個古怪男人產生恐懼，一面懷疑又一面受他的影響，就像那般年齡的人會受神祕不可思議的事件牽引一樣。

接著就是令人厭惡的綁架，以及隨之而來的不堪歲月。他把她關起來幾個星期，威脅她，用各種惡毒的方法控制她。他許諾與她共結連理，不顧少女的天性和意願。在他看來，經過這一樁醜聞，她應該屈服，更何況她的父親已然同意。

一想起婚後的日子，她就憤怒不已。即使在昔日夢魘如幽靈般纏繞她的時候，她也萬萬不願想起心靈深處的這段回憶：羞辱、絕望、創傷、背叛和丈夫不光彩的生活。他厚顏無恥、玩世不恭，逐漸露出本性；他自我陶醉，耍詐，偷朋友的錢，加上欺騙、勒索。她至今還殘留這番印象，他讓她恐懼得發抖，他天生邪惡兇殘，精神異常。

「想得夠多了，薇洛妮克夫人。」奧諾琳說。

「不是幻想，也不是回憶，」她回答：「而是自責。」

「自責，您？薇洛妮克夫人，您的生活充滿了苦難。」

「我是罪有應得。」

「一切都結束了，薇洛妮克夫人，您就要見到您的父親和兒子。好啦，就想些幸福的事吧！」

「幸福，我還能夠幸福嗎？」

「您當然能，而且幸福很快就要來到了！看，那就是撒雷克島。」

奧諾琳從椅凳下的箱子裡取出一個大海螺殼當作號角，像昔日水手一樣對著開口處鼓起腮幫，響亮地吹了幾聲，響聲彷彿牛叫一般響徹天空。

薇洛妮克用疑惑的眼神看著她。

「我在呼喚他。」奧諾琳說。

「弗朗索瓦！您在呼喚弗朗索瓦！」

「每次我回來，他都是這樣從我們居住的高崖上衝到碼頭。」

「那我能看見他了？」薇洛妮克面色慘白地說。

「您會見到他的。放下您的面紗，免得他認出您的長相。我會把您當成參觀撒雷克島的外地人跟您說話。」

撒雷克島清晰可見，但懸崖的底部被周圍大量的暗礁擋住。

「啊！對了，這裡暗礁不少，像鯡魚群一樣擠滿沿岸。」奧諾琳停息了發動機，拿起兩支短短的小槳。「剛才海面還很平靜，但這裡可從來不安生。」

果然，成千上萬的波浪相互撞擊，碎成浪花，不停地拍打著周圍的岩石，小艇好似在湍流形成的漩渦裡行駛。浪花翻滾，不管身在何處，都望不見整片或藍或綠的海面，只有白色浪花在渦流不間斷拍打下猛烈撞擊暗礁的獠牙。

「周圍都是這樣。」奧諾琳說：「只有乘小船才能接近撒雷克島。啊！德國鬼子在我們這裡可建不了潛艇基地。爲了謹愼起見，兩年前洛里昂的官員曾經來過，想了解狀況預作準備。西邊那幾個洞穴，僅在退潮的時候才能進去，眞是白白浪費了時間哪！在這個地方什麼都做不了，周圍的岩石像灰塵一樣多，尖尖的石頭如小人一般暗箭傷人。儘管這些很危險，但也許另外一些更可怕，那些我們看見的一座座巨岩，它們有自己的名字和罪惡的海難史。啊！那個！」

她的聲音變得沉悶，半遲疑地伸出手，似乎對準備好的動作略顯害怕，她指著那些浮出水面形狀各異的巨大暗礁，有的像蹲伏的動物、有的像築有雉堞的城堡、有的像巨大的針、有的像獅子頭、有的像大金字塔。所有這些石頭都是黑色花崗岩，上面帶著片片紅色，彷彿被血浸過一般。

她小聲嘀咕：「啊！那些石頭，幾個世紀以來一直守護著這座島，卻像是兇猛野獸般，只喜歡作惡和殺戮。那些……那些……不，最好永遠不要談論那些東西，甚至不要去想。這就是那三十頭兇猛的野獸……對，三十頭，薇洛妮克夫人，有三十頭……」

她劃了一個十字，平靜下來後接著說：「有三十頭。您的父親說，人們把撒雷克叫做『三十口棺材島』是因爲大多數人都會把暗礁（ecueil）和棺材（cercueil）這兩個詞弄混。也許吧，這很明顯。但不管怎麼說，這是眞正的棺材。薇洛妮克夫人，如果眞能打開它們，就能看見成堆的屍骨……戴日蒙先生說過，撒雷克（Sarek）是從石棺（sarcophage）這個詞來的，根據他的說法，是棺材這個詞的學名。還有更……」

奧諾琳突然停住，彷彿想起了其他事情，她指著一塊岩石說：「您瞧，薇洛妮克夫人，在那塊擋著我們的大石頭後面，您會清楚地看見我們的小港口。在碼頭上，您將望見弗朗索瓦的紅色貝雷帽。」

薇洛妮克漫不經心地聽著奧諾琳的解說，她身體探出船外，想早點映入兒子的身影。儘管如此，布列塔尼婦女仍憂心忡忡地繼續說：「還有更絕的。您父親選擇移居撒雷克島的原因是島上有一堆石桌墳，它們無甚特別之處，只是彼此間非常相似。另外，您知道有多少座石桌墳嗎？三十座，和主要暗礁的數量一樣。這三十座石桌墳分佈在島周圍的峭壁上，正對著三十個暗礁，每一座的名字都和對應的暗礁相同，羅埃克墳、凱麗杜墳……等等。」

她點起這些名字，聲音比說起這一切時恐懼未減，彷彿她害怕聽到自己提起的這些事，這些來自於她恐怖而神聖的生命體驗。

「您怎麼想？薇洛妮克夫人？噢！這一切都太神祕，再提醒一次，最好對此封口。當我們離開小島的時候，我再告訴您這些。您就要擁抱弗朗索瓦了！和您父親一起……」

薇洛妮克沒有說話，目不轉睛地盯望著布列塔尼婦女方才指的地方。她背朝她的同伴，緊抓住船沿，瘋狂地搜尋著。在那邊，跨過這狹窄的間隙，就能看見她失而復得的兒子，她想快點看到弗朗索瓦，一秒鐘都不願多等。

她們觸到了那塊岩石。奧諾琳手拿的一支船槳輕輕擦過岩壁，她們沿著石頭駛到盡頭。

「啊！」薇洛妮克痛苦地說：「他不在那兒。」

「弗朗索瓦不在那兒！不可能！」奧諾琳喊叫。

但輪到她時，她看見前方三、四百公尺處，沙灘上作海堤用的幾塊大石頭上，三個婦女、一個女孩、幾名老水手正等待著小艇。沒有男孩，沒有紅色貝雷帽。

「太奇怪了。」奧諾琳低聲說：「我叫他，他卻沒有出現，這還是頭一次。」

「也許他生病了？」薇洛妮克暗示。

「不，弗朗索瓦從來不生病。」

「那麼？」

「那麼，我不知道。」

「您不擔心嗎？」薇洛妮克慌亂地問。

「他，我並不擔心……但是我擔心您父親，馬格諾克叮囑我不要離開他，是他受到了威脅。」

「不過，有弗朗索瓦保護他，還有那位老師馬盧先生。瞧瞧，回答我，您是怎麼想的？」

一陣沉寂之後，奧諾琳聳了聳肩。「一堆蠢話！我想得太荒唐了！沒錯，荒唐。別生我的氣，不管怎麼說，我內心還是個布列塔尼女人。除了短短幾年，其餘時間我都生活在充滿神話和鄉野傳奇的環境中……我們別再說這個了。」

撒雷克島是個高低起伏的狹長高原，長滿了古老樹林。下面是有些高聳的陡崖，岩壁破裂不堪。島四周好似環繞著多變的不規則花邊，風雨、日曬、冰雪、霜霧，所有天上落下、地下滲出的水都不停地作用在這花邊上。

唯一能夠登陸島上的地點在東海岸一塊窪地低處，那裡有幾間漁民的房子，戰後大半遭遺棄。這些組成了村莊，窪地前面有道小防波堤。那裡的海面無限平靜，有兩艘小船停泊。

上岸的時候，奧諾琳盡了最後一次努力。「您看，薇洛妮克夫人，我們到了。那麼，您有必要下船嗎？留在船上吧，兩小時之內我就把您的父親和兒子帶來，然後我們一起在貝格梅伊或者神父橋吃晚飯。如何呢？」

薇洛妮克起身跳到堤防上，沒有回答她。

奧諾琳不再堅持下去，跟上了薇洛妮克。「好吧！孩子們，」她問道：「弗朗索瓦沒來嗎？」

「正午的時候來過，」其中一個婦女答道：「只是，他以爲您明天才能回來。」

「這倒是眞的，不過他應該聽到我的信號……算了，我們去瞧瞧。」

男人們幫她卸貨的時候，她對他們說：「這個不該拿到隱修院去，行李也不要拿去，除非……拿著，如果我五點還沒有回來，就派個孩子幫我送去。」

「不，我親自幫您送去。」一名水手說。

「隨便你吧，寇雷如。啊！喂，你怎麼沒提到馬格諾克呢？」

「馬格諾克離開了，我把他送到神父橋。」

「這是什麼時候的事，寇雷如？」

「我敢肯定，是您出發後的第二天，奧諾琳夫人。」

「他去那邊做什麼？」

「他跟我們說他要去……我不知道什麼地方，跟他的斷手相關，朝聖之旅……」

「朝聖？難不成是去法韋村？聖巴爾博教堂？」

「是的……就是那兒，聖巴爾博教堂。他提起過這個名字。」

奧諾琳不再多問。現在怎麼還能懷疑馬格諾克的死呢？她和薇洛妮克一同離開，薇洛妮克放下面紗，兩個人走上了一條有若干台階的石子路。這條路在橡樹林中，向上通往小島北方的頂峰。

「不論如何，」奧諾琳說：「我不能確定戴日蒙先生是否願意離開。他認爲我說的所有故事都是無稽之談，儘管他自己對很多事也感到奇怪。」

「他住的地方遠嗎？」薇洛妮克問。

「走路要四十分鐘，幾乎到了另一座島上。您等會就可看到，它緊挨著第一座島，本篤會修士們在那裡建立了一座隱修院。」

「他的身邊只有弗朗索瓦和馬盧先生嗎？」

「打仗之前還有兩個人。之後，馬格諾克和我幾乎包攬了所有活計，另外有一位廚娘瑪麗‧樂高夫。」

「她在您離家的時候代替您嗎？」

「是的，當然。」

她們到達高處，路沿著海岸的陡坡蜿蜒起伏，到處都是老橡樹，透過稀疏的葉子可以看見槲寄生。海洋在遠處呈灰綠色，在近處彷彿白色的腰帶圍繞著小島。

薇洛妮克接著說：「奧諾琳夫人，您有什麼計畫？」

「我一個人進去，先跟您父親談談。然後，我會到花園門口找您，讓弗朗索瓦以爲您是他母親的一位朋友，他漸漸就會猜想到。」

「您覺得我父親會歡迎我嗎？」

「他會展開雙臂迎接您的，薇洛妮克夫人，」奧諾琳高聲說：「我們都會很高興的，但願……但願他一切安好。弗朗索瓦沒有跑來，眞是太奇怪了！從島上的每一處，都可以看見我們的小艇，幾乎從格勒南島就可以看到。」

她又開始說起那些戴日蒙先生所謂的無稽之談，她們沿路安靜地走著，薇洛妮克焦躁不安。

突然，奧諾琳在胸前劃了個十字。

「跟著我做，薇洛妮克夫人。」她說：「儘管修士們淨化了這個地方，可是古時候留下許多帶來厄運的壞東西，尤其在那片森林，大橡樹林裡。」

古時候，這裡無疑是指德落伊教祭司①和用活人獻祭的時代。事實上，她們進入了一片稀落的橡樹林，樹聳立在長滿青苔的石丘上，頗有古代神明的氣息，每一尊神有自己的祭壇，有神祕的祀典和可怕的力量。

薇洛妮克學布列塔尼婦女在胸前劃十字，禁不住顫抖地說：「多麼悲哀啊！這荒蕪的高原上沒有一朵花。」

「只要下些工夫，就會變得很漂亮了。您會看到馬格諾克種的花，在島的盡頭，仙女石桌墳的右邊……我們把那裡叫做『開滿鮮花的骷髏地』。」

「花漂亮嗎？」

「我告訴您，可是美不勝收哪！他到不同的地方親自選土，備好土後，還得加工把土和一些特殊葉子混在一起，他知道那些葉子的作用……」

她又小聲說：「您會看見馬格諾克的花，世上無與倫比的花……神奇的花朵……」

在一座山丘的轉彎處，路突然變得低窪。巨大的斷崖將島一分為二，另一半在對面，稍微矮些，也小得許多。

「那邊就是隱修院。」奧諾琳說。

小島也被破碎的岩石圍繞著，這些岩石彷彿圍牆一般，讓小島更顯陡峭。岩壁底部凹陷進去，宛如一只花環。這圍牆與主島之間以一塊與城牆厚度相當的岩石相連，那岩石的脊背狹窄、細長，好似斧刃那樣鋒利。要從這岩石走過去絕無可能，更何況一道大裂痕將它攔腰截斷。因此，人們在兩端搭了一座橋，直接支在岩石上，橫跨巨大的裂痕。

她們一前一後走過去，因爲橋很窄，也不大結實，人走上去或有風吹來時，就會晃動。

「瞧，看那邊，小島的頂端，」奧諾琳說：「能望見隱修院的一角。」

通往隱修院的路穿過草地，上面呈梅花狀種著小松樹。另外一條路通向右邊，隱沒在茂密的灌木叢中。

薇洛妮克目不轉睛地盯著隱修院，低矮的正面漸漸顯露出來。幾分鐘後，布列塔尼婦女驀地停下，轉向右邊的灌木叢，喊道：「斯特凡先生！」

「您在叫誰？」薇洛妮克問：「馬盧先生嗎？」

「是的，弗朗索瓦的老師。他在橋邊跑呢，我從樹縫裡看見了他。斯特凡先生！……他爲什麼不回答呢？您看見人影了嗎？」

「沒有。」

「我肯定那是他，帶著白色貝雷帽。橋就在我們身後，等他過來吧！」

「爲什麼要等？如果發生了什麼事，隱修院有什麼危險的話……」

「說得對。我們快走吧！」

不祥的預感促使她們加快腳步，接著，她們無來由地跑了起來。越是接近事實眞相，她們越是感到害怕。

小島再次變窄，路被隱修院的圍牆擋住。這時，屋內傳來一聲慘叫。

奧諾琳驚叫：「有人在吶喊！您聽到了嗎？女人的吶喊！是廚娘瑪麗・樂高夫！」

她趕緊跑到柵欄門前，抓出鑰匙，但顫抖的雙手把鑰匙弄斷在鎖中，打不開。

「從缺口過去！」她命令道：「看那，在右邊！」

她們衝過去，跨越圍牆，穿過一片滿佈廢墟的寬草坪，彎曲小徑在常青藤枝條和苔蘚的覆蓋下時隱時現。

「我們來了！我們來了！」奧諾琳大喊：「我們來了！」

「別再叫了！太可怕了……啊！可憐的瑪麗・樂高夫……」

奧諾琳抓緊薇洛妮克的手臂。

「我們繞過去。正門在另一邊，這邊的門都是關著的，窗戶也都有遮板擋著。」

但薇洛妮克的腳被樹根纏住，踉蹌了一下，跪倒在地上。當她重新站起來時，布列塔尼婦女已經走遠，從屋子左邊繞了過去。薇洛妮克沒有跟上，而是不自覺地徑直朝屋子走去。她登上台階，對著緊閉的房門使勁敲打，用身體撞。

她覺得像奧諾琳那樣繞過去是浪費時間，也許失去的這一刻永遠無法彌補。然而，正當她覺得這努力徒勞無功打算放棄時，屋內又傳出一陣叫喊，那叫喊聲來自她的上方。

這次是一個男人的聲音，薇洛妮克分辨出那是她父親的聲音。她後退了幾步。突然，二樓的一扇窗戶被打開了，她看見了父親，他的臉因無法言喻的痛苦而扭曲，喘息著說：「救命啊！救命啊！啊！魔鬼……救命啊！」

「爸爸！爸爸！」薇洛妮克喊道：「是我啊！」

他低頭了一陣，似乎沒有看見他的女兒。他試圖快速越過陽台，但隨著身後突來一陣巨響，窗玻璃的碎片飛散出來。

「凶手！凶手！」他叫喊著又回到了屋裡。

薇洛妮克慌亂無助地四處張望。要怎麼拯救父親呢？牆太高了，沒有任何可抓著攀爬的地方。突然，她在離二十公尺遠處發現房子腳下有一個梯子。雖然梯子很重，她還是擠出驚人力氣把它扶了起來，靠在開啓的窗戶下面。

在生命中最悲慘的時刻，薇洛妮克儘管思維混亂、情緒激動，身體懼怕得發抖，腦中的種種想法還是自動地聯繫起來。她思忖著，爲何聽不見奧諾琳的聲音？她爲何遲遲沒進屋阻止這一切？

她也想到了弗朗索瓦。到底弗朗索瓦人在哪兒？他跟馬盧先生一塊逃走了嗎？他去求救了嗎？還有，被父親稱作魔鬼和凶手的又是誰呢？

梯子搆不到窗戶，薇洛妮克馬上意識到跨過陽台需要多大力氣，但她毫無遲疑。上方，有人正在打鬥，爭鬥中不時傳來她父親令人窒息的慘叫。薇洛妮克爬了上去，最多只能觸及陽台的橫檔，好在一條狹窄的挑檐讓她能單腿跪坐上面，將頭探到陽台，目睹屋內發生的慘劇。

這時，戴日蒙先生再次退到窗邊，比剛才更往後靠，薇洛妮克幾乎可以看見他的正面。他不再動彈，眼神驚恐萬分，雙臂張開擺出一副難以辨明的姿勢，彷彿在等待可怖之事降臨。

他吞吞吐吐地說：「凶手……凶手……就是你嗎？啊！你會受詛咒！弗朗索瓦！弗朗索瓦！」

也許他在向外孫求救。也許剛剛是弗朗索瓦在搏鬥，也許他受傷了，也許他死了！

薇洛妮克突然力氣倍增，成功地登上了挑檐。

「我來了！我來了……」她想喊出來，但聲音哽在喉中。

她看到了！她看見……在她父親對面五步遠處，靠牆站著一個人，持槍向戴日蒙先生慢慢瞄準。這個人……噢！太可怕了！薇洛妮克認出奧諾琳說的紅色貝雷帽，帶有金色鈕釦的絨布襯衫……特別是，她在這張顯露兇殘而扭曲的稚嫩臉龐上，發現了和沃斯基被激發出仇恨兇狠本質時同樣的表情。

孩子絲毫沒有察覺她的存在，他目不轉睛地盯著射擊的目標。推遲這決定命運的時刻，彷彿讓他獲得殘忍的快感。

薇洛妮克沒出聲，話語、喊叫都不能阻止這樁罪行。她該做的，就是跳到兩人中間。她爬上去，緊緊抓住陽台邊緣，翻越窗戶。

太遲了，子彈已經射出。戴日蒙先生在痛苦呻吟中倒下。

當孩子的手臂還舉著、老頭倒下的一瞬間，屋裡的門打開了。奧諾琳出現了，眼前的可怕景象給她迎頭一擊。

「弗朗索瓦！」她大叫：「你！你！」

孩子撲向她，布列塔尼婦女試圖攔住他的去路。他沒有和她打鬥，退後一步，突然舉起手中的武器開了一槍。

奧諾琳膝蓋彎曲，癱倒在門邊。弗朗索瓦從她的身體上越過，逃開了。她繼續喊著：「弗朗索瓦！弗朗索瓦！不，這不是眞的……啊！這可能嗎？弗朗索瓦！」

外面傳來一陣笑聲。是的，那孩子笑了。薇洛妮克聽見這來自地獄般的恐怖笑聲，跟沃斯基如出一轍。這些痛苦灼傷了她，像往昔面對沃斯基時的傷痛一樣！

她沒有去追凶手，也沒出聲喊他。

她身邊，一個微弱的聲音喃喃呼喚著她的名字：「薇洛妮克……薇洛妮克……」

戴日蒙先生奄奄一息倒在地上，眼神呆滯地望著薇洛妮克。

薇洛妮克跪著爬到父親跟前，試著拉開沾滿鮮血的背心和襯衫，以便爲他包紮傷口。他推開她的手，她意識到傷勢已無法治癒。父親似乎有話想說，她把腰彎得更深。

「薇洛妮克……原諒我……薇洛妮克……」

這是他逐漸遠去的意識裡想到的頭一句話，她哭著親吻他的額頭。

「別說了，爸爸……別再浪費力氣了……」

但他有別的話要說，他的嘴徒勞地發出了幾個沒有意義的音節，薇洛妮克絕望地聽著。他的生命即將消逝，意識消散在黑暗中。薇洛妮克將耳朵緊貼到父親的唇邊，最後一個詞耗盡了他所有力氣。她捕捉到這幾個詞：「當心……當心……天主寶石……」

突然，他半坐起來，眼睛閃爍著光芒，彷彿迴光返照一般。薇洛妮克感覺到，父親看著她便能明白她的來意和她將面臨的一切危險。他用滿懷恐懼的粗啞聲音清晰地說：「別留在這裡，妳留下就會死……逃離這座島……離開，趕快離開！」

他的頭又低了下去。他再度開口小聲地說出幾個讓薇洛妮克十分驚訝的詞：「啊！十字架……撒雷克的四個十字架……我的女兒……我的女兒……十字架的極刑……」

——就這些。

周圍一片死寂。年輕女人覺得這寂靜彷彿肩頭重擔，逐秒加重。

「逃離這座島……」一個聲音重複著這句話，「快離開吧！這是您父親命令的，薇洛妮克夫人。」

奧諾琳在她的身邊，面無血色，雙手用沾滿鮮血的餐巾捂在胸前。

「您需要包紮！」薇洛妮克大叫，「等等……讓我看看。」

「過會兒再說，等會再來管我。」布列塔尼婦女含糊地說：「啊！這個魔鬼！我要是及時趕到就好了。但是下層的門被堵住了……」

薇洛妮克向她懇求道：「讓我幫您包紮吧，聽我的……」

「晚一些……先去看看廚娘瑪麗．樂高夫，她人在樓梯下面。她也受傷了，快不行了……去看看她……」

薇洛妮克從裡面的門走出，她兒子就是從這邊逃走的。出門後有一座寬闊的樓梯，瑪麗．樂高夫蜷縮在樓梯的頭幾階上。

她很快就闔眼了，死前沒再恢復意識，這是莫名悲劇中的第三個犧牲者。

根據馬格諾克老爹的預言，戴日蒙先生是第二個犧牲者。

譯註：

①古代居爾特人和高盧人的祭司，身兼教育、司法、行政三職。

chapter 4

撒雷克島犧牲者

薇洛妮克幫奧諾琳包紮傷口，傷口並不深，布列塔尼婦女尚無生命危險。接著她把瑪麗・樂高夫的屍體拖到父親所在的大房間，屋子裡堆滿了書籍，擺設得像一間書房。她闔起戴日蒙先生的眼睛，爲他蓋上一條被單，開始祈禱。但她卻說不出禱詞，腦子裡一片混亂，似乎被接連而來的不幸擊垮，她雙手抱頭坐了將近一個小時。這期間，奧諾琳因爲發燒睡著了。

她竭盡全力抗拒兒子的身影，猶如往日抗拒沃斯基的身影一樣。但這兩個人的影子相互交疊，在她腦中縈繞著，在緊閉的雙眼前跳動，儘管死死地閉上眼睛，這光亮還是在黑暗中晃來晃去，分開又重疊。這分明是同一張寫滿兇殘、嘲諷的可憎臉孔。

她所受到的痛苦絕不是一種母親哀悼兒子的痛苦。她的兒子十四年前死了，才剛復活不久，在她所有母性溫柔的源泉即將湧出之際，他卻突然變成了一個陌生人。更糟的是，他變成了沃斯基的兒子！這教她如何忍受？

她內心深處烙下了怎樣的傷痕！怎樣的震撼可與此相比，傷及她的五臟六腑！簡直是慘絕人寰的悲劇！多麼瘋狂可怕！多麼諷刺的痛苦命運！在分隔兩地、守喪多年，即將擁抱他們爺孫兩人之時，在即將迎來甜美舒適的生活之時，她的兒子殺死了她的父親！她的兒子是殺人凶手！她的兒子無情地用武器瞄準外祖父，射殺時完全出於自願，甚至表現出一種變態的快樂！

她絲毫不去想能夠解釋這些行爲的動機。她的兒子爲何要這樣做？他的老師斯特凡・馬盧也許是同謀，也許是教唆者，爲什麼他在悲劇開始之前就逃跑了呢？她不去尋求這些問題的答案，她只想著那可怕的一幕：死亡殺戮。她思量著，是否死亡對她是唯一解脫、唯一結局。

「薇洛妮克夫人。」奧諾琳小聲呼喚。

「怎麼了？」年輕女人從麻木中醒轉。

「您沒聽到嗎？」

「什麼？」

「一樓有人在按鈴，應該是您的行李到了。」

她猛地站起身。「但是我該說什麼呢？如何解釋？如果我指控這孩子……」

「什麼也別說，我求求您。讓我來解釋。」

「您太虛弱了，我可憐的奧諾琳。」

「不，不，我好多了。」

薇洛妮克下到樓梯盡頭鋪著黑白相間瓷磚的大廳裡，拉開大門門栓。

果然，是水手中的一名。

「我敲了廚房的門。」男人說：「瑪麗・樂高夫不在嗎？那麼奧諾琳夫人呢？」

「奧諾琳在樓上，她有話想交代。」

水手看著她，彷彿被這位面色蒼白、表情嚴肅的女人震懾住了，默默地跟著她走。

奧諾琳站在二樓敞開的門前等著。

「啊！是你，寇雷如。仔細聽我說，我要說的都是眞的。」

「發生了什麼事？奧諾琳夫人？您受傷了？發生什麼事了？」

她打開門洞，指著裹屍布下的兩具屍體。

「安東尼先生和瑪麗・樂高夫……兩人被殺害了……」

男人的臉變了樣，他結結巴巴地說：「殺害……怎有可能？被誰？」

「我不知道，我們在慘事發生之後才到的。」

「那麼，小弗朗索瓦呢？斯特凡先生呢？」

「失蹤了，恐怕也遭不測。」

「可是……可是……馬格諾克老爹呢？」

「馬格諾克？你爲什麼提起他呢？寇雷如？」

「因爲……如果馬格諾克還活著，這一切就是另一回事了。馬格諾克老爹總說他會是第一個犧牲者。馬格諾克只說他確定的事，他能看穿眞相。」

奧諾琳想了想，接著吐實：「馬格諾克被殺了。」

這次，寇雷如完全失去冷靜，臉上出現那種薇洛妮克在奧諾琳臉上多次看到的恐懼。他劃了個十字，低聲說：「那麼、那麼……這終於發生了，奧諾琳夫人。馬格諾克明確地說過……那天，他在我的船上還跟我說：『刻不容緩了，所有人都得離開。』」

突然，水手轉身向樓梯奔跑而去。

「站住，寇雷如。」奧諾琳命令。

「『必須離開！』這是馬格諾克老爹說過的話，所有人都得離開。」

「站住。」奧諾琳重複道。

當水手停下腳步猶豫不決時，她繼續說：「我們同意應該走，明天傍晚就走。但是，在那之前，要先料理安東尼先生和瑪麗・樂高夫的後事。你去找阿爾希娜姊妹來爲死者守靈。她們是壞女人，但好在對這種事熟得很。她們三人之中至少要來兩個，每人給她們雙倍的價錢。」

「然後呢，奧諾琳夫人？」

「你去和老人們解決棺木的事，明天一早就下葬到小教堂的公墓去。」
「再之後呢，奧諾琳夫人？」
「之後，你就自由了，其他人也是。你們收拾好行李，駛船離開。」
「可是您呢，奧諾琳夫人？」
「我，我有小艇。說得夠多了，就這樣說定了？」
「說定了，只需要過一晚。我想，從現在到明早應該不會再有事情發生吧……」
「不會、不會的。去吧，寇雷如，快點！別跟人說馬格諾克死了，不然就沒法使喚他們了。」
「我保證，奧諾琳夫人。」
水手急急忙忙地走了。
一小時之後，阿爾希娜兩姊妹到了。她們是兩個瘦骨嶙峋、皺巴巴的老太婆，看起來像女巫，戴著髒兮兮的黑色絲絨頭巾。奧諾琳被轉移到房子左側同一層盡頭的房間。
守靈夜開始了。

* * *

這天晚上，薇洛妮克先為亡父守靈，接著待在奧諾琳的枕邊，她的情況惡化了。薇洛妮克最後迷迷糊糊地昏睡了過去。

布列塔尼婦女喚醒了薇洛妮克，她雖然發燒，神智卻還清醒。「弗朗索瓦應該是藏起來了，斯特凡先生也一樣……馬格諾克老爹應曾告訴過他們島上的藏身之處。所以，別人不會發現他們，也不會知道眞相。」

「您確定嗎？」

「確定。那麼，等到明天所有人都離開撒雷克島，只剩我們倆之後，我用號角發出信號，他就會來這裡。」

薇洛妮克表現排斥感。「我不想見他！我害怕他！像我父親一樣，我詛咒他……您想想，他在我眼前殺死了我的父親！他殺死了瑪麗・樂高夫，還想殺您！不，不，我對這個魔鬼只剩仇恨、厭惡！」

布列塔尼婦女親暱地握住薇洛妮克的手，喃喃地說：「先別判他的罪……他不知道自己做了什麼。」

「您說什麼？他不知道？可是我看到了他的眼神，那是沃斯基的眼神！」

「他不知道……他瘋了。」

「瘋了？」

「是的，薇洛妮克夫人。我瞭解這孩子，沒有誰像他一般善良。他做這些，不過出於一時的瘋狂，就像斯特凡先生一樣。他們現在應該絕望地在哭泣呢！」

「我不能接受，我不相信。」

「您不能相信，因為您不知道發生了什麼，也不知道將要發生什麼。倘若您知道……啊！有些事情、有些事情……」

她的聲音小到聽不見了。她默不作聲，但眼睛睜得大大的，嘴唇無聲地蠕動。

第二天早晨來臨，沒有意外發生。將近清晨五點，薇洛妮克聽見釘棺材的聲音，幾乎同時，她所在房間的門被打開，阿爾希娜姊妹一陣風似的走進來，兩人都惴惴不安。

她們從寇雷如那裡得知了實情，寇雷如酒後吐眞言，胡亂地說了出去。

「馬格諾克死了！」她們喊道：「馬格諾克死了，您卻什麼也沒說！我們要離開！快點，把我們的錢拿來！」

錢一結清，她們撒腿就跑。一小時後，從這對姊妹那兒得到消息的婦女也跑來要帶她們的丈夫回家，口中叨唸著同樣的話。

「該走了！該把一切準備好，否則就太遲了。那兩條小船能載下所有人。」

奧諾琳不得不施展威望從中斡旋，薇洛妮克則幫忙發錢，葬禮匆匆進行著。附近有一座戴日蒙先生生前修葺過的破舊教堂，教士每個月都從神父橋來此做彌撒。旁邊是撒雷克島神父專用的舊公墓，兩具屍體下葬在那裡，由平日擔任聖器室管理者的老人嘟囔著祝福詞。

所有人都幾近瘋狂，他們的聲音、動作在發顫。離開的想法縈繞著他們的腦海，毫不理睬一旁祈禱哭泣的薇洛妮克。

八點鐘不到，葬禮就結束了，男男女女紛紛散去。薇洛妮克覺得彷如困陷在噩夢中，慘劇接踵而至，發生之前卻無半點預兆。薇洛妮克轉身來到奧諾琳身邊，她的狀況不佳，沒能參加主人的葬禮。

「我覺得好點了。」布列塔尼婦女說：「我們今天或明天就走，和弗朗索瓦一起走。」

看到薇洛妮克生氣的樣子，她再說道：「和弗朗索瓦一起，我跟您說過的，還有斯特凡先生。越早越好！我也想離開，帶您走，還有弗朗索瓦。這座島上住著死神，死神是這裡的主人，應該把撒雷克島留給他……我們都得走。」

薇洛妮克不想惹惱她。將近九點，匆忙的腳步聲又再度響起，是寇雷如。他從村子裡來，一進門就喊道：「您的小艇被偷了，奧諾琳夫人。小艇不見了！」

「不可能！」布列塔尼婦女反駁。

水手氣喘吁吁，肯定地說：「眞的不見了。今早我就覺得有些不對勁，以爲是自己喝多了，便沒有多想。但其他人也看見了，纜繩被割斷……是晚上發生的事。有人悄悄地把小艇開走了。」

兩個女人相互對視，都直覺是弗朗索瓦和斯特凡・馬盧駕著小艇逃跑了。

奧諾琳從牙縫裡小聲咕噥：「對，對，就是這樣。他懂得駕駛。」

薇洛妮克知道孩子遠走高飛，再也見不到他時，或許鬆了一口氣。但奧諾琳害怕起來，說：

「那麼……那麼……我們怎麼辦呢？」

「得馬上走，奧諾琳夫人。船已準備好，所有人全收拾好了行李，十一點一到，村裡就不再有人了。」

薇洛妮克打斷他。「看看奧諾琳的狀況，她還不能動身。」

「不……我好多了……」布列塔尼婦女說。

「這太荒謬了！等個一兩天，後天再來吧，寇雷如。」

她把水手推向門外，他巴望著離開。

「好吧，就這樣，後天我會回來。另外，我們也不能把所有東西都帶走，還要偶爾回來拿。奧諾琳夫人，好好保重。」他急忙向外跑去。

「寇雷如！寇雷如！」奧諾琳從床上坐起，絕望地喊道：「不，不，別走，寇雷如！等等我呀，把我揹到你的船上去。」

她聽了聽，發現水手沒回來，便想要起身。「我害怕……我不想一個人留在這裡……」

薇洛妮克拉住她。「您不會獨自留在這裡，奧諾琳，我不會離開您的。」

兩個女人拉扯了一番。最後，奧諾琳沒了力氣，倒在床上呻吟：「我怕……我怕……這島被詛咒了，留在這裡就是觸犯上帝……馬格諾克的死就是警告……我怕！」

她病得滿口胡言亂語，但仍保持半分清醒，因此她那些表現出布列塔尼婦女迷信頭腦的不適話語中，還混著些明白、理智的話。

她抓住薇洛妮克的肩膀說：「我跟您說，這島被詛咒了。有一天馬格諾克對我說：『撒雷克是一扇地獄之門，現在門是關著的，但當它開啓的那天，一切災難將會如暴風般襲來。』」在薇洛妮克的懇求下，她稍稍鎮靜了些。她用更溫和、幾乎要消失的聲音說：「他很喜歡這座島，跟我們大家一樣。可是我不懂他的話：『這是扇雙重門扉，同時向天堂敞開。』是的、是的，這島很適合居住，我們也熱愛著……馬格諾克還種了許多花……噢！那些花是奇蹟，有三倍高，也更漂亮呢。」

時間沉悶地流逝著。在這間屋子盡頭凸出的部分，透過窗子可以望見小島的左右兩側，中間被高聳於海面的岩石阻擋。

薇洛妮克坐著，眼睛盯著被北風捲起的白色波浪，太陽在覆蓋布列塔尼的濃霧中升起。但是在西邊，透過暗礁頂部刺破的白色浪花，視線可一直伸展到大西洋荒蕪的岸邊。

布列塔尼婦女迷濛低語：「有人說那門是一塊石頭，來自遙遠的國度，稱作天主寶石。聽說這石頭十分珍貴，是金銀混合而成。天主寶石乃決定生死之石，馬格諾克曾親眼目睹過，他打開門，伸出手臂……他的手、他的手被燒成了灰燼。」

薇洛妮克心情沉重，她感到逐漸被恐懼侵襲，像是禍水一步步滲透浸入。這些天她所經歷的恐怖事件似乎還有更可怕的後續，她彷彿在等待著已經預示的颶風席捲一切，可怕的攻擊將會衝破命運的枷鎖向她襲來。

「您沒看到那兩艘船嗎？」奧諾琳問。

薇洛妮克回答：「從這裡看不到。」

「不，不，這是他們的必經之路。船很沉，岬角有一條寬闊水路。」

果然，過了一會，薇洛妮克看見岬角處露出一艘船的船頭。船吃水很深，船身寬闊，裝滿了箱子和包裹。女人和孩子們坐在上面，四個男人使勁划槳。

「這是寇雷如的船，」奧諾琳衣衫不整，從床上跳起說：「另一艘來了，您看。」

另外一艘駛了出來，同樣很重，只有三個划槳的男人跟一個女人。

兩艘船離她們太遠，約有七、八百公尺之遙，所以看不清船上人的臉孔。但這兩艘滿載的船上沒有一絲吵鬧，奮力在死神面前逃命。

「我的上帝！我的上帝！」奧諾琳痛苦地呻吟：「但願他們逃出地獄！」

「您怕什麼呢，奧諾琳？他們沒受到任何威脅。」

「不，只要他們還沒有離開這座島。」

「他們明明離開了。」

「島的周圍，還是島的領域，棺材就在那裡窺視著。」

「可是海面很平靜。」

「不是海，是別的……大海並非敵人。」

「那麼，是誰呢？」

「我不知道，我不知道。」

兩艘小船朝北面的岬角駛去，前方出現了兩條水路。奧諾琳根據暗礁名稱，命名爲「魔鬼之石」和「撒雷克之牙」。

過沒多久，可以看出寇雷如選擇了叫做魔鬼的那條水路。

「他們就要到了，」布列塔尼婦女解釋說：「他們到了……再一百公尺，就安全了。」

她幾乎冷笑出來。

「啊！魔鬼的陰謀不會得逞，薇洛妮克夫人，我相信我們會得救的，您和我，還有全部撒雷克島的人。」

薇洛妮克默不作聲，心情依然沉重。她只能把這感覺歸咎於揮之不去的強烈預感，這沉重便越發難以承受。薇洛妮克在心中劃了一道安全線，而寇雷如一群人還沒有越過這條線。

奧諾琳燒得發抖，她咕噥道：「我怕呀，我怕呀……」

「您在怕什麼，」薇洛妮克繃緊了身子說：「這太荒唐了。危險從何襲來呢？」

「啊！」布列塔尼婦女喊叫：「那是什麼？那是什麼東西？」

「什麼？發生什麼事了？」

兩個人前額緊貼窗玻璃，發狂地看著。

遠處似乎有什麼東西，從「撒雷克之牙」那邊突然冒了出來。她們立刻認出那是昨天寇雷如口中所說的失蹤汽艇。

「弗朗索瓦！弗朗索瓦！」奧諾琳害怕地喊：「是弗朗索瓦和斯特凡先生！」

薇洛妮克認出那孩子。他站在船頭，向兩艘船上的人比劃著。男人們舞動船槳回應他，女人們則擺手作爲回答。奧諾琳不顧薇洛妮克的反對，將窗子打開，她們聽見發動機劈劈啪啪的響聲，卻分辨不出他們說了什麼。

「這是什麼意思？」布列塔尼婦女重複道：「弗朗索瓦和斯特凡先生，他們爲什麼不上岸？」

「也許，」薇洛妮克解釋：「他們怕上岸的時候被人注意，受到審問？」

「不，人們認識他，尤其是弗朗索瓦，他常陪我去。另外，身分證件在汽艇裡。不，不，他正藏在岩石後面等著呢！」

「可是，奧諾琳，如果他們藏了起來，爲什麼偏偏選在這個時候現身呢？」

「啊！是因爲、是因爲……我也不懂。這太奇怪了，寇雷如和其他人會怎麼想呢？」

第二艘船沿著前面那艘的航跡行駛著，幾乎停了下來。船上所有人看似全轉向汽艇的方向。當汽艇追上第二艘船時，便放慢了速度，繼續與兩艘船平行，保持著十五到二十公尺的距離。

「我不明白、我不明白……」布列塔尼婦女小聲說。

發動機停息了。汽艇以緩慢的速度開到兩艘小船中間。

突然，兩個女人看見弗朗索瓦蹲下去又站起來，一隻手臂向後伸直，像是要扔什麼東西。同時，斯特凡·馬盧也做了同樣的動作。

一件可怕的事情突然發生了。

「啊！」薇洛妮克喊道。

她有一瞬間閉上雙眼，但立刻抬起頭來，看見生平最恐怖的一幕。兩樣東西從近距離被扔了出去。弗朗索瓦從前面扔出一個，斯特凡·馬盧從後面扔出另一個。

馬上，兩艘小船迸發出兩道火光，接著冒出兩團濃煙。爆炸聲在空中迴盪，有一段時間，看不清這團黑霧中發生了什麼。煙霧隨後被風吹散，薇洛妮克和布列塔尼婦女看到兩艘船迅速下沉，船上的人跳到海裡。

這景象——這地獄的景象——沒有持續很久。她們發現一位母親動也不動地站在浮板上，手裡抱著孩子，還有被爆炸所傷的成片僵硬屍體，接著有兩個男人扭打起來，也許是瘋了。這一切隨著小船沉沒了。

幾道漩渦、幾個漂浮的黑點，沒別的了。

奧諾琳和薇洛妮克一言不發，嚇呆了。事情的發展超過了她們的想像。

最後，奧諾琳雙手抱頭，低聲說：「我的頭要炸了……啊！撒雷克島可憐的人們！他們都是我的朋友，我從小到大的朋友，再也見不到他們了。大海不會把屍體帶回撒雷克島，它會把他們留下。棺材已經準備好了，成千上萬隱祕的棺材……啊！我的頭炸了，我要瘋了，像弗朗索瓦一樣。我可憐的弗朗索瓦！」

薇洛妮克默不作聲，她面無血色，手指緊緊扣住陽台看著這一切，彷彿在俯視即將投入的深淵。她的兒子會怎麼做呢？營救這些人嗎？及時去救這些絕望叫喊著的人們嗎？也許她快瘋了，但災難有時會進一步加深。

爲了避免被漩渦捲進去，汽艇一開始就往後退。弗朗索瓦和斯特凡分別戴著紅色和白色貝雷帽，一前一後地站在剛才的位置上，手裡拿著……因爲距離太遠，兩個女人看不清他們手上的東西，但看起來像是長一點的棍子。

「救人的竹竿……」薇洛妮克小聲說。

「或是武器。」奧諾琳應答。

黑點在海面上漂浮著。有九名倖存者的頭浮在水面上，可以猜到，他們正不時伸手呼救。其中幾人快速游離汽艇，四個向汽艇靠近，有兩人很快就要搆到了。突然，弗朗索瓦和斯特凡擺出一副姿勢，槍殺者瞄準的姿勢。

兩道火光射出，只聽到一聲槍響。

那兩個游泳者的頭消失了。

「啊！魔鬼！」薇洛妮克吞吞吐吐地迸出話來。她跪在地上，完全崩潰了。

在她身邊，奧諾琳開始大聲喊：「弗朗索瓦！弗朗索瓦！」聲音還沒傳到汽艇，就被風吹散了。布列塔尼婦女繼續喊道：「弗朗索瓦！斯特凡！」接著，她跑出房間到走廊上尋找什麼東西，然後回到窗邊，不斷大聲喊著：「弗朗索瓦！弗朗索瓦！聽著……」

最後，她找來發信號用的海螺殼，但放到嘴邊時卻只能發出模糊低沉的聲響。

「啊！該死的！」她結結巴巴地說，把海螺殼扔到地上，「我沒力氣了……弗朗索瓦！弗朗索瓦！」

她的樣子很可怕，頭髮亂蓬蓬，發燒的汗水在臉上直流。薇洛妮克懇求她恢復鎮定。「奧諾琳，求求您了。」

「可是，您看他們！看他們！」

汽艇向前開著，兩個凶手站好位置，端起槍準備下手。倖存者迅速逃開，其中兩個被拋在後面。

這兩個人被射殺，頭消失了。

「您看他們，」布列塔尼婦女用沙啞的聲音說：「這是獵殺！他們是在捕殺獵物……啊！撒雷克島可憐的人們……」

又是一槍，一個黑點沒入水中。

薇洛妮克絕望地蜷起身子，搖晃陽台的橫桿，彷彿這陽台是禁閉她的籠子。

「沃斯基！沃斯基！」她悲嘆著，想起了他的丈夫，「這是沃斯基的兒子。」

突然，她的脖子被掐住，她發現面前是布列塔尼婦女，一副猙獰變形的表情。

「那是妳的兒子，」奧諾琳咕噥地說：「妳會受詛咒的……妳是魔鬼的母親，妳將受到懲罰……」

她突然笑起來，跺著腳，笑得渾身抽搐。

「十字架！是的，十字架……妳會被釘上十字架……兩隻手釘上釘子！噢！多麼絕妙的懲罰！手上釘釘子！」

她完全瘋了。

薇洛妮克掙脫出來，想按住對方，但奧諾琳勃然大怒地把她推開，迅速躍過陽台。

房子的這一側因爲地勢不同，樓層不是很高。布列塔尼婦女跳到小徑上，橫穿過旁邊的高地，向高聳於海面的懸崖頂部跑去。

她停下來，喊了三次自己撫養大的孩子之名，然後一頭栽入深淵。

遠處，獵殺完結了。一個接一個的人頭沒入水中，屠殺慘劇終於落幕。

接著，弗朗索瓦和斯特凡開著汽艇，沿布列塔尼岸邊向貝格梅伊和孔卡諾海灘逃去。

薇洛妮克獨自一人留在棺材島。

chapter 5

十字架上的四個女人

薇洛妮克獨自一人留在棺材島上。直到太陽落在低迴海邊的雲層中、落至地平線之際，她一動不動地癱倒在窗邊，雙手抱頭。

眞相在她腦海深處縈繞，如同揮之不去的畫面，然而有時卻又變得那麼清晰可見，彷彿那些殘酷的畫面在重演。

她不去尋找這些事情的解釋，也不對可能引起慘劇的原因作任何假設，她寧願相信弗朗索瓦和斯特凡是瘋了。她相信兩名凶手的瘋狂，而不把這些歸爲某種陰謀。

另外，她親眼見證了奧諾琳發瘋的過程，因此她判斷所有事件都源於某種瘋狂，撒雷克島居民都成了這瘋狂的犧牲者。就連她自己也曾一度恍惚，神智不清，感覺有看不見的幽靈在身邊圍繞。

她昏昏沉沉地睡著了，卻總是夢見這些恐怖的畫面。她在夢中深感不幸，慟哭了起來。同時，她似乎迷迷糊糊地聽見輕微的響動，十分恐怖。敵人靠近了，她睜開雙眼。

在她面前三步遠的地方坐著一隻奇怪的動物，淺咖啡色的毛，前腿交叉好像手臂一樣。

這是一條狗，她立即想起弗朗索瓦的狗——奧諾琳說過，牠是隻勇敢忠誠又幽默的動物。她記起牠的名字：「好好先生」。

當薇洛妮克小聲地喚這名字時，突然勃然大怒，差點趕走這隻外號如此諷刺的動物。一切都好！她想起這場恐怖風暴的所有犧牲者，撒雷克島死去的人們、被殺死的父親、自殺的奧諾琳、瘋狂的弗朗索瓦。這算什麼一切都好！

然而，牠沒有動，像奧諾琳說過的那樣扮起鬼臉來，稍稍歪著頭，閉上一隻眼，嘴咧到耳邊，前腿交叉，彷彿眞發自內心地笑了起來。

現在，薇洛妮克想起來了，這是好好先生對受苦者特有的示好方式。好好先生不喜歡看人流淚。有人哭泣時，牠會一直扮鬼臉，直到那人笑起來並撫摸牠。

薇洛妮克沒有笑，但把牠拉到身邊，對牠說：「不，我可憐的動物，不是一切都好。相反的，一切都不好。無論如何，還是該活下去，不是嗎？不該像別人那樣發瘋……」

生存的需要迫使她行動，她下樓到廚房翻找出一些食物，餵好好先生吃了不少，接著又回到樓上。

夜幕降臨。她打開二樓一間平時似乎沒人使用的房間，體力的消耗和情緒的劇烈波動令她疲憊不堪，她幾乎立刻睡著了。好好先生則睡在床腳下。

次日，她醒得很晚，且感到異常地寧靜、安全，似乎現在的生活跟她在伯桑松的閒適生活沒兩樣。她在這裡度過的那幾個恐怖的日子已然遠去，再回想起來也不會讓她不安。在這場大災難中逝去的人們對她來說，像是再不會見面的陌生人。她的心不再淌血，靈魂深處也不再哀傷。

這意想不到的休息沒有止境，孤獨對她而言是一種慰藉。這讓她感覺良好，以至於一艘蒸汽船來到這罪惡之地時，她沒有發出任何信號。也許昨天有人看到岸邊爆炸的火光、聽到爆炸的聲音，但她一動也沒動。

她看見一艘快艇從蒸汽船開出，以爲會有人到村子裡調查。然而她害怕調查會把她兒子牽扯進去。她不願別人找到她，審問她，問出她的名字、她的過去，不願重回到剛剛逃離的地獄。她希望等上一到兩週，等偶然經過小島的漁船將她接走。

但沒人走到隱修院這邊。汽船遠去了，沒什麼能打擾這位年輕女人的清靜。她這樣過了三天，命運似乎不再向她發起新的攻擊，她孤身一人，自己便是自己的主人。好好先生的出現帶給她莫大安慰，可是牠突然不見了。

隱修院佔據小島的一頭，修建在原先本篤會修道院的舊址上。原來的修道院於十五世紀被廢棄，漸漸坍塌，變成廢墟。

這幢房子是十八世紀一位富有船商用原來修道院的材料和教堂的石頭蓋成的，無論是建築結構還是室內裝潢都無任何稀奇之處。薇洛妮克不敢走進其中任何房間，一想起父親和兒子，她就在緊閉的房門前停下了腳步。

然而第二天，在春日明媚陽光的照耀下，她到花園兜轉。花園直通到岬角，跟房子前面的草坪一樣，地面滿是廢墟和常春藤。她注意到所有小路盡頭全通向一處被高大橡樹圍繞的岬角。當她走到橡樹周圍時，看見一塊被這些橡樹圍繞的半月形林間空地，面向大海敞開。

這塊空地中央有一座矮小的石桌墳，桌面呈橢圓形，桌腿是兩塊幾乎呈正方形的石頭。這地方景象雄偉壯麗，莊嚴無比，視野開闊。

「奧諾琳說過的仙女石桌墳。」她想，「我應該離『開滿鮮花的骷髏地』和馬格諾克老爹種的花不遠了。」

她在這座石桌墳周圍轉了轉，發現桌腿內側刻著幾行難以辨識的符號。但是，桌腿朝向大海的外側很平整，像是專門用來刻畫的板子，上頭的東西讓她不安地顫抖。

右邊深深地刻著那幅笨拙原始的畫：四個十字架，和被釘在其上因痛苦而扭曲的四個女人的剪影。左邊是一排排刻得不太深的文字，早已在風吹日曬或人爲刮擦之下，變得模糊不清，然而還是留下了零星的詞句，正是薇洛妮克在馬格諾克屍體身邊那幅畫上發現的那幾句：「四個被釘上十字架的女人、三十口棺材、天主寶石賜生或賜死。」

薇洛妮克搖搖晃晃地走向遠處，她面前橫擺著許多謎團，這島上到處充滿神祕。她決定逃避這些，直到離開撒雷克島。

從林間空地延伸出的一條小路在右邊最末棵橡樹旁繞過，這棵橡樹也許曾被雷劈中，只剩下樹幹和幾根乾枯的樹枝。

再往前，她步下了幾級石階，穿過一片小草坪，其上排列著四行粗石巨柱。她突然停下，面對眼前的景象，發出驚嘆叫聲。

「馬格諾克老爹的花。」她小聲嘟囔。

中間這條小路最後兩根石柱像一扇敞開大門的門柱，門內景象宏偉壯麗。裡邊是塊長方形空地，至多五十公尺長，走下幾級台階，前面是兩行高度相等的石柱，間距相同，就像神廟的柱子一樣。這座神廟的大殿和側道都鋪著不規則的破碎花崗岩石板，縫隙間長出的草，猶如勾勒彩繪玻璃線條的鉛絲。

神廟中央是一小塊四方形地帶，方形地面上有尊古老的耶穌雕像，四周圍繞著鮮花。那是什麼樣的花啊！超乎想像且難以置信的夢幻般奇蹟花朵，世間尋常之花沒有能與之媲美者。

薇洛妮克認得這些花，但被它們的碩大和絕美外形嚇得愣住了。花的種類繁盛，每種數量不多。這些花可說聚集了所有色彩、香氣以及美麗。

最奇怪的是，這些通常應在不同月份開放的花卻在這裡同時生長並放！這些生機盎然的花朵開花期不過兩三週，竟在同一天綻放：碩大的花朵光彩奪目，傲然地壓在強壯的花莖上。

這些花有弗吉尼亞曇花、蕨麻、毛莨、耬斗菜、血紅色的委陵菜、比主教袍更鮮豔的紫色鳶尾！還有翠雀花、福綠考、倒掛金鐘、烏頭、雄黃蘭等。

在這些花上面——噢！讓這年輕女人多麼不安！——在這光芒四射的花籃上面，耶穌雕像底座周圍的窄平台上，擺著一束束有藍有白有紫色，彷彿想要努力長高搆到救世主身體的婆婆納花（法文發音近似薇洛妮克的名字）。

她激動萬分地走近那些花，在雕像底座上掛著的一塊指示牌上看到幾個詞：**媽媽的花**。

* * *

薇洛妮克不相信奇蹟。這些花的確美得驚人，家鄉的花無法與之相比，這一點她承認，但她拒絕相信這不尋常的現象是出於某種超自然原因，或者出自於僅有馬格諾克才知道的魔力配方。不，一定有什麼原因——也許這原因很簡單——可以將事情解釋清楚。

然而，在異教的美麗裝飾之中，也許由她的出現引起的奇蹟裡頭，基督耶穌立在花叢中，花的五彩繽紛和沁人香氣恍如先奉上的祭品。薇洛妮克跪了下去……

接下來的兩天，她又來到鮮花盛開的骷髏地。這次，四周的神祕氣息顯得十分迷人。在婆婆納花前面，對兒子的思念之情，取代了她原本感到的怨恨和絕望。

到了第五天，食物全吃光了。下午兩三點的時候，她下山到村子裡去。在山下，她發覺所有房子的門幾乎都開著。屋主們離開時確信自己會再回來取走需要的東西。窗台上擺著天竺葵，銅擺鐘仍舊在空屋裡滴答作響。她很緊張，不敢跨過門檻，於是離開。然而，在離碼頭不遠的棚子裡，她發現了奧諾琳從小艇上卸下的包裹和箱子。

「好了，」她對自己說：「這下我不會餓死了。這些東西夠吃幾個星期哪，至於以後……」

她往一只籃子裡裝了些巧克力、乾麵包片、幾盒罐頭、一些米和火柴。她剛打算返回隱修院時，突然起意想要往島的另一頭去看看，回頭再拿籃子。

一條綠樹成蔭的小路通往高地，景色並無二致。同樣的平地，同樣雜草叢生的荒原，沒有作物，亦無牧草。島的這一邊也是逐漸變窄，從兩側均可毫無障礙地望見大海，也可清晰地分辨出遠處的布列塔尼海岸。

在兩處懸崖之間有片樹籬，隔出一戶人家。這戶人家看起來生活清貧，長長小屋破舊不堪，雜物間的棚頂有修葺過的痕跡。院子裡十分髒亂，缺乏維護，堆滿了廢鐵和雜草。

薇洛妮克準備原路返回之時，突然停下腳步，驚訝不已。她似乎聽到了呻吟聲。她豎起耳朵在寂靜中仔細分辨，同樣的聲音，又一次更清晰地傳到她的耳中；接著，繼續有聲音傳出來，那是痛苦呻吟和求救的聲音，是女人在叫喊。

那麼，島上的人沒有全逃走嗎？她得知自己並非孤身一人留在撒雷克島上，萬分喜悅，但想到也許命運會再一次把她捲入死亡和恐怖的漩渦，又覺得有些痛苦。

薇洛妮克判斷得出那聲音不是來自主宅，而是來自院子右邊的僕人房舍。院子只見單片柵欄擋著，她僅稍微推了推，柵欄門便嘎吱一聲打開了。

立刻，雜物間內傳出更高分貝的呼叫聲，裡面的人應該聽見了推門聲。薇洛妮克加快了腳步。

雜物間房頂破了幾個洞，但牆面很厚實，拱形門上有鐵條加固。裡面有人一邊敲著其中一扇門，一邊急促地喊著：「救命哪！救命哪！」

裡面顯然發生了爭鬥。另一個較不尖銳的聲音喊道：「閉嘴，克蕾夢，也許是他們！」

「不，不，格茜，不是他們！他們不會弄出聲音的！……請打開門吧，鑰匙就在門上。」

事實上薇洛妮克正想辦法進去，聽到這句話，她低頭看見鎖頭上插著一把大鑰匙，正待轉動。門果然打開了。

她立刻認出這是阿爾希娜姊妹，兩人衣衫不整，瘦骨嶙峋，一副壞巫婆的模樣。她們待在一間堆滿器具的洗衣房裡。薇洛妮克在屋子裡邊發現還有一個女人躺在草蓆上，發出幾乎聽不見的哀號聲，這應該是阿爾希娜姊妹中的第三個。

這時，先出現的兩姊妹之一筋疲力竭地癱倒在地上。另外一個眼睛閃耀著激動光芒，握著薇洛妮克的手臂，氣喘吁吁地說：「您看見他們了，嗯？他們在這兒嗎？他們怎麼沒有殺您？自從別人逃走以後，他們就成了撒雷克島的主人……這回輪到我們了，我們已經被關在這裡六天啦。大家離開的那天早晨，我們打包行李要準備上船。我們三個來到這洗衣房拿晾乾的內衣，他們就來了。我們沒有聽見聲音，我們從沒聽見過他們的聲音……接著，突然間門被鎖上了，只聽到一個聲響，鑰匙轉了一圈，我們就被困在裡面。幸好有蘋果、麵包，還有白蘭地，沒有受太多苦……只是，他們會回來殺我們嗎？輪到我們了嗎？啊！我的好夫人，我們多麼害怕啊！大姊已經瘋了……您聽，她在胡言亂語……另外一個，克蕾夢也支撐不住了。我、我、我叫格茜……」

她還有力氣，因爲她緊緊地抓住了薇洛妮克的手臂。

「寇雷如呢？他回來了，不是嗎？他又走了？爲什麼他不來找我們呢？並不難找啊……有人知道我們在哪，而且只要有點聲音我們就會呼救。到底……」

薇洛妮克猶豫著該不該回答，但是，她爲什麼要隱瞞眞相呢？

她開口說：「兩艘船都沉了。」

「什麼？」

「兩艘船都在島的附近沉沒了，船上所有人都死了，就在隱修院的對面，『魔鬼之石』那條路的出口。」

薇洛妮克不再多說，以免說漏了名字，她不知如何解釋弗朗索瓦和他老師的角色。但克蕾夢臉色大變，她雙膝跪地扶著門，想直起身來。

格茜小聲問：「奧諾琳呢？」

「奧諾琳也死了。」

「死了！」

兩姊妹同時喊出聲來，接著默默地看著對方，她們想到同一件事。她們看起來在思考，格茜似乎在掐指計算著，兩人臉上的恐懼逐漸加深。

格茜驚嚇得透不過氣，兩眼直盯著薇洛妮克，小聲地說：「對了、對了，數目正好。不把姊姊和我還有您算進去，船上有多少人？二十個……好，算算看……二十個，加上第一個死的馬格諾克，接著死去的安東尼先生……然後是失蹤了的小弗朗索瓦和斯特凡先生，他們應該也死了，然後是奧諾琳和瑪麗・樂高夫。數目正對，不是嗎？三十減去二十六，您明白的，不是嗎？三十口棺材都該被填滿……三十減去二十六，還剩四個，不是嗎？」

她的舌頭打結，說不出話來了。薇洛妮克聽見她嘴裡咕噥的幾個可怕音節：「嗯？您明白嗎？剩下四個了，我們四個……被困住關起來的阿爾希娜三姊妹，加上您……不是嗎？四個十字架……您知道嗎？『四個女人被釘上十字架』……數目正好，就是我們四個，島上除了我們沒有別人啦，四個女人……」

薇洛妮克默默地聽著，皮膚上滲出薄薄一層冷汗。

她聳了聳肩。

「好吧，那麼然後呢？如果島上除了我們沒有別人，您怕什麼呢？」

「是他們！他們！」

她頗不耐煩地喊：「現在所有人都離開了！」

格茜驚恐萬分。「小聲點，被他們聽到了怎麼辦！」

「被誰？」

「他們……先人……」

「先人？」

「對，那些祭司……那些殺死男人和女人，爲了討好他們神明的人……」

「這群人都不存在了！您是想說德落伊教祭司嗎？可是，您看，已經沒有德落伊教祭司了。」

「小聲點！小聲點！還有……還有惡神存在。」

「那麼，是鬼魂嘍？」薇洛妮克說，她被這些迷信嚇得毛骨悚然。

「鬼魂，對，但可是有血有肉的鬼魂……他們用手關上門把我們囚禁，弄沉了兩艘船的也是他們！是的！他們殺死了安東尼先生、瑪麗．樂高夫，還有其他人，他們殺死了二十六個人呀！」

薇洛妮克沒有答話。她不需要回答，她心知肚明是誰殺死了戴日蒙先生、瑪麗．樂高夫和其他人，又是誰弄沉了船。

她問：「您們三個是幾點鐘被關起來的？」

「十點半，我們跟寇雷如約好十一點在村子裡見。」

薇洛妮克想了想，弗朗索瓦和斯特凡不可能十點鐘在這裡，一小時後又跑到那塊礁岩後面對小船發起攻擊。照此推測，島上可能還有他們的同黨？

她說：「無論如何，該拿個主意。妳們不想一直這樣下去吧？妳們應好好休息，恢復精神。」

二姊站了起來，用跟她妹妹一樣低沉激動的語氣說：「應該先躲藏起來，好防備他們。」

「怎麼做？」薇洛妮克說。不管怎樣，她覺得確實需要一個能防備敵人的避難所。

「怎麼做？我們在島上經常談論這些事，尤其是今年，馬格諾克老爹決定一旦遭受襲擊，所有人都要躲到隱修院去。」

「隱修院？爲什麼？」

「在那裡可以自衛。岩壁很陡峭，是最好的屏蔽。」

「那橋呢？」

「馬格諾克和奧諾琳早就料想到一切，橋左側二十步遠處有棟小屋，那是他們選來儲存汽油的地方。只要往橋面灑上三、四桶汽油，點燃一根火柴，就大功告成了。這樣，就像在自己家裡一樣，不可能跟外界有交流，也不會受到攻擊。」

「那麼，爲何當時人們沒有逃到隱修院，反倒坐船逃走呢？」

「坐船逃走是更謹愼的方式，但是現在我們別無他法。」

「我們何時出發？」

「馬上，現在天還亮著，比等到晚上好。」

「您躺著的那位姊姊怎麼辦呢？」

「我們有一輛手推車可以帶她走。有條路直通隱修院，不必經過村子。」

儘管薇洛妮克難以接受將和阿爾希娜姊妹親密地生活在一起，但由於無法控制的恐懼，她還是妥協了。

「好。」她說：「我們走吧，我把妳們帶到隱修院，然後回村子裡找食物。」

「噢！不需太久。」姊妹中的一位說：「橋一燒斷，我們就在仙女石桌墳的山坡上點燃火堆，對岸會有人派蒸汽船來接我們。今天有霧，等到明天……」

薇洛妮克沒表示異議。現在，她接受了離開撒雷克島的主意，即使會被人調查、透露眞名也無所謂。

兩姊妹喝了一杯白蘭地之後就出發了。那個瘋女人蜷縮在手推車裡，一邊溫柔地笑著，一邊對薇洛妮克說些簡短的句子，好像想逗她開心。

「我們還沒遇見過他們，他們是有備而來……」

「閉嘴，瘋婆子，」格茜喝斥：「妳會給我們招來厄運。」

「對，對，我們要去玩，多有趣哪。我的脖子上會戴一條金色十字架，手上還有一個十字架，是用剪刀劃的……到處都是十字架，我們會被釘上十字架……好好睡覺的。」

「閉上妳的嘴，瘋婆子。」格茜再發出命令，並賞給她一記耳光。

「聽見了、聽見了……他們會打妳的，我看見他們藏起來啦！」

路起先崎嶇不平，直直通往西邊峭壁上的高地。那邊地勢更高聳，但岩石碎裂得不嚴重，也沒有太多被雨水沖刷出的溝壑，樹也更少，橡樹被海風吹彎了腰。

「我們接近荒原了，那邊叫做黑色荒原。」克蕾夢說：「他們就住在那裡面。」

薇洛妮克再一次聳了聳肩。「您怎麼知道呢？」

「我們知道得比別人多，」格茜說：「人們喚我們巫婆，然而我們是有些真材實學的。馬格諾克老爹知道這一點，常向我們徵求關於用藥、幸運石、仲夏節草之類的意見。」

「艾蒿、馬鞭草……」瘋女人冷笑著，「人們在日落時採摘。」

「也問些關於傳統的事，」格茜接話：「島上流傳這些說法已有好幾百年了，人們總是說從前那片荒原底下有一整座城市，他們活在過去的時光。現在也還存在……我見過，我向您保證。」

薇洛妮克不答腔。

「我和姊姊，對，我們看見過兩次，在六月滿月後的第六天。他穿著白衣服，爬到大橡樹上採槲寄生，用一把金子做的砍柴刀，金刀在月光下閃閃發光……跟您說，我看見了，還有其他人也看見了。他不是孑然一身，他們一共有好幾個，是從過去留下來看守寶藏的……對！對，我是講寶藏，人們說那是一塊奇石，碰到就會死，但平躺上去就會復活……這些都是真的，馬格諾克說過這都是真的，看守寶石的先人、天主寶石……今年他們要我們所有人當祭品……對，所有人，三十口棺材、三十個人……」

「四個被釘上十字架的女人。」瘋女人小聲哼唧。

「不能再耽擱了，滿月後的第六天快到了，我們必須在他到大橡樹上採槲寄生之前離開。瞧，那就是大橡樹，在這兒能看到。在橋前面的樹林裡，比其他樹木高。」

「他們藏在後面，」瘋女人在手推車裡轉過身去，「正等著我們呢！」

「夠了，別亂動！您看到那棵大橡樹了嗎？就在那邊，荒原盡頭？它更、它更……」

她話說到一半，突地扔下手推車。

克蕾夢說：「什麼事？妳怎麼了？」

「我看見了，」格茜結結巴巴地說：「我看見有白色的東西在移動……」

「東西？妳想說什麼？難道他們大白天就出現了？妳眼花了吧！」

兩個人仔細朝那邊張望了片刻，又再出發。很快就看不到大橡樹了。

她們穿越死氣沉沉的崎嶇荒原，兩邊伏臥的石頭像一座座墳頭，整齊地朝同一方向排列著。

「這是他們的墓地。」格茜小聲說。

她們不再說話。格茜有好幾次不得不停下休息，克蕾夢也沒力氣推車。兩人步履蹣跚，眼神焦慮地盯著天空。

接下來經過一片窪地，又爬上坡，和薇洛妮克與奧諾琳走過的那條路合爲一條。之後，她們進入通向橋邊的森林。

過了一會兒，阿爾希娜姊妹臉上情緒漸顯激動，讓薇洛妮克明白大橡樹應在不遠處。她果然看見了，比其他樹高大粗壯，聳立在由泥土和樹根堆成的台子上，與其他樹之間有一段距離。她不禁想到這樹幹背後可以躲藏好幾個人，也許被樹擋住了。

儘管很害怕，她們還是加快了腳步，不去看這命運之樹。

她們離開大橡樹，薇洛妮克頓覺鬆了口氣，所有危險已過去，她正要嘲笑阿爾希娜姊妹。這時，兩姊妹之一的克蕾夢突然腳步搖晃，呻吟著倒了下去。

同時間，有什麼東西掉了下來，砸到克蕾夢的背上——是一把斧頭，一把石斧。

「啊！雷石！雷石！」格茜高喊。

她抬頭望了一下，彷彿眞如傳言般，斧頭是從天上劈下的一束閃電。

然而這時，那個從手推車裡跳出來、在地上蹦蹦跳跳的瘋女人，頭朝下栽倒。另一樣東西在空中呼嘯飛過，瘋女人痛苦地蜷曲著身體。格茜和薇洛妮克看見她肩上插著一枝箭，尾端還在搖晃。

格茜大叫著逃開了。

薇洛妮克猶豫了一下，克蕾夢和那個瘋婦在地上打滾。

瘋女人傻笑著：「在橡樹後面！他們藏起來了，被我看見啦。」

克蕾夢結結巴巴地說：「救命！救救我！把我帶走……我害怕。」

又一枝箭射出，消失在遠處。

薇洛妮克也逃開了，逃到最後一排樹後面，迅速朝通往橋的斜坡跑去。

她不停狂奔，驅使她的不僅是恐懼，還有尋找武器自衛的迫切需要。她想起父親的書房裡有個裝滿步槍和手槍的玻璃櫥櫃，全貼著「已上膛」的標籤，也許是爲弗朗索瓦寫的。她想拿其中一件來防衛。她甚至頭也沒回，不想知道自己是否正被人追趕。她向目標奔跑，朝唯一有用的目標。

她跑得輕快起勁，一下子追上了格茜。

格茜氣喘吁吁地說：「橋……得把橋燒斷……汽油在那邊……」

薇洛妮克沒有回答。燒斷橋是次要的，反會阻礙了她拿取武器攻擊敵人的計畫。

跑到橋上時，格茜一個踉蹌，險些跌進深淵。一枝箭射中了她的腰。

「救我！救我！」她吶喊：「別扔下我！」

「我會回來的。」薇洛妮克說，她沒注意到那枝箭，還以爲格茜一時絆倒。「我會回來的，我去取兩把槍，您等會跟上我。」

她心想著一拿到武器，兩人就回樹林裡救其他姊妹。因此她奮力跑過橋到圍牆旁，穿過草地直衝父親的書房。她跑得上氣不接下氣，只得暫歇一會。她抓起兩把槍，心怦怦跳，跑回去時不得不放慢腳步。

她很納悶沒碰見格茜，呼喚也無人回應。這時她才想到這位布列塔尼婦女可能也遇襲受傷。

她再度跑了起來，然而跑到離橋不遠處，耳朵一陣嗡嗡作響，她聽見刺耳的慘叫。到達通往大橡樹林的那條陡坡對面時，她看見……

眼前所見立時讓她愣定在橋的入口。另一頭，格茜匍匐在地上掙扎著緊抓住樹根，手指扣地拚命拉扯小草，人卻緩緩順著斜坡慢慢地往上抬升。

薇洛妮克發覺這個可憐人的胳臂下面和腰部都被繩子綑住了，彷彿遭綁縛而無力掙扎的獵物，被一雙看不見的手向上拉著。

薇洛妮克舉槍瞄準。可是要瞄準哪個敵人呢？是誰藏在這些像圍牆一樣圍繞著山丘的樹木和石頭後面呢？

格茜在這些石頭和樹幹中間滑動，沒再發出叫喊，也許已經筋疲力竭或昏厥過去。她最後消失了。

薇洛妮克一動不動，她明白投入這場勝負已定的鬥爭，一切努力和行動俱是徒勞。她不但沒法救出阿爾希娜姊妹，也會讓自己陷入險境，成爲最後的犧牲者。

她感到害怕。所有事情都按照這無情的邏輯發展著，她不明白其中意義，但事情的確環環相扣，猶如不可掙脫的牢固鏈條。她害怕，害怕這些生靈、這些鬼魂，像阿爾希娜姊妹們一樣，像奧諾琳一樣，像這場災難中所有犧牲者一樣本能地、下意識地害怕著。

她彎下腰，以免被大橡樹上的人發現，在灌木叢的遮掩下，她弓著身子到達左側阿爾希娜姊妹提過的那間小破屋。這小屋有點像亭子，頂部呈尖狀、地下鋪著彩磚，汽油桶佔滿大半個屋子。她可以從那裡控制橋，過橋者逃不過她的眼睛。但沒人從樹上下來。

夜幕降臨，升起了大霧，幸而有皎潔的月光照耀，薇洛妮克才看得清對面。

一小時過後，她感到稍微放心些，便提了兩桶汽油倒在橋的外梁上，來來回回一共十次。她豎起耳朵，斜揹著步槍，時刻保持防衛姿態，在黑暗中摸索著倒灑汽油，挑那些嚴重腐爛的木頭灑上去。

在屋子裡只找到一盒火柴，她從中抽出一根，想到即將爆發的火光，不禁猶豫了一會。

「如果，」她想，「對岸有人看到這光……可是霧這麼大……」

突然，她擦燃火柴，點著了事先澆上汽油的紙團。

一團大火熊熊燃起，燒灼她的手指。於是她把紙團扔進積滿汽油的小坑裡，然後向亭子跑去。火迅速燃燒起來，火舌立即沿著汽油澆過之處竄燒：兩側懸崖、連接兩邊的花崗岩、周圍高大的樹木山丘、大橡樹和深淵下的海面全被火光照亮。

「他們知道我在哪，他們盯著我藏身的亭子。」薇洛妮克心想，她目不轉睛地盯著大橡樹。

但樹上半個影子都沒有，也沒聽見半點聲音，躲在高處的敵人並未踏出巢穴半步。

幾分鐘後，橋的一半坍塌了，劈啪作響，火光沖天。另一半仍繼續燃燒著，不時有梁木掉進深淵，照亮無盡的黑暗。

每掉下一塊木頭，薇洛妮克就安心一些，她緊繃的神經漸漸放鬆。隨著自己和敵人之間的鴻溝分秒加大，一股安全感湧上她的心頭。她決定待在小亭子裡直到天亮，以確保切斷一切與外界的聯繫。

煙霧更加濃重，黑暗籠罩著一切。午夜時分，她聽見對面傳來聲音，據她判斷，聲音來自山丘高處。那是有人在砍樹的聲音，斧頭一下一下地砍著樹枝，再切斷。

薇洛妮克荒唐地覺得或許他們要修建一座棧橋，她不由得抓緊了槍。

一小時後，她隱約聽到呻吟聲，甚至像痛苦的慘叫聲。接著，是樹葉間、小徑上的窸窣聲。這些聲音停下了，四周陷入一片死寂。這寂靜，混淆了一切生靈的動態和心靈，分不出是在悄悄移動或心懷不安地顫抖著。

她又累又餓，頭腦麻木以致無法思考。她想起沒從村子裡帶來任何食物，無法果腹。但她不動搖，她下定決心，等霧一散開——這不需等許久——她就用汽油放火求援。她甚至想到最佳地點就是島的盡頭，石桌墳的所在地。

不過，她突然想起一件可怕的事：火柴是不是落在橋上了？她把口袋翻遍也沒找著，怎麼找都找不到。

她沒有因此受太大影響。此時，她只慶幸逃離了敵人的襲擊，一切問題似乎迎刃而解。

幾小時就這樣過去了，侵入髮膚的濃霧和黎明前的寒冷讓人備感漫長難耐。天邊露出一抹晨曦，萬物從黑暗中復甦，盡顯原形。薇洛妮克看見整個橋都塌陷了，兩座島嶼間出現五十公尺長的缺口，只藉深淵底部尖銳的岩石相連，無人可接近。

她得救了。

然而，當她抬頭看向對面山頭，驚覺坡頂處的慘劇時，不禁發出害怕的叫聲。大橡樹林圍繞山坡那些樹中最前方的三棵，被剝去了旁枝。光禿禿的樹幹上，阿爾希娜三姊妹手臂被固定在身後，腿被綁在裙襬破布下，發青的頭頸邊也繫著繩子，恐怖面容從黑絲絨頭巾半露出來。

她們被釘死在十字架上。

chapter 6 好好先生

薇洛妮克沒有回頭去看那可怕的場景，也不考慮是否被人發現而受追襲，她拖著僵直的身子無意識地走回隱修院。

支撐著她的唯一目標和希望，就是離開撒雷克島。她嚇壞了。如果剛剛目睹到的三具女屍是被割喉，或被槍殺甚至是被吊死，她都不會產生如此激烈的反應。這刑罰太過殘酷！這無恥的行徑是對神明的褻瀆，罪大惡極。

接著她想到了自己，她是第四個，也是最後一名犧牲者。命運將她推向這結局，如同死刑犯終要送上斷頭台一般。她怎能不怕得發抖呢？凶手選擇大橡樹林對阿爾希娜三姊妹狠下毒手，她又怎能無視這種警告？

她試著安慰自己：「一切終將水落石出……這殘酷的謎團背後一定有最簡單的原因，表面看似鬼神在作怪，實際上是和我一樣的活人做的，他們一定懷著罪惡的目的，按照計畫行事。當然，這都是因爲戰爭引起的，只有戰爭才能促發這等事。不管怎麼說，這裡沒有神怪事蹟，更遑論有任何違背常識的事。」

全是些廢話！她的頭腦已然失去理智。神經強烈的撞擊，使她激發出撒雷克島犧牲者曾有過的同樣感覺。就像那些自己親眼目睹其死亡的人，她快撐不住了，她怕得發抖，噩夢縈繞心頭，她被那些不自覺留在心中的畫面弄得神經兮兮，那些荒誕無稽的迷信說法在她心底隨時浮現。

這些教她不得安寧的隱晦生靈到底是什麼？又是誰銜命喚出撒雷克島上的居民？是誰一舉殺光了島上所有的可憐人？又是誰待在洞穴裡，定時帶著斧頭和弓箭來採槲寄生和仲夏節草，又釘死了那些女人？出於何種可怕的目的，犯下那些喪盡天良的事？有什麼超乎想像的計畫？這群不復存在的祭司是天生的壞胚子，思想黑暗，向嗜血的神明獻供男女和孩童……

「夠了！夠了！我要瘋了！」她大聲喊：「我要離開！除了逃離這地獄，我什麼都不想！」

只是命運偏偏想盡辦法折磨她。她四處尋找食物，突然在父親的壁櫥深處發現裡邊別有一張紙，畫著和馬格諾克屍體旁所發現紙卷上同樣的場景。

壁櫥其中一層有個畫匣，她打開來看，裡面有許多張草圖，全是用紅色墨水勾勒的。每張圖中最前面的女人頭上都有V.d'H.這個簽名。其中一張畫上有安東尼・戴日蒙的署名。

那麼，是她父親畫了馬格諾克屍體旁的那幅畫。他父親試圖一次次地畫著草圖，試圖把那個扭曲痛苦的女人畫得像自己的女兒！

「夠了！夠了！」薇洛妮克反覆說：「我不願想了，我不想思考。」

因爲太虛弱，她繼續尋找吃的，卻沒找著能填飽肚子的東西。

她也找不到能在這小島盡頭點火的東西。霧已經散開了，這時發信號一定會有人看見！

她試著摩擦兩塊打火石，但屢屢失敗，沒能成功取火。

三天過去了，她用水和從野外採來的草莓充飢度日。她煩躁不安，氣力盡失，幾度哭了起來，而幾乎每次好好先生都會出現。她的身體很虛弱，竟怨恨起這怪名字的可憐東西。她把牠轟走，驚訝的好好先生跑到遠處坐下，扮起鬼臉。她猛地在後面驅趕牠，彷彿弗朗索瓦的狗也有罪過。

稍有風吹草動就使她從頭到腳抖個不停，直冒冷汗。大橡樹上的傢伙到底想做什麼呢？他們正在哪裡準備襲擊呢？她雙臂摟著自己，想到落入這些怪物手裡就發顫，她不禁想到對方也許覬覦她的年輕貌美……

然而到第四天，她看到了希望。她在抽屜裡發現了倍數頗高的放大鏡，拿來對準明媚的陽光，所有光線聚集一點，最後紙點燃了，如此便可點燃一支蠟燭。

她覺得自己得救了。加上發現一大堆蠟燭，這樣，她就能把這珍貴的火種維持到晚上。接近十一點，她提著一盞燈向亭子走去。她想在那裡放把火，天氣晴朗，對岸應會有人注意到信號。

害怕提著燈被發現，更怕看見月光下阿爾希娜三姊妹的屍體，所以從隱修院一出來，她走了左邊一條佈滿荊棘的小路。她小心翼翼地走著，以免踩壞樹葉或被樹根絆倒。當她走到亭邊不遠處的空地時，頓感疲憊不堪，不得不坐在地上休息。她的腦袋一片嗡嗡作響，心臟彷彿停止了跳動。

她還分辨不出這是刑場附近。然而，當她的眼睛不受控制地向那片山丘看過去時，她感覺似乎有團白色的影子，在樹林正中央一條小路盡頭飄過。

影子再一次飄過，非常清晰明亮。儘管距離遙遠，薇洛妮克仍看得出那東西穿著袍子，佇立在一棵較高大的孤樹枝條中央。

她想起阿爾希娜姊妹的話：「月圓之後的第六夜就要到了，他們會爬上大橡樹採集槲寄生。」

她也突然想起書中某些描寫，還有父親講的故事，她覺得眼前似乎正進行著德落伊教的某種儀式，和她小時候想像的一模一樣。但同時，她又感到太過虛弱而不能確定自己是否清醒，這奇怪的場景是否眞實。另外四個白影聚集在樹下，張開手臂等著接住自上掉落的枝葉。樹上一道亮光閃過，大祭司割下一束槲寄生。

然後，大祭司爬下橡樹。五個影子沿著小路飄走，繞過樹林，到達山丘頂部。

薇洛妮克驚恐地盯著他們，探出頭看見掛在樹上的三具屍體，黑絲絨頭巾遠望似烏鴉。那些影子停在犧牲者對面，好像要完成某種無法理解的儀式。最後，大祭司脫離隊伍，手裡拿著那束槲寄生，走下山丘的斜坡，朝第一柱橋拱走去。

薇洛妮克感到體力不支，眼前的東西模糊不清，彷彿在跳舞。她看著大祭司胸前鐮刀晃動下閃爍的光亮，刀頂之上是他長長的白鬍鬚。他要做什麼？儘管橋已經斷了，薇洛妮克還是怕得發抖，膝蓋直不起來。她趴在地上，眼睛直盯著這可怕的一幕。

在深淵前面，大祭司停下片刻，接著伸出拿著槲寄生的那隻手臂。捧著這神聖的植物，像是拿著一件可改變自然規律的法寶，他往前向廢墟踏出一步。

就這樣，他凌空行走著，身影在月光映照下白得耀眼。

薇洛妮克不清楚發生了什麼事，更不知道究竟發生過什麼事。如果確實有一些是幻覺，那麼她虛弱的大腦是從何時開始對這場奇怪儀式產生幻覺呢？

她閉上雙眼，想不到會發生什麼事。然而，另一件更眞實可見的事讓她十分擔憂。她意識到燈裡的蠟燭熄滅了，可是她沒力氣走回隱修院。她思忖著，如果這幾天太陽不出來，她就不能再點火，一切全搞砸了。

她只得妥協。她放棄了抗爭，覺得自己在這場不公平的較量中輸定了。但是，她不能忍受被抓住的結局。爲什麼不乾脆餓死或累死呢？痛苦總會有消失的一刻，生命在不知不覺中消逝，她越來越渴望這樣死去。

「就是這樣，就是這樣，」她喃喃自語道：「離開撒雷克島或者死去，無所謂了！總之我得離開。」

她聽到樹葉的沙沙聲，睜開眼睛一看，蠟燭的火光已經熄滅，好好先生坐在燈後面，兩條前腿在空中搖晃。

薇洛妮克看見牠脖子上用繩子拴了一盒餅乾。

* * *

「講給我聽聽你的故事吧，我可憐的好好先生。」薇洛妮克回隱修院房間裡睡醒後的隔天早晨說道：「因爲我不相信你能獨自找到我，還主動爲我帶來吃的。這是巧合，對嗎？你在那邊閒逛，聽到我的哭聲就跑過來了。可是，是誰把這餅乾盒綁到你的脖子上呢？我們在撒雷克島上有一位關心我們的朋友？他爲什麼不現身呢？說啊，好好先生。」

她抱起這隻可愛的小狗，接著對牠說：「這些餅乾是要給誰的呢？給你的主人弗朗索瓦嗎？還是要給奧諾琳呢？不是的話，那麼也許是要給斯特凡先生的？」

小狗搖著尾巴朝門邊跑去，像是真的聽懂了。薇洛妮克跟著牠來到斯特凡・馬盧的房間。

好好先生一下子鑽到老師的床下。

那裡有另外三盒餅乾、兩盒巧克力和兩個罐頭。這些食物被拴在一條繩子上，繩頭打了個大結，好好先生把頭從繩結中抽出來。

「這是什麼意思呢？」薇洛妮克驚訝地說：「是你藏在床下的嗎？但是，是誰給你的呢？這島上確實有一位認識我們，也認識斯特凡・馬盧先生的朋友？你能帶我去找這位朋友嗎？既然兩個島之間互不相通，你就不可能到那邊去。那麼，他也住在島的這一邊嘍？」

薇洛妮克想了一會，當好好先生把食物放好後，她在床下發現一個布製小手提箱。她相信有權打開箱子，尋找關於這位老師的線索——關於他所扮演的角色、他的性格，也許還能得知他的過去，他和戴日蒙及弗朗索瓦之間的關係。

「是的，我有權這麼做。」

她毫無猶豫地用一把大剪刀戳去了不太堅固的鎖頭。

箱子裡只有一本日誌，用橡皮筋套住了。她剛翻開日誌的封皮，一陣驚愕襲來。

扉頁上有她少女時代的照片和完整的簽名，還有如下題詞：「給我的好朋友斯特凡。」

「我不明白……我不明白……」她喃喃自語：「我記得這張照片，那時的我應該是十六歲……但我怎麼會把照片送給他呢？難道我認識他？」

她想知道更多，便翻開下一頁讀起來，前言如是寫道：

> 薇洛妮克，我願在您身邊生活。我之所以養育您的兒子，是因爲心底一直以來對您深藏的傾慕之情。我本該嫌惡他，因爲他是另一個人的兒子，但我卻愛他，畢竟他是您的兒子。我相信，終有一天，您會重拾母親的身分。那一天，您會爲弗朗索瓦而驕傲。我會從他身上抹去一

切他父親的痕跡，發揚您高貴端莊的特質。我會全心全意投入以完成這艱巨的任務，並很樂意這麼做。您的微笑將是我無上的報償。

一種奇特之感湧上薇洛妮克的心頭，她的生命中恍如乍現一絲光亮。她對這嶄新的祕密還所知不多，不過至少像馬格諾克的花一樣捎來了溫馨的安慰。

翻開日誌本，兒子的學習過程一點一滴地展現在她眼前。她看見學生的進步和老師的諄諄教誨。學生彬彬有禮、聰明用功，心地善良、溫柔感性、憨厚謹慎；老師富有愛心、耐心，內心的某種情感流露於字裡行間。

漸漸地，日誌裡逐日呈現出越發強烈的激情，下筆者任其自由地傾洩出來。

弗朗索瓦，我的寶貝兒子——我可以這麼叫你，不是嗎？弗朗索瓦，你是你母親的影子。你的眼睛如她一般明澈，你的靈魂像她一般優雅天真。你不知道惡，或也可說不知道善——因爲善良已完全融入到你美好的天性裡。

孩子的幾篇作業被謄入日誌，孩子談及生母時表現出強烈的熱愛，盼望早日相逢。

「我們有一天會找到她的，弗朗索瓦。」斯特凡加注：「那時你就會更加懂得什麼是美麗、什麼是光明、什麼是生活的魅力、什麼叫賞心悅目。」

接著，是一些關於薇洛妮克的軼事，她自認應屬私人才知的細節，但有些小細節甚至連她自己都不記得了。

……有一天，在杜樂麗花園，那時的她是十六歲，身邊圍了一圈人，他們盯著她看，驚嘆她的美貌。她的朋友們微笑著，為別人對她的傾慕而高興……

……打開她的右手，弗朗索瓦。那手掌中央有一道長長的白色傷痕。因為她很小的時候，手曾戳到過柵欄的鐵條……

最後幾頁不是寫給孩子的，孩子自然沒有看過。愛情不再偽裝於傾慕的詞句之後，而是以毫無保留、熱烈激昂且痛苦的形式表現出來，因渴望而顫抖，卻始終保持尊敬之情。

薇洛妮克闔上日誌，無法再讀下去。

「是的、是的，我承認，好好先生。」她小聲說，而好好先生已扮起鬼臉來，「是的，我的眼睛濕潤了。雖然我與其他女人不同，可是除了你，我不會對任何人坦承我有多感動。是的，我試著想起一個如此愛慕著我的陌生臉龐……這是我兒時的故友，我卻沒發現他隱藏的情感，也不記得他的名字……」

她把狗拉到自己身邊。

「他們都是心地善良的人。不是嗎，好好先生？學生和老師絕不可能是我看見的可怕凶手。如果他們成爲敵人的同夥，也是違背自身意願或身處毫不知情的狀況下。我不相信迷藥、咒語或聖草能讓人失去理智。不管怎麼說，這背後藏有蹊蹺，不是嗎？我善良的狗兒。在開滿鮮花的骷髏地種滿婆婆納花，又寫下『媽媽的花』的孩子不是凶手，對吧？奧諾琳說他們瘋了是有道理的，對吧？他會回來找我的，對吧？斯特凡和他會回來嗎？」

時間緩慢地流逝著，薇洛妮克再不是孑然一身。此刻，她不再害怕，有足夠勇氣面對未來。她把好好先生關在身邊以免牠跑掉。次日清晨，她對牠說：「現在，我的好好先生，你要帶我去哪裡？帶我去找那位幫斯特凡・馬盧送食物的陌生朋友吧。我們走！」

好好先生只等著薇洛妮克一聲令下，便向通往石桌墳的草地跑去。牠在半路停下，等薇洛妮克跟上，再轉向右邊一條通往懸崖邊佈滿廢墟的小路。

牠再次停下。

「就是這裡？」薇洛妮克問。

小狗趴到地上，牠面前有兩塊交互支撐著的石頭，上面佈滿了綠色常春藤，石頭底部充斥一大片荊棘，下方有條兔窩般寬的小通道。好好先生迅速從那裡溜過去，消失蹤影。薇洛妮克不得不返回隱修院取來砍柴刀劈開那些荊棘。這時，好好先生跑回來了。

半小時後，她終於清理出一段階梯的第一級。跟在好好先生的後頭，她在黑暗中往下摸索著，走入一條長長的岩石隧道。光線從隧道右邊的小孔透進來，她踮起腳，透過小孔可以看見大海。

她這樣走了十分鐘，之後又開始下樓梯。隧道變窄了，所有的小孔全朝天開，可能是不願讓人從下面看見。現在光線從左右兩邊照進來，薇洛妮克這下才明白好好先生是怎樣去到島的另一邊。隧道穿過狹窄的岩縫，連接撒雷克島和隱修院這邊，海浪從四面八方拍打著岩石。

接著樓梯向上，來到大橡樹林的山丘底下。上邊有一個岔路口，好好先生選擇了右邊的通道，直通向大西洋。左邊還有兩條黑漆漆的路。

島下面竟藏有許多縱橫交錯的密道，薇洛妮克想到她正接近阿爾希娜姊妹口中的敵人陣地——黑色荒原，心頭不禁一顫。

好好先生在她前面一路小跑，不時停下來等她。

她低聲對牠說：「是的、是的，小可愛，我來了。別擔心，我不害怕，你帶我去找的是一位朋友……但他爲什麼不從隱居的地方出來呢？你爲什麼不當他的嚮導，領他來見我呢？」

密道所經之處幾乎一樣，地上不時有凸起的碎石塊，上方是拱形天頂，地面是乾燥的花崗岩，有幾個小孔通風就足夠了。岩壁不見任何標識或痕跡，燧石偶而露出黑色的尖頭。

「就是這裡嗎？」薇洛妮克問，因爲好好先生停了下來。

隧道盡頭是一個房間，微弱光線從狹窄的窗戶透出來。

好好先生似乎不太確定，牠站起身，前腿搭在隧道盡頭的牆壁上，豎起耳朵聽著。

薇洛妮克注意到此處的牆壁不是花崗岩，而是由一些大小不一的石頭混著水泥築成的。牆壁顯然在較近的時代建成，堵住了地下通道。牆後方應該還有路。

她又問：「就是這兒了，對嗎？」

她沒再多說，這時有個低沉的聲音傳來。

她靠近牆壁，哆哆嗦嗦地聽了一會兒。那個聲音變大了，足以分辨。那是一個孩子在唱歌，她聽出這些歌詞：

媽媽搖著孩子說：

別哭了。你哭的時候，

聖母也會哭。

薇洛妮克發出咕噥：「這首歌……這首歌……」

這正是奧諾琳在貝格梅伊海邊哼的那首歌。現在是誰在唱這首歌呢？被困在島上的孩子？弗朗索瓦的朋友？

那個聲音繼續著：

你唱歌歡笑，
聖母才微笑。
雙手合十，祈禱吧！
慈悲的聖母瑪利亞……

最後幾句唱完後，靜默了片刻。好好先生越聽越認眞，似乎等待牠所熟悉的事發生。

果然，就在牠趴著的位置，出現了一陣輕微地搬動石頭的聲音。好好先生拚命搖著尾巴，悶聲低吠，彷彿知道打破平靜會有危險發生。突然，牠頭上的一塊石頭被往內抽去，露出個大窟窿。好好先生一躍跳入窟窿，伸長身子，後腿一蹬，蜷縮著爬到裡面消失了。

「啊！好好先生，你來了。」孩子的聲音說：「你好嗎，好好先生？昨天怎麼沒來看你的主人呢？有重要的事忙嗎？和奧諾琳去散步了？啊！如果你會說話，嗯，我的老朋友，你就能說給我聽了！那麼，我們先看看……」

薇洛妮克顫抖地跪在牆邊。她聽到的是她兒子的聲音嗎？她應該相信弗朗索瓦已經回到島上躲起來了嗎？她看不見裡面，因爲牆很厚，開口處拐了個彎。但每一個音節是那麼清晰地傳到她耳裡。

「瞧瞧，」孩子說：「奧諾琳爲什麼不來放我出去呢？爲什麼你不把她帶來呢？你準確地找到了我呀！爺爺呢？我不見了，他應該很擔心吧？……這是怎樣的冒險啊！最後，你還是這樣覺得，嗯，我的老朋友，一切都好，不是嗎？一切都會越來越好，對吧？」

薇洛妮克不明白，她的兒子——她確信他就是弗朗索瓦——似乎不知道發生過什麼事。那麼他忘記了？他不記得發瘋時做過的事了？

「對，他是發瘋了。」薇洛妮克固執地想，「是的，奧諾琳說得沒錯，他那時是瘋了……現在他恢復理智了。啊！弗朗索瓦……弗朗索瓦……」

她全神貫注，顫抖地聽著那些可能帶來歡樂或增添失望的話語。她將陷入更加沉重的黑暗中，或是她苦苦掙扎十五年的無盡黑夜就要結束，光明即將來臨。

「是的，」孩子繼續說：「我們說定了，好好先生。只是，如果你能給帶來點證據，證明這些是眞的，我會多麼高興哪。儘管我已經讓你捎了好多封信給爺爺和奧諾琳，可是都了無音訊；另一方面，也沒有斯特凡的消息，這才教我擔心。他在哪裡？他被關在哪了？他沒餓死吧？瞧，好好先生，回答我，你前天把餅乾帶給他了嗎？……什麼？你是怎麼了？你看起來很著急？你朝那邊在看什麼？你想走？不對？那是想做什麼？」

孩子停下一會兒，低聲說：「你帶人來了？牆後有人？」

狗悶悶地哼叫了幾聲，隨後安靜了半晌。孩子也在側耳傾聽。

薇洛妮克激動不已，弗朗索瓦彷彿能聽見她的心跳聲。

他小聲地說：「是妳嗎？奧諾琳？」

又一陣安靜過後，他說：「沒錯，是妳，我肯定。我聽見妳的呼吸聲……爲什麼妳不回答呢？」

薇洛妮克一陣激動，斯特凡被關押著，他和弗朗索瓦淪爲敵人的俘虜。自從她得知這些，心中如同被光照亮，腦中充滿了模糊的猜想。她如何拒絕這聲聲呼喚？她的兒子在問她……她的兒子！

她結結巴巴地喊出：「弗朗索瓦……弗朗索瓦……」

「哦！」他說：「妳回答了，我就知道。是妳嗎，奧諾琳？」

「不是的，弗朗索瓦。」她說。

「那麼您是哪位呢？」

「我是奧諾琳的朋友。」

「我不認識您？」

「是的……但我是您的朋友。」

他有些猶豫。他懷疑了？

「爲什麼奧諾琳沒有陪您一起來呢？」

薇洛妮克沒料想到他會問這個問題。她立刻意識到，如果她不由自主產生的那些猜想是對的，那現在還不該把眞相告訴這孩子。

所以她說：「奧諾琳旅行回來後，又走了。」

「去找我了嗎？」

「是的，沒錯。」她激動地說：「她以爲你和你的老師被綁架帶出了撒雷克島。」

「那爺爺他呢？」

「也走了，島上所有的人都跟著走了。」

「啊！又是棺材和十字架的故事？」

「正是，他們覺得你的失蹤是災難的開始。他們害怕，所以逃跑了。」

「那您呢，夫人？」

「我，我認識奧諾琳很久了。我跟著她從巴黎來撒雷克島渡假。我沒有理由離開，這些迷信傳說嚇不走我的。」

孩子不再說話，他覺得這些回答不夠眞實充分，心中越來越懷疑。他坦白地承認道：「請聽著，夫人，我應該告訴您一些事。我已經被關在這間牢房十天了，沒看見任何人，也沒有跟任何人說話。但從前天開始，每天早晨我門上的小窗口就會被打開，有女人的手伸進來替我換食物和水。一隻女人的手……」

「你是想問，這個女人是不是我？」

「是的，我必須要問。」

「你認得出這個女人的手嗎？」

「哦！當然了，她的手臂枯黃，又廋又乾癟。」

「這是我的手。」薇洛妮克說，準備像好好先生一樣把手伸過去。

她捲起袖子，果然，手臂一彎就輕鬆地通過。

「哦！」弗朗索瓦立刻說：「這不是我看見的那隻手。」

他低聲說：「這隻手眞漂亮！」

突然，她感到他猛地抓住自己的手，並喊道：「哦！這不可能！這不可能！」

他把她的手翻過來，扳開手指，想看清手掌。他小聲說：「這傷疤！在這裡，白色的傷疤……」

薇洛妮克突然一陣心慌。她想起斯特凡・馬盧日誌裡的一些細節，弗朗索瓦應該讀到過。其中一段提到她從前一次重傷留下的傷疤。

她感到孩子在親吻她的手，一開始是溫柔的，後來是和著眼淚的狂吻。她聽到他泣不成聲地喊：「哦！媽媽……我親愛的媽媽……我親愛的媽媽。」

chapter 7

弗朗索瓦和斯特凡

母子兩人就這麼待了許久，跪在分隔他們的牆邊。兩人如此靠近，彷彿能夠毫無顧忌地看見對方，親吻對方，將兩人的淚水混在一起。

他們有時會碰巧同時開口，同時提問或回答，雙雙沉浸在歡樂中。兩人的生活正在彼此貼近，互相滲透。世界上任何力量再也不能把他們分開，溫情和信任已將母子兩人緊緊連繫在一起。

「啊！是的，我的老朋友『好好先生』，」弗朗索瓦說：「你可以扮鬼臉。我們的確哭了，你一定會累壞的，因爲這些眼淚是流不盡的，對吧，媽媽？」

對於薇洛妮克來說，嚇壞她的恐怖場景頓時煙消雲散。那些她兒子是凶手、是殺人犯、是屠夫，不，她再不容許這種想法，她甚至不接受她兒子發瘋的可能說法。一切都另有原因，但她不急於去想這些。她只想著兒子。他就在那兒，她透過牆縫就可以看到他，她的心跟他的一起跳動。他活著，正是一個母親想像中那樣溫柔多情、天真可愛的孩子。

「我的兒子，我的兒子，」她無數次地重複道，彷彿喊再多次這個神奇詞語都不夠，「我的兒子，那麼是你嘍！我以爲你死了，我成千上萬次地對自己說你已經死了，不可能復活……你還活著！你就在這兒！我摸得到你！啊！我的上帝！這怎麼可能！我有兒子……我的兒子還活著！」

他用同樣熱情的口吻回應：「媽媽，媽媽，我等了您好久！對我來說，您沒有死，可是當一個沒有媽媽的小孩，這麼多年都在等您，這是多麼悲傷啊！」

整整一個小時，他們談未來、談過去、談現在，談論千百件世上最有趣的事，又馬上放棄，問下一個問題，以便更加瞭解對方生活和心靈深處的祕密。

弗朗索瓦先試著理清他們的對話。「聽著，媽媽，我們有太多話要說，不止今天，甚至幾天幾夜都說不完。我們暫時應該挑要緊的簡短地說，因爲我們時間或許不多了。」

「怎麼？」薇洛妮克焦急地說：「我不會離開你的！」

「爲了不分開，媽媽，我們應該先相聚。有太多障礙需要清除，我們之間這堵牆就是其中一個。另外，我被監視著，必須不時地請您避開，就像我跟好好先生那樣，一有腳步聲靠近，就得叫牠離開。」

「是誰在監視你？」

「是我們發現這洞穴入口那天撲到斯特凡和我身上的那些人。在高原上，黑色荒原底下。」

「你看見那些人了嗎？」

「沒有，那時周圍很黑。」

「這些人是誰？敵人到底是誰？」

「我不知道。」

「那你懷疑是……」

「德落伊教徒？」他笑著說：「傳說中的先人？肯定不是。鬼魂？也不是。顯然是有血有肉的二十世紀人類。」

「所以，他們在地底下生活？」

「大概吧！」

「你們是無意中撞見他們的？」

「不，正相反。他們像是在等著我們，窺視著我們。我們走下石梯，接到長長的一段走廊，兩邊有大概八十個岩洞，或者說是房間，木門多是敞開著，房間幾乎都面向大海。在返回的途中，我們摸黑向上爬樓梯時，旁邊突然有人衝出來把我們抓住綁了起來，蒙上眼睛，塞住嘴巴，前後花不到一分鐘。我猜，我們被帶到了走廊盡頭。當我掙脫解開繩子和蒙住眼睛的布條時，發現自己被關在其中一間牢房裡，無疑是走廊盡頭那間，到現在我已經被關了十天。」

「我可憐的寶貝，你受了多少苦啊？」

「不，媽媽。不管怎麼說，我沒有餓著。牆角有一大堆食物，另外一個角落有睡覺用的草蓆，我就一直安靜的等著。」

「等誰？」

「您不會笑吧，媽媽？」

「笑什麼，我的寶貝？」

「笑我要跟您說的事。」

「你怎麼這麼說呢？」

「好吧，是等一個聽聞撒雷克島上所有傳說，答應過爺爺要來的人。」

「那是誰呢，親愛的？」

孩子猶豫不決地說：「不，媽媽，您一定會嘲笑我的，我晚點再告訴您吧！結果他也沒有來，儘管我一度以爲……對了，我試著從這牆上取下兩塊石頭，成功地在上面開了個洞，獄卒顯然沒有發現……後來我聽見聲音，有扒土的聲音……」

「是好好先生嗎？」

「正是好好先生，牠突然從另一端出現。您到這兒之後發現牠多受歡迎了吧！但奇怪的是，沒有人跟著牠過來，奧諾琳和爺爺都沒來。我沒有紙筆可以寫信，他們只能跟著好好先生過來。」

「不可能的。」薇洛妮克說：「他們以爲你被綁架帶離了撒雷克島，所以你爺爺也離開了。」

「正是這一點。爲什麼他們會這麼想呢？爺爺從一份最近得到的資料中知道這裡，是他指給我們地下室入口可能在什麼地方。他沒跟您提過嗎？」

薇洛妮克幸福地聽著兒子的敘述，如果有人綁架他並把他關起來，那麼他就不是那個殺死戴日蒙先生、瑪麗・樂高夫、奧諾琳、寇雷如和他同伴們的那個可憎怪物。她早已模糊猜到的眞相如今清晰起來，儘管隔著層層面紗，但至少大部分已然清晰可見。弗朗索瓦不是凶手，有人穿著他的衣服冒充他，還有個人冒充斯特凡！啊！其他那些不眞實和互相矛盾之處，還有證據和可靠性，她連想都不想！她只知道她親愛的兒子是無辜的。

因此她不打算向他透露眞相，這會使他痛苦，掃他的興。

她說：「不，我沒有見到你爺爺。奧諾琳本來打算讓我去探望他，可是事情發生得太快了。」

「您一個人留在島上，我可憐的媽媽，您希望找到我嗎？」

「是的。」她猶豫了一會。

「您獨自一人，好好先生有陪在一塊兒嗎？」

「有的。頭幾天我沒有注意牠，今早我才想到要跟牠走。」

「您走哪條路來到這兒的呢？」

「是一條地下通道，入口藏在兩塊石頭中間，離馬格諾克老爹的花園不遠。」

「竟然如此！那麼兩座島是連著的？」

「是的，通過橋下的懸崖相連。」

「這太奇怪了。斯特凡和我，還有其他人都沒猜到……除了了不起的好好先生，爲了找到牠的主人。」

他突然停下來，然後小聲說：「聽……」

過了一會兒，他又說：「不，這不是獄卒，但我們得快點行動。」

「我該怎麼做？」

「很簡單，媽媽。我在挖洞時發現，只要能取下周圍的三、四塊石頭，洞就足夠寬了。只不過這幾塊石頭很牢固，得用個什麼工具才行。」

「好的，我去……」

「對，媽媽，回到隱修院。地下室左邊有間馬格諾克放園藝工具的小作坊，您會找到一個把手很短的小十字鎬。傍晚時請帶來給我，今晚我便動手。明天一早我就能夠擁抱您了，媽媽。」

「噢！你說的是眞的？」

「我保證。剩下的，只需救出斯特凡。」

「你的老師？你知道他被關在哪了嗎？」

「大概知道。根據爺爺留下的線索，地底通道有上、下兩層，每層最裡邊的一間被當作牢房，

而我佔了一間，斯特凡應該在另一間，下面那間。我擔心……」

「你擔心什麼？」

「好吧，是這樣的，爺爺說這兩間牢房從前是刑房……他總叫做『死囚室』。」

「你說什麼？這太可怕了！」

「您爲什麼害怕呢，媽媽？您看到了，他們沒想過要折磨我。只是不知斯特凡那邊怎麼樣，我派好好先生給他送吃的，想碰碰運氣，牠一定找到路了。」

「不。」她說：「好好先生沒弄懂。」

「您怎麼知道呢，媽媽？」

「牠以爲你派牠去斯特凡・馬盧的房間，把所有東西都堆在床下了。」

「啊！」孩子擔心地說：「斯特凡會發生什麼事呢？」

他立刻又說：「您看，媽媽，如果我們想救斯特凡，想救我們自己，就得抓緊時間。」

「你擔心什麼？」

「沒什麼，我們快點行動吧！」

「可是……」

「沒什麼，我向您保證，我們一定能夠克服一切困難。」

「如果有其他……其他出乎意料的危險呢？」

「那時，」弗朗索瓦笑著說：「就會有人來保護我們。」

「你看，我的寶貝，你自己也承認有需要求救哪！」

「不，媽媽，我在試著讓您冷靜下來。不會有事發生的，瞧，一個剛找回母親的兒子怎麼會想失去她呢？這可能嗎？眞實生活中也許會這樣，但我們不在眞實生活中，我們的生活像小說一樣離奇。在小說中，問題總能迎刃而解。問問好好先生：對吧，我的老朋友，我們會取得勝利，幸福地生活在一起的。你這麼想嗎，好好先生？那麼，快跑吧，我的老朋友，幫媽媽帶路。如果有人來牢房巡視，我就將這個洞堵上。如果洞被堵上，別強行進來，嗯，好好先生？那時候就表示有危險。去吧，媽媽，回來的時候小心別出聲。」

路程不是很長，薇洛妮克順利找到那件工具。四十分鐘後，她帶著工具重返牢房旁。

「還沒人來過。」弗朗索瓦說：「但過不了多久就會有人來，您最好不要待在這兒。我可能整晚都要動工，而且一旦有人來巡視，我就必須停下。所以，明早七點我會等著您。啊！關於斯特凡，我想過了。剛才我聽到一些聲音，我肯定他就在我正下方。這間牢房窗洞太窄，我鑽不過去。您所在的位置有沒有寬點的窗子呢？」

「沒有，但是可以取出周圍的石頭來拓寬。」

「好極了，在馬格諾克的作坊裡您會找到一架竹梯，末端有鐵鉤。明早您把梯子搬過來，再帶一些食物和被子，放在地道入口旁的矮樹叢裡。」

「這是要做什麼，我的寶貝？」

「您會知道的，我有我的計畫。再見，媽媽，請好好休息，養足體力，明天應會是辛苦的一日。」

*　　*　　*

薇洛妮克聽從兒子的建議，第二天滿懷希望地再次來到囚室旁。這次，好好先生的獨立天性發作，沒跟她一起來。

「輕一點，媽媽，」弗朗索瓦用她幾乎聽不見的聲音說：「我被盯得很緊。我覺得有人在走廊裡走動。另外，我的工作快做完了，石頭已經鬆了，兩小時之內將大功告成。您把梯子搬來了嗎？」

「是的。」

「取出窗子旁邊的石頭，這樣可以爭取時間。我真的很怕斯特凡會……千萬別出聲。」

薇洛妮克走開了。

窗子一點也不高，離地不到一公尺。正如她所料，那些石頭是疊起來的。搬走碎石後，窗戶變寬不少，她輕易就把帶來的梯子搬到窗外，並把鐵鉤掛在窗子內檐上。

窗子高出海面三、四十公尺，海面泛著白色的浪花，被撒雷克島成千上萬的暗礁守衛著。但她看不到懸崖底部，因爲窗子下方有塊凸起的花崗岩，梯子搭在上面，並非垂直向下。

「這對弗朗索瓦有幫助。」她想。

然而，她還是覺得這麼做太危險，她琢磨著是否應由自己代替兒子冒險。更何況弗朗索瓦很有可能弄錯了，也許斯特凡的牢房不在那兒，也許入口太窄進不去。若眞如此，是多麼浪費時間啊！孩子要冒多少無謂的危險！

此時，她感到需要用忠誠和實際行動來表現她的愛。她不假思索，下定決心，彷彿接受一項義不容辭的任務。沒有什麼能阻止她，儘管鐵鉤沒能完全鉤住窗沿，儘管看著深淵讓她覺得腳下一切都要塌陷。必須行動，她行動了。

她別好裙子，跨過窗戶，轉過身撐住窗沿，腳在空中探索，終於搆到梯子的第一階。她渾身發抖，心臟在胸膛裡像棒槌一般猛烈敲擊。然而，她大膽地抓住梯子的扶手，向下爬去。

梯子不長，有二十階，她知道。她數著，數到二十時向左邊看，帶著無法言喻的歡樂小聲說：

「噢！弗朗索瓦……我的寶貝……」

她發現離她至多一公尺處有個凹陷處，像是洞穴的入口。

她低喊著：「斯特凡！斯特凡！……」但聲音太微弱，即使斯特凡・馬盧人在那兒也聽不見。

她猶豫了片刻，雙腿開始發抖，既沒有力氣爬上去，也不能就這樣掛著。她踩著幾塊凸起物，冒著把梯子弄掉的危險移動了它。她奇蹟般地成功抓住從花崗岩中凸出的石塊，腳踏進岩洞，用盡全力猛地一躍，恢復了平衡，進入洞穴。

她立刻發現草蓆上躺著一個人，身上被繩子綑縛。

洞穴很小，不深，上半部分尤其淺，與其說是面向大海，不如說是朝向天空，從遠處看就像絕壁上的窟窿。洞周圍沒有任何遮蔽，光線暢通無阻地照射進去。

薇洛妮克走了過去。那人一動不動，他睡著了。

她俯身看著他，儘管沒有完全認出來，但在腦海裡童年時代的畫面中逐漸浮現某個身影。他肯定不是家裡的一員——他表情溫和、相貌端正，金色的頭髮向後梳起，前額寬大蒼白，讓薇洛妮克想起一位女修道院裡迷人的朋友，那人已在戰前死去。

她靈巧地解去綁在他手腕上的繩子。

那人還沒完全醒來，卻伸出手臂，彷彿在準備做一件習以爲常的事，沒有必要從睡夢中醒來。應該是有人時不時地給他鬆綁，讓他吃飯，而且是在晚上，因爲他說：「已經來啦，但我還不餓，天還亮著呢！」

這麼一想，他自己都覺得奇怪。他半睜開眼睛，立即坐了起來，想要看清眼前的人。也許這是第一次有人在白天出現。

他沒有特別驚訝，因爲還來不及意識到這是現實。他覺得自己在作夢，或者產生了幻覺，他低聲說：「薇洛妮克……薇洛妮克……」

斯特凡的注視讓她有些尷尬。她幫他鬆綁了。當他清楚感覺到身旁那年輕女人雙手的膚觸時，才意識到眼前出現的是世間最美好的生靈。他的聲音都變了：「是您！是您！這可能嗎？哦！請說句話，只要一句……有可能是您嗎？」

他繼續說道，聲音幾乎只有自己才能聽到：「是她，眞的是她！她來了！」

他馬上焦急地問：「您！昨晚……最近的晚上，來的不是您吧？是另一個人，對嗎？是敵人？啊！問您這些很抱歉，這是因爲……您是從哪裡來的呢？」

「從那邊。」她指著大海說道。

「哦！」他說：「太神奇了！」

他看著她，眼神迸發著光芒，彷彿在欣賞天上美景。情況太奇怪了，以至於他沒有想到要抑制目光中的激情。

她窘迫地接著說：「是的，從那邊，是弗朗索瓦爲我指的路。」

「先不談他。」他說：「既然您在這裡，我肯定他已獲自由。」

「還沒有。」她說：「但一個小時之後，他就自由了。」

接著，兩人陷入長時間的沉默。爲了掩飾自己的慌張，她首先打破僵局：「他會得救，您會看到的。可是別嚇到他，還有許多事他仍不知情。」

她發現他不僅在聽她說的話，還有她說話的語調，這聲音似乎讓他心醉神迷，因爲他一言不發地微笑著。於是她也微笑提問，逼著他回答。

「您一下子就說出我的名字，您認識我，對吧？我也覺得似乎以前……是的，您讓我想起從前一位死去的好姊妹。」

「瑪德萊娜・弗朗？」

「是的，瑪德萊娜・弗朗。」

「也許您還會想起這位朋友的弟弟，他是個靦腆的中學生，經常去會客室遠遠地望著您……」

「是的，是的。」她說：「事實上，我想起來了，我們甚至還碰到過幾次，您當時臉紅了。對，對，就是這樣……您叫斯特凡，不過，爲什麼姓馬盧呢？」

「我和瑪德萊娜是同母異父的姊弟。」

「啊！」她說：「就是這點把我弄糊塗了。」

她向他伸出手。

「好吧，斯特凡。我們兩個老朋友重逢了，晚點再敘舊。現在，離開最重要。您有力氣嗎？」

「力氣，有的，我沒受太多苦。可是該怎麼離開這裡呢？」

「沿我來的那條路返回，有架梯子通向樓上囚室的走廊。」

他站了起來。

「您這麼勇敢？膽子這麼大？」他終於弄明白她剛才所做的事。

「哦！不是很難。」她說：「弗朗索瓦多擔心您哪，他認爲你們兩人都被關在從前的刑房，喚作死囚室的……」

這句話似乎猛地將他從夢中驚醒，他突然發覺在這種情況下談話很瘋狂。

「您快走吧！弗朗索瓦說得有理。啊！但願您知道自己冒了多大風險！我求求您……我求求您……」

他失去理智，彷彿被即將來臨的災難嚇壞了。她想讓他冷靜下來，但他哀求道：「再多一秒，都是您的損失。別待在這裡！我被判了死刑，最殘酷的死刑……看看我們腳下的地面，這種地板……不，說這些沒有用！啊！我求求您，快離開吧！」

「和您一起走。」她說。

「是的，和我一起，但您得先逃跑。」

她沒有動搖，堅定地說：「爲了我們兩人都得救，必須先冷靜下來，斯特凡。我們就按照我來時那樣做，必須控制好動作和情緒。您準備好了嗎？」

「是的。」他說。

他爲她的鎭定所折服。

「好吧，跟我走。」

她走到洞的盡頭，彎下身。

「拉住我的手，」她說：「這樣我才能保持平衡。」

她轉過身，緊貼著岩壁，用空出的那隻手摸索著。

沒有摸到梯子，她稍稍抬起頭。

梯子挪動了。也許是薇洛妮克猛地跳進洞裡時，梯子右端的鐵鉤滑落，只剩下另一端鐵鉤鉤住，梯子像鐘擺一樣左右搖晃著。

梯子下面的幾階現在完全搆不到了。

chapter 8 不安

薇洛妮克表現得異常勇敢。如果她是獨自一人，由於天性使然，在面對命運衝擊時會不可避免地流於軟弱；但面對斯特凡，她覺得他比自己更脆弱，一定是因爲受到囚禁而筋疲力竭的緣故。她努力克制著自己，如同談論一樁小意外般地說：「梯子移動了，我搆不著。」

斯特凡驚恐地看著她。「如果是這樣……如果是這樣，就完了。」

「爲什麼完了？」她微笑著問。

「不可能逃得掉了。」

「怎麼說？不，我們逃得掉。不是還有弗朗索瓦嗎？」

「弗朗索瓦？」

「當然，從現在起頂多一小時內，弗朗索瓦就能成功逃脫。當他看見梯子和我走的路，便會呼喚我們的。我們只需要等著他，耐心地等待。」

「耐心！」他害怕地說：「……等一個小時！這一小時內肯定會有人來的，不斷地有人在監視我。」

「好吧，我們別說了。」

他指了指那扇有小窗的門。

「他們每次都會打開這個窗口。」他說：「他們會透過鐵絲網看見我們。」

「那裡有遮板，我們把它關上。」

「他們會進來。」

「那麼我們就不關。要滿懷信心，斯特凡。」

「我是為您感到害怕。」

「您不應該為我，也不應該為您自己感到害怕，即使遇上最壞的情況，我們也有能力自衛。」

她補充著，把自父親武器櫃裡取出、一直帶在身上的手槍拿給他看。

「啊！」他說：「我害怕的是，我們甚至不用自衛。他們有別的辦法。」

「什麼辦法？」

他不再辯解，匆匆瞥了地板一眼。薇洛妮克查看了一下這地板奇怪的結構。

岩洞四壁全是粗糙不平的花崗岩，唯中間鑲嵌著一塊巨大的方形板子，四角可見深深的裂縫。支撐它的工形梁破舊不堪，滿佈褶皺和裂痕，笨重卻很結實。朝向大海的那面緊挨著懸崖壁，板子末端和洞口邊緣至多差二十公分。

「一扇活板門？」她顫抖著問。

「不，不，那太重了。」他說。

「那會是什麼？」

「我不知道。這也許只是以前某個東西的遺跡，已經不能用了，可是……」

「可是什麼？」

「昨天夜裡……不如說今早，那裡，從下面傳來劈里啪啦的聲音，好像有人在做實驗。不一會兒就停了下來。可能因爲這東西年代太久遠了吧！不，這東西不能再用了，他們不能使用它。」

「他們是誰？」

沒等對方回答，她又說：「聽著，斯特凡，我們還有幾分鐘時間，也許比想像中更短。弗朗索瓦隨時可能成功逃脫，然後來救我們。我們利用這段時間來談談自己所知道的事吧！我們可以安心的談，因爲暫時還沒有任何危險。這樣就不會浪費時間了。」

事實上，薇洛妮克並不如外表表現的那樣安心。弗朗索瓦肯定會逃出來，這點她毫不懷疑。但誰能保證孩子能走到窗邊，發現吊著梯子的鐵鉤呢？看不到母親，他會不會反而沿著地道跑回隱修院去呢？

然而，她控制住自己的情緒，感到有必要先開口說明一切。她坐到一塊凳子般的凸起花崗岩上，接著開口向斯特凡講述自己親眼所見和親身參與的那些事情，從調查數字和簽名、找到廢棄小屋、發現馬格諾克的屍體說起。

斯特凡聽著那些駭人聽聞的事，沒有打斷她的敘述，但他做出抗拒的姿勢，臉上表情流露出絕望。他尤其不能接受戴日蒙先生和奧諾琳的死亡，他與兩人感情十分深厚。

「就這些了，斯特凡。」當她講述完對阿爾希娜姊妹遭受極刑後的擔憂，發現地道的經過以及與弗朗索瓦的相遇後，說：「您要瞭解的就是這些，我向弗朗索瓦隱瞞的那些事您應該瞭解，以便我們一起對抗敵人。」

他點點頭。

「敵人是誰？」他說：「儘管您解釋了這麼多，可我還是要問那個老問題。我覺得我們陷入了一場慘烈的悲劇中，這悲劇已經上演了很多年，甚至幾個世紀。我們只不過在故事結尾時，歷經幾代醞釀的大災難爆發那一刻被捲了進來。我也許弄錯了，或許這只是一連串互不相干的災難，我們被捲進來純屬荒誕巧合，只能用瘋狂的巧合來解釋這些事。事實上，我並不比您知道得多。同樣的陰雲籠罩著我，我也感到痛苦和哀傷。一切都只是荒唐事、不期然的騷亂、異常的爆發，是野蠻的罪行，蠻族時代的瘋狂。」

薇洛妮克表示贊同：「是的，蠻族時代。這一點最教我困惑，也讓我留下深刻的印象！過去和現在，今天的施虐者和過去住在岩洞裡的人有什麼關聯呢？爲何他們加諸我們身上的一切是那麼不可思議呢？我從奧諾琳和阿爾希娜姊妹們口中得知的那些傳說，是否有什麼關係呢？」

他們低聲說話，耳朵一直留神地聽著。

斯特凡聽著走廊上的聲響，薇洛妮克則盯著懸崖那邊，期望聽見弗朗索瓦發出的信號。

「傳說太複雜了。」斯特凡說：「那些模糊的傳說，沒人說得清其中哪些是迷信、哪些是事實。從這堆流言蜚語中，至多能分辨出兩條線索：一條跟三十口棺材有關，一條和寶藏，或準確地說，跟一塊魔石有關。」

「所以人們認爲，」薇洛妮克說：「馬格諾克身邊那幅畫和仙女石桌墳上的那些字句是預言？」

「是的。這則預言不知源於哪個時代，幾個世紀以來，它主宰著撒雷克島上所有的故事和日常生活。人們一直相信終有一天，島周圍那三十座大暗礁——就是人們口中的三十口棺材——將填進三十位暴死的犧牲者，這三十位犧牲者中會有四名婦女被釘上十字架。這則傳說原封不動地代代相傳，沒人懷疑。它以簡短詩句的形式被刻在仙女石桌墳上流傳至今：『三十口棺材，三十個犧牲者……』，還有『四個女人被釘上十字架……』」

「不管怎樣，人們還是如常平靜地活著，爲什麼恐慌在今年突然爆發了呢？」

「這大多是因爲馬格諾克。馬格諾克是個怪人，行徑神祕，既是巫師又會用民俗方法接骨，名符其實的江湖郎中。他通曉占星術，瞭解各種植物的功效，能夠窺視過去、預知未來。而馬格諾克老爹不久前宣稱，一九一七年是島上居民的末日。」

「爲什麼？」

「也許是直覺、預感，是占卜結果或超意識，隨便您選哪種解釋。馬格諾老爹不輕視那些古老的魔法，他指著飛鳥或母雞的內臟回答你的問題。然而，他的預言建立在某種更可靠的東西之上。他根據小時候撒雷克島耆老的話推測上世紀初時，仙女石桌墳上的字還未被抹去，和『四個女人被釘上十字架』押韻的那一句是：『撒雷克島上，十四加三年①……』」

十四加三年，正是一七年。最近一段時間，這推斷讓馬格諾克和他的朋友們更驚訝，因爲這數字分爲兩部分，而戰爭適巧在一九一四年爆發。從那時起，馬格諾克越發被看重，他的預言越來越準確，人也變得越來越焦慮。另外，他預言自己將接在戴日蒙先生之後死去，而這正是災難開始的標誌。一九一七年到來後，撒雷克島上的居民十分恐慌，感覺災難即將降臨。

「可是……可是……」薇洛妮克覺得這一切很荒唐。

「確實荒唐。但當馬格諾克將石桌墳上的隻字片語與這句話對照起來，這些就染上了異常恐怖的色彩，預言完整了！」

「他找到剩下的預言了？」

「是的。他在隱修院的廢墟下發現一堆石頭，堆疊得像間小屋，裡面有本古老的《彌撒經》，破舊不堪，書頁被撕扯、腐蝕得不成樣子。其中仍有幾頁保存完好——尤其是您看到的那頁，或者說，您在廢棄小屋裡看到的是那頁的複製品。」

「是我父親謄畫的？」

「是的，還有他書房櫃子裡那些也都是他畫的。您知道，戴日蒙先生喜歡水彩畫。他用紅色墨水複製了那幅畫，只附上仙女石桌墳上的幾行預言詩句。」

「為何十字架上的女人跟我如此相似呢？」

「我沒有親眼看見馬格諾克老爹寫給戴日蒙先生的信，他看過後便小心翼翼地藏在臥室裡。但戴日蒙先生自己也說確實畫得像您。不管怎樣，他說，想起您因為他的錯誤而承受痛苦，就不自覺地把畫中的女人畫得像您了。」

「或許是這樣。」薇洛妮克小聲說：「他也許是想到以前關於沃斯基那則預言：『你會被朋友殺死，你的妻子將死在十字架上。』是這樣吧？這奇怪的巧合嚇壞了他……所以他在畫中人頭頂上寫上我少女時代的簽名：V.d'H.？」

接著，她又低聲說：「預言中的詩句應驗了……」

他們陷入沉默。他們怎麼能不去想那些預言，那些幾世紀以來寫在《彌撒經》和石桌墳上的詩句呢？現在命運只向三十口棺材獻上了二十七名犧牲者，那麼這三人被捉起來關在這裡，被祭司控制著，不正是準備填補祭品的空缺嗎？雖然現在大橡樹旁邊的山丘頂上只有三個十字架，但第四個十字架會不會馬上出現迎接第四位死囚呢？

「弗朗索瓦太慢了。」過了一會兒，薇洛妮克說。

她走到懸崖邊。梯子沒有移動，依舊搆不著。

斯特凡說：「會有人來我這邊的。他們還沒來，眞奇怪。」

兩人都不願承認自己的焦急。薇洛妮克冷靜地繼續說：「那寶物，天主寶石是怎麼回事？」

「這更是個謎。」斯特凡說。

她只想弄清預言詩的最後一句「天主寶石賜生或賜死」。

「這天主寶石是何物？傳說這是一塊有魔力的石頭。戴日蒙先生說這是從最遠古時代流傳下來的信仰。長久以來，撒雷克島的居民都相信有一塊魔石。中世紀時，人們把體弱多病或身患殘疾的孩子放到那石頭上躺幾天，起來之後就痊癒了。還有不能生育的婦女、身心衰退的老人，全都治好了。只是，朝聖的地方幾經變換，傳說那塊石頭已經被移走，甚至有人說它消失了。十八世紀，人們向石桌墳朝拜，還有人把患癆病的孩子放在上面。」

「但是，」薇洛妮克說：「那石頭有不好的一面，也會『賜死』？」

「是的，如果沒經過看守者和敬仰者的允許，就會落此下場。這一點爲傳說添了幾分複雜。這是一塊珍貴的石頭，彷彿一件難以置信的首飾，會釋放火焰灼傷佩戴它的人，讓他們忍受地獄之火的刑罰。」

「奧諾琳曾說馬格諾克就是這樣。」薇洛妮克提醒道。

「是的。」斯特凡回答：「接著就是現在。剛才，我跟您談了過去兩則神奇的傳說，談了預言和天主寶石。馬格諾克的探險開啓了今天的篇章，現在的情況比從前更加錯綜複雜。馬格諾克發生了什麼事，我們也許永遠不會知道。前陣子，他把自己關在黑暗的屋子裡一個星期，也不工作。某天早晨，他突然出現在戴日蒙先生的書房，大聲喊道：『我碰到了！我完了！我碰到了！我把它拿在手上。它像火一樣，但我想留住它……啊！它要啃食我的骨頭。這是地獄！是地獄！』他給我們看手上的皮膚，就像長了腫瘤一樣。我們想幫他治療，可他瘋了似的，結結巴巴地說：『我是第一個犧牲者，火延燒到我的心臟……在我之後還會有其他人……』當天晚上，他一斧頭砍掉了那隻手。他將恐怖傳遍整個撒雷克島，一星期後便離開了。」

「他去哪了？」

「去法韋村朝聖，在您發現屍體的地方附近。」

「您覺得是誰殺害了他？」

「一定是沿路留下記號、藏在岩洞裡生活，不知做些什麼勾當的那些人其中之一。」

「所以，是那些攻擊您和弗朗索瓦的傢伙？」

「是的，他們穿著從我們身上脫下的衣服，偽裝成我和弗朗索瓦。」

「爲什麼？」

「爲了更容易潛入隱修院，如果行動失敗，可以輕鬆擺脫搜查。」

「可是，您被關在這裡卻一直沒有見過他們？」

「我沒看到，或者說只是模糊地看見一個女人。她每晚都來，給我送來食物和水，解開我手上的繩子，稍微把綁在腿上的繩子鬆開，兩個小時以後再來。」

「她對您說話了嗎？」

「只說過一次。第一天晚上她低聲對我說，如果我喊叫或試圖逃跑，弗朗索瓦將替我付出代價。」

「他們攻擊您的時候，也沒看清？」

「關於這點，我不比弗朗索瓦知道得多。」

「襲擊發生之前毫無預兆嗎？」

「沒有。那天早晨，戴日蒙先生收到兩封重要的信，是關於他對所有這些事調查的結果。其中一封是一位布列塔尼老貴族寫的，他因爲和皇室來往甚密而著名。他在曾祖父的文件中發現了一份奇怪的資料：朱安黨②人昔日在撒雷克佔領的地下監獄的地圖。這顯然正是傳說中所提到，德落伊教徒居住的岩洞。圖中標示其入口在黑色荒原上，共有兩層，每層盡頭的房間是死囚室。弗朗索瓦和我於是前來探個究竟，回來的路上遭到襲擊。」

「之後，您沒有任何發現？」

「沒有。」

「弗朗索瓦跟我說起過他在等待救援，說某個人答應會來？」

「哦！這是弗朗索瓦孩子氣的想法，跟那天早晨戴日蒙先生收到的第二封信內容有關。」

「是關於什麼的呢？」

斯特凡未立即回答，他聽到聲響，覺得有人透過門監視著。他走近門洞，發現走廊裡沒有人。

「啊！」他說：「如果我們要逃跑，就要趕快！他們隨時會來。」

「眞的會有人來幫我們嗎？」

「哦！」他說：「不能太指望這個，不管怎麼說，這事很蹊蹺。您知道，有好幾次，軍官和專員來撒雷克島上探查島的四周，想著也許能建潛艇基地。上次從巴黎來的特派員，帕翠斯・貝爾維，是戰爭中受傷的殘廢軍人，戴日蒙先生與他結識，向他講述了撒雷克島的傳說和我們的擔憂。這是馬格諾克離開後第二天發生的。貝爾維上尉對這個故事很感興趣，答應會跟巴黎的友人談談這件事：一位西班牙或葡萄牙紳士，叫堂路易・佩雷納。這位先生是位了不起的人物，似乎能解決最複雜的謎題，採取最果斷的行動。」

貝爾維上尉離開才幾天，戴日蒙先生便收到這位堂路易・佩雷納先生的來信，就是剛才我跟你提到的那封。很不幸，他只給我們唸了開頭：

先生，我認爲馬格諾克的事件很嚴重，出於謹慎起見，我請您致電帕翠斯・貝爾維。從現在的情況來看，您處在危險的邊緣。如果能及時通知我，即使您正在危難的中心，也沒什麼可怕的。從這一刻開始，不管發生什麼事，即使您覺得一切都完了，即使一切眞的完了，我都會承擔起來。

至於天主寶石之謎，我覺得太幼稚。根據您提供給貝爾維那些充分的信息，光是人們會有瞬間覺得那多不可思議，都教我備感驚訝。我簡單解釋一下這困擾了幾代人的現象……

「然後呢？」薇洛妮克說，她迫切地想知道答案。

「我跟您說過，戴日蒙先生並沒有把信的結尾唸給我們聽。他當著我們的面讀那封信，驚訝地喃喃道：『這可能嗎？……是的，是的，就是這樣，太神奇了！』我們問他，他說：『我今晚會告訴你們，孩子們，等你們從黑色荒原回來。眞令人難以置信哪，就短短扼要的幾句話，就揭出天主寶石的祕密和準確位置，寫得頭頭是道，不容置疑。』」

「那天晚上呢？」

「那天晚上，弗朗索瓦和我遭到綁架，戴日蒙先生被殺害了。」

薇洛妮克想了想。

「誰知道會不會有人偷走這封重要的信呢？盜走天主寶石是唯一能解釋我們所遭受這一切陰謀詭計的動機。」

「我也這麼認爲。但戴日蒙先生遵照堂路易・佩雷納的要求，當著我們的面撕毀了那封信。」

「所以，最後這位堂路易・佩雷納先生並沒有得到通知。」

「是的。」

「可是弗朗索瓦……」

「弗朗索瓦不知道他的外祖父死了，所以他相信戴日蒙先生發現我和弗朗索瓦失蹤之後，一定會通知堂路易・佩雷納，這位先生就會立即前來。此外，弗朗索瓦等待救援還有另一個原因。」

「眞的嗎？」

「不，弗朗索瓦畢竟還是個孩子。他讀了很多探險書，頭腦中充滿幻想。貝爾維向他講述了這位佩雷納先生的許多神奇事蹟，講述得十分離奇，以至於弗朗索瓦堅信這位堂路易・佩雷納就是亞森・羅蘋本人。他深信危險來臨時，羅蘋會奇蹟般地出現，在危機爆發的瞬間及時登場。」

薇洛妮克不禁笑了起來。

「眞是個孩子。但事實上，孩子們的直覺仍該重視，畢竟這會帶給他勇氣和好心情。在他這個年齡，如果沒有這個希望支撐，怎麼能忍受住痛苦？」

她又感到一陣不安，低聲說：「不管援助來自何處，但願它來得及時，我的兒子才不會成爲這

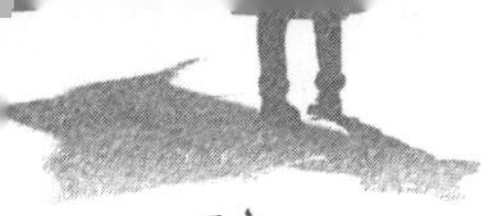

些恐怖傢伙的犧牲品。」

他們沉默許久。敵人看不見，卻存在著，像石頭般沉重地壓在他們心頭。

敵人無處不在，儼如島的主人，牢牢掌控地下住所、荒原和樹林、周圍海洋、石桌墳和棺材。他們串起殘酷的過去及恐怖的現代，根據古老的宗教儀式延續著歷史，把千百次預言過的不幸變爲現實。

「究竟爲了什麼目的？這一切意味著什麼？」薇洛妮克沮喪地說：「今天和過去有什麼關係？爲什麼災難以同樣野蠻的形式發生？」

薇洛妮克又是一陣沉默，除了剛才談到的事和那些無法解決的問題，一個想法不停在她心頭縈繞。她說：「啊！要是弗朗索瓦在該多好啊！我們三個人可以並肩戰鬥！他發生了什麼事？爲什麼在牢房裡耽誤這麼久？他遇到意想不到的麻煩阻礙了嗎？」

這次輪到斯特凡安慰她了：「阻礙？爲什麼這麼想？沒有阻礙，只是這任務太費時了點。」

「對，對，您說得有理，這任務又難又費時。啊！我相信他不會洩氣的！他性格多好！多有自信啊！他對我說：『重逢的母子不能再分離，他們可以折磨我們，但永遠不能把我們分開。最後我們會取得勝利。』他說得對吧，斯特凡？我不會找到兒子又失去他？……不、不，這太不公平了，這不能容忍！」

她突然噤聲不語，斯特凡驚訝地看著她。

「怎麼了?」斯特凡問。

「有聲音……」她說。

跟她一樣，他也聽見了。「是的，是的，確實有聲音。」

「我們聽見的可能是弗朗索瓦發出的聲音，或是從高處傳來的。」

她正要站起身，卻被他拉住。

「不，這是走廊裡的腳步聲……」

「怎麼辦?怎麼辦?」薇洛妮克急切地說。

他們驚慌地互相對望，下不了決心，不知該如何是好。

腳步聲越來越近。敵人應該未察覺異狀，因爲前進的腳步一刻也沒有停下。

斯特凡緩慢地說：「不能讓人看見我站著。我回到原來的地方，您大致地把我綁起來……」

他們猶豫不決，彷彿荒唐地覺得危險會自動消失。突然，薇洛妮克擺脫了使她渾身僵硬的恐懼，下定決心。

「快!他們來了，您躺下!」

他照著做。幾秒鐘的時間，她就照著找到他時的樣子將他綁了起來，但沒用力繫牢。

「轉到岩石那邊去。」她說：「把您的手藏起來，不然會暴露的。」

「您呢?」

「什麼都別怕。」

她彎下身子走到門旁。門上的小窗有鐵條擋著，向裡凹陷，她不會被看見。

同一時刻，敵人在外面停下。儘管門板很厚，薇洛妮克仍可聽見裙子摩擦的沙沙聲。

她頭頂之上，有人正在窺視。

可怕的時刻！稍微一動就會被察覺。

「啊！」薇洛妮克琢磨著，「她爲什麼還待在這？有什麼洩露我的存在嗎？是我的衣服嗎？」

她覺得原因可能出在斯特凡身上，他的姿勢不自然，或者繩索和平時不同。

突然，外面有動靜，那人吹了兩下口哨。

接著，走廊遠處傳來另一個人的腳步聲，聲音在周圍的沉寂中越來越大，最後跟前頭那人一樣停在門前。兩人開始交談，商量著什麼事。

薇洛妮克小心翼翼地把手伸進口袋裡，掏出手槍，手指扣在扳機上。如果有人進來，她就站起身毫不猶豫地連開幾槍，只要稍微遲疑一下，就可能失去弗朗索瓦。

譯註：

①法語中十字架一詞與數字三押韻。

②朱安黨，法國大革命時期發動叛亂的保皇派。

chapter 9

死囚室

這個算盤要想打得對，只有門向外開，且敵人立刻暴露出來才行。薇洛妮克仔細端詳那扇門，突然發現下面有個堅固的大門栓，頗不合常理。是否要利用一下呢？

她沒時間去想這個計畫的優劣之處。她聽見鑰匙的喀嚓聲，接著是鑰匙插進鎖孔的聲音。面對闖入的敵人，驚慌失措、手腳僵硬的她可能失準，射不中目標。敵人可能會關上門，馬上跑到弗朗索瓦的牢房去。

一想到這，她立刻下意識地做了個動作。她插上門栓，半蹲著拉上了門洞的遮板。這樣，外面的人既進不來，也看不見。

她立即明白了這番舉動多麼荒唐，如此一來等於直接升高敵人的威脅。斯特凡一躍蹦到她身邊，對她說：「天啊，您做了什麼？他們看到我沒動，就知道還有別人了。」

「正是這樣。」她擺出防衛的姿態，說道：「他們會砸開這扇門，我們就有足夠的時間。」

「有足夠的時間做什麼？」

「逃跑。」

「怎麼逃？」

「弗朗索瓦會叫我們的，弗朗索瓦……」

她話還沒說完，他們即聽見腳步聲迅速向走廊深處遠去。沒錯，敵人不擔心斯特凡，因爲覺得他逃不掉，所以朝樓上那層岩洞去了。他們該不會揣測兩個朋友間商量妥當，那孩子在斯特凡的牢房裡，所以把門給堵住了？

薇洛妮克的舉動使事情朝著她害怕的方向發展：在上面，弗朗索瓦正準備逃走的時候被抓住。她嚇呆了。

「我爲什麼硬要過來呢？」她小聲說：「只是等著他多簡單！我們兩人一定能救您出去……」

她混亂的頭腦中突然閃過一個念頭：她不是因爲知道斯特凡對她的愛，才想快點解救他嗎？她不是因爲可恥的好奇心才捲入這件事嗎？爲了驅走這可怕的念頭，她開口說：「不，我應該來，是命運在折磨我們。」

「不，別這麼想。」斯特凡說：「一切都會好轉的。」

「太晚了。」她邊搖頭邊說。

「爲什麼？誰說弗朗索瓦沒逃掉？剛才您自己還估計他已經逃脫了呢！」

她沒有回答。她面部抽搐、臉色蒼白，接連的痛苦使她對將要來臨的災難產生預知本能。危險無處不在，苦難又開始了，比之前那些更可怕。

「死亡圍繞著我們。」她說。

他勉強笑了笑。「您和撒雷克島上的人說的一模一樣，您和他們懷有同樣的恐懼。」

「他們害怕是有道理的，您自己不也感覺到這一切的可怕嗎？」

她衝到門口，打開門栓，想把門打開。但面對這鐵板加固的厚重大門，她無能爲力。斯特凡拉住她的手臂。

「等等！聽著，這好像是……」

「是的，」她說：「他們在上面敲門，在我們頭頂上，就在弗朗索瓦的牢房。」

「不對，不對，您聽……」

長時間的寂靜之後，厚厚崖壁中又傳來轟隆響聲，是從他們下面傳來的。

「跟我早上聽見的聲音一樣。」斯特凡害怕地說：「我跟您說過的……啊！我明白了！」

「什麼！您想說什麼？」

聲音有規律地響著，最後停下，發出一陣連續沉悶的聲音，夾雜著刺耳的嘎吱聲和突然的劈啪聲，像是有人正用力啓動海邊吊小船用的絞盤機。

薇洛妮克聽著，一邊發狂地等待，試圖從斯特凡的眼睛裡看出點線索，好猜出將要發生什麼事。斯特凡站在她身邊凝望她，眼神透露出正看著自己心愛女子遭受苦難的不捨。

突然她踉蹌了一下，不得不扶住牆壁。整個岩洞，整個懸崖似乎在空中移動。

「噢！」她小聲說：「我抖得這麼厲害嗎？我怕得從頭到腳都在顫抖嗎？」

她緊緊抓住斯特凡的手，哀求道：「回答我，我想知道……」

他沒回答，濕潤的雙眼中不見半點恐懼，只有深切的愛戀和無盡的絕望。他心中只存在著她。再說，有必要解釋正在發生的事嗎？隨著時間的流逝，眞相會自動浮現。這奇怪的眞相和日常事物無所關聯，邪惡的程度超乎想像。薇洛妮克開始察覺一些徵兆，卻不願多想。

岩洞中間那塊巨大方形木板像一扇逆向的活板門，繞著固定軸向上抬起，軸兩端的接合點緊貼在深淵邊上。向上抬升的活動幾乎感覺不到，木板像是正在掀起的大蓋子，又像一塊從懸崖邊延伸入岩洞裡面的跳板，傾斜度還很小，保持平衡並不難……

起初，薇洛妮克以爲敵人的目的是要把他們碾死在豎起的地板和花崗岩之間。但她立刻意識到這可惡的機器像一座吊橋，任務是把他們推進深淵，它會毫不留情地完成這項任務。這結局是不可抗拒的命運。無論他們怎麼拚命抓住岩壁，吊橋終有一刻會垂直豎起，成爲陡峭懸崖的一部分。

「這太可怕了……這太可怕了……」薇洛妮克咕噥著。

他們的手握在一起，斯特凡無聲地掉下眼淚。

她痛苦地說：「沒辦法了，是嗎？」

「是的。」他說。

「可是，這地板周圍有空隙。岩洞是圓的，我們可以……」

「空隙太小了，如果我們待在地板和岩壁之間，就會被碾碎。一切都計算好了。」

「那該怎麼辦？」

「必須等著。」

「等誰？等誰？」

「弗朗索瓦。」

「噢！弗朗索瓦，」她抽噎著說：「也許他被抓住了，或者來找我們時掉進陷阱。不管怎樣，我再也見不到他了……他什麼也不會知道，他到死都見不到他的母親了……」

她緊緊地握住年輕男子的手，對他說：「斯特凡，如果我們之中有一人能逃命，我希望那是您。」

「那將是您。」他堅定地說：「我很奇怪他們讓您跟我一起受刑，也許他們根本不知道在這兒的是您。」

「我也覺得奇怪，」薇洛妮克說：「本來不是爲我預備了另一種刑罰嗎？如果不能再見到我的兒子，什麼都不重要了！斯特凡，我能把他託付給您嗎？我已經知道您爲他所做的一切了。」

地板繼續緩緩上升，不規律的震動著，還會突然地跳動。斜坡傾斜得更加厲害，用不了幾分鐘，他們就沒機會如此隨意沉著地談話了。

斯特凡回答：「如果我能活下來，我向您保證會將這使命承擔到底。我發誓，爲了紀念……」

「爲了紀念我，」她堅定地說：「爲了紀念您所認識……您愛過的薇洛妮克。」

他熱切地看著她。「您已經……」

「坦白說，是的，我讀了您的日誌。我瞭解您的感情，我接受您的愛。」

她悲傷地笑了笑。「可憐的愛情，您過去把它獻給一個不在身邊的女人，現在把它獻給一個即將死去的女人。」

「不，不，」他渴望地說：「別這麼想，救援也許馬上就到了……我感覺到了，我的愛不屬於過去，但屬於未來。」

他想吻她的雙手。

「擁抱我吧！」她把頭伸過去說道。

兩人不得不單腳踩在懸崖邊上，踩在跳板沿衝著大海那邊露出的一塊窄條花崗岩上。

他們緊緊地擁抱在一起。

「抓緊我。」薇洛妮克說。

她盡量向後仰，抬起頭低聲喊：「弗朗索瓦！弗朗索瓦！」

但上面洞口沒有任何人，梯子還是單邊鉤子吊住，搆不著。

薇洛妮克躬身彎向海面。此處懸崖壁上凸起不多，她在浪花包圍的暗礁中間看到一片平靜小湖，水深不見底。她頓覺死在那裡也許比死在尖利的暗礁上舒服些，突然想結束這一切，以擺脫漫長的垂死掙扎。她對斯特凡說：「爲什麼要等待這結局？與其受折磨，倒不如死去。」

「不，不！」想到薇洛妮克會死去，他憤怒地大喊。

「您還指望什麼呢？」

「因爲是您，所以要堅持到最後一刻。」

「我不再奢望什麼了。」她說。

沒有任何希望得以支撐，他卻極欲減輕薇洛妮克的痛苦，讓自己來承擔一切苦難。

地板繼續上升。震動停止了，地板更加傾斜，已觸及窗口的下檐，門板一半高的位置。忽然，機器彷彿突然發動，帶來一次猛烈的震動，整個小窗都被蓋住了，人已經不能直立站著。

他們緊靠斜坡躺著，腳抵在那一塊窄條花崗岩上。

又是兩次震動，每次高處的地板都將他們向外推。地板上部已碰到岩壁內側的頂端，正沿著洞頂向洞口移動，明顯將和洞口契合，如收起的吊橋一樣垂直蓋上。一切都精心計算過，以保證這陰森的儀式能夠順利完成，不出任何意外。

他們一言不發，四手緊握，聽天由命。他們的死法是命中注定的。這機關在數世紀前被建造出來，經過重建、修復、調試，幾百年來，看不見的劊子手用它處死凶手、罪犯和無辜者，處死阿爾莫里克①人、高盧人、法蘭西人或外族人。戰犯、犯瀆聖罪的修士、被迫害的農民、朱安黨人、共和派人、革命戰士一個接一個地被這怪物推向深淵。

今天，輪到他們了。

他們甚至不能從憎恨和狂怒裡得到一點苦澀的慰藉。恨誰呢？他們將在幽暗中死去。在這無情的夜裡，他們看不清敵人的面孔。他們的死只是爲了完成一項莫名其妙的使命，可說是爲了湊足數目，爲了實現荒唐的預言，爲了滿足愚蠢的意願，彷彿愚忠的祭司在執行其野蠻神靈的命令。他們離奇地成了贖罪的活牲，成了某種嗜血宗教的祭品！

他們身後的牆漸漸豎立起來，再過幾分鐘，就會完全垂直。結局即將到來。

有好幾次，斯特凡不得不抓緊薇洛妮克。逐漸增加的恐懼感讓年輕女人六神無主，她只想盡快了結。

「我求求您了……」她結結巴巴地說：「放開我吧，我太痛苦了……」

她若沒與兒子重逢，那麼直到最後都能保持理智。但一想到弗朗索瓦，她就心神不寧。那孩子應該也被抓住了……他或許也像他母親一樣受盡折磨，最後變成那些可惡神靈的祭品。

「不，不，他會來的。」斯特凡保證道：「您會得救的，我希望您得救，我肯定您會得救！」

她開始胡言亂語：「他跟我們一樣被關起來了……敵人會用火燒他、用箭射他，撕裂他的皮肉……啊！我可憐的孩子！」

「他會來的，我的朋友……他對您說過，沒有什麼能夠分開重逢的母子……」

「死亡讓我們重逢，我們會在冥界相聚，但願這一刻馬上到來！我不想他受苦呀……」

她痛苦萬分，用力將手從斯特凡的掌中抽出來，準備跳下去。但她立刻靠回吊橋上，和斯特凡同時發出恐懼的叫聲。

什麼東西從他們眼前晃過，然後消失了，是從左邊來的。

「梯子，是梯子。對吧？」斯特凡低語。

「是的，是弗朗索瓦！」薇洛妮克感到極度的快樂和希望，氣喘吁吁地說：「他得救了……他來救我們了……」

這時，行刑的牆幾乎垂直，在他們身後無情地顫動。後面的岩洞已經消失，他們現在屬於深淵的一部分，兩人緊緊地抓住一條窄窄的凸起石塊。

薇洛妮克再次彎腰看，梯子又擺了過來，隨後被固定在兩個鐵鉤中間。

上方洞口處露出一張孩子的面孔，孩子微笑著說：「媽媽，媽媽，快呀！」

孩子急切熱情地呼喚，向兩人揮舞雙臂。薇洛妮克痛苦地呻吟道：「啊！是你，是你……我的寶貝……」

「快呀，媽媽，我扶著梯子。快呀，這邊沒有任何危險。」

「我來了，我的寶貝，我來了！」

她抓住最近的梯腳，這次在斯特凡的幫助下，她沒費什麼力氣就登上了梯子。她回頭對他說：

「您呢，斯特凡？您會跟上我的，對嗎？」

「我來得及，」他說：「您快點……」

「不，您向我保證！」

「我向您保證，您趕快……」

她爬了四級階梯，停下說話：「您上來啊，斯特凡？」

他已轉身面向崖壁，左手插進吊橋和岩石間的縫隙，右手搆到梯子，單腳踏在下面的橫桿上。他也獲救了。

薇洛妮克在空中爬得多麼輕巧啊！管那萬丈深淵，這些對她都不重要。她的兒子在那兒等著她，她終於能緊緊擁抱他了！

「我來了，我來了！」她說：「我來了，我的寶貝。」

她迅速將頭和身子伸進窗內，孩子拉住她。跨過窗，她終於在兒子身邊了！他們相互擁抱著。

「啊！媽媽！這可能嗎？媽媽！」

她還沒抱緊他，就向後退了幾步。爲什麼？她也不知道。一股難以言喻的不安阻礙了她情感的表達。

「來，來，」她邊說邊把他拉向窗邊明亮的地方，「過來，讓我好好瞧瞧。」孩子順從地過去。她仔細觀察那孩子兩三秒，突然大驚失色地說：「是你嗎？你是凶手？」太可怕了！她再次看到在她面前殺死父親和奧諾琳那張冷血動物的臉！

「妳可認出我來了？」他冷笑道。

聽到他的聲音，薇洛妮克明白她認錯了。那孩子不是弗朗索瓦，是另一個人，是穿著弗朗索瓦的衣服假扮其身分的殘酷角色。

他又冷笑道：「啊！妳終於明白了，夫人，對吧。妳認出我來了？」那張可憎的臉開始扭曲，變得惡毒兇殘，由最邪惡的感情控制著。

「沃斯基！沃斯基！」薇洛妮克結結巴巴地說：「我從你臉上看到了沃斯基的影子。」

他大笑起來。

「爲何不是？妳以爲我會像妳一樣背叛爸爸嗎？」

「沃斯基的兒子？他的兒子！」薇洛妮克重複道。

「我的上帝！是的，我是他的兒子！難不成妳沒想過，這個正派的男人當然有權擁有兩個兒子！先有我，然後才有了溫柔的弗朗索瓦。」

「沃斯基的兒子！」薇洛妮克再次喊出。

「還是個好孩子，夫人，我向妳發誓，我承襲爸爸的威風，是他精心調教出來的。我已經向妳展示過了，嗯？但還沒完呢，這不過是盤開胃菜……好吧，妳想讓我提供新的證據嗎？看看這楞頭楞腦的家庭教師……不，看看我出手之後會變成什麼樣子！」

他一躍跳到窗邊。斯特凡的頭露了出來，孩子抓起一塊石頭用盡全力砸下，並把逃跑者推了下去。

薇洛妮克起初沒明白他的威脅，楞了一下，接著她衝過去抓住孩子的手臂。太晚了，斯特凡的頭消失了。梯子上的鐵鉤脫落，傳出很大的響聲，接著咕咚一聲落入水中。

薇洛妮克立即跑到窗邊。梯子漂浮在小湖上，在周圍暗礁的包圍下一動不動，看不出斯特凡落水的地方，湖面上沒有浪花也無波紋。

她叫喊：「斯特凡！斯特凡！」

沒有任何回應。四周一片寂靜，微風停了下來，大海也睡著了。

「啊！混蛋，你做了什麼！」薇洛妮克一字一頓地說道。

「別傷心，夫人。」他說：「斯特凡先生把妳的兒子教得像個笨蛋。好啦，應該笑才對。我們來個擁抱怎樣？妳想嗎，爸爸的妻子？哦，什麼，妳板著臉！妳那麼討厭我呀？」

他走過來，張開雙臂。

突然，她把槍口對準了他。

「滾開，滾開，不然我就會像打死發狂野獸一樣打死你。滾開！」

孩子的臉變得更加兇殘。他一邊慢慢向後退，一邊咬牙切齒地說：「啊！美麗的夫人，妳會為此付出代價！怎麼！我擁抱妳完全出於好意，妳卻要向我開槍？妳將用血來償還，流淌的鮮血、鮮血、鮮血……」

這個詞他說起來似乎很順口，他重複了數次，接著又哈哈大笑起來。他沿著通往隱修院的地道逃跑了，邊跑邊說：「妳兒子的鮮血，薇洛妮克夫人……妳最親愛兒子的血……」

譯註：

①阿爾莫里克（Armorique），法國西部布列塔尼之舊地名，西元前七世紀前沿用。

chapter 10

逃跑

薇洛妮克渾身顫抖、猶豫不決著，直到腳步聲完全消失。怎麼辦？斯特凡的死讓她一時沒去想弗朗索瓦。現在她又開始擔心起來：她兒子怎麼樣了？她應該去隱修院找他，保護他不受危險嗎？

「冷靜點，冷靜點，」她說：「我腦子亂了。怎麼回事？好好想想……幾小時前，弗朗索瓦隔著牢房的牆跟我說話，那時確實是他。昨晚緊握、親吻我手的絕對是弗朗索瓦，一位母親不會弄錯，我因爲溫柔和母愛而顫抖，但是，今天早上他還沒有逃離監獄嗎？」

她思考了許久，接著慢慢說：「對了，事情是這樣……在底下那一層，斯特凡和我被發現，警覺的惡魔——沃斯基的兒子立即跑上來監視弗朗索瓦。他發現牢房是空的，發現弗朗索瓦挖開的洞，一路鑽到這兒來。對，就是這樣，不然他是走哪條路來的呢？到了這裡之後，他跑到窗邊，因爲他猜到窗戶朝著大海，弗朗索瓦就是從這裡逃跑，他馬上看見梯子的鐵鉤。接著，他低頭看見了我，認出我來，然後叫我……現在，他現在正往隱修院去，在那兒不可避免地會碰上弗朗索瓦。」

然而，薇洛妮克一動也沒動。她預感危險並不在隱修院那邊，而是在這裡，在這些岩洞裡。她琢磨著弗朗索瓦是否眞的成功逃脫，或者洞還沒挖完，就被另一個人發現而遭打傷。

這想法太可怕了！她猛地蹲下，發現洞口擴大了，便想鑽過去。只是出口最多僅夠讓孩子通過，對她來說太窄，她的肩頭被卡住了。她頑強地堅持著，凸出的岩石刮破她的襯衫、撕破她的皮肉，最後，經過不斷的耐心試探，她總算滑出洞口。

牢房是空的。不過朝走廊的門開著，薇洛妮克感覺到——僅僅是感覺到，因爲從窗子裡射進來的光很微弱——有人從這扇開著的門出去了。她彷彿隱約看見——甚至可以說沒有看到——一個黑影，她肯定這黑影是個女人，她被這女人的突然出現嚇了一跳，趕緊躲入走廊。

「是他們的同夥，」薇洛妮克想，「是她和害死斯特凡的孩子一起上去的，她很有可能帶走了弗朗索瓦。弗朗索瓦甚至可能還在那裡，就在我的附近，她或許正監視我呢！」

薇洛妮克的眼睛適應了黑暗。她看見朝裡開著的門上有隻女人的手，正慢慢地拉著。

「爲什麼她不一下子把門關上呢？」薇洛妮克心想，「爲什麼？既然她想在我們之間設置障礙？」

薇洛妮克很快找到了答案，門下傳來小石子咯咯的響聲，門被卡住了。障礙一旦清除，門就可關上。薇洛妮克毫不猶豫地走上前去，拉住門上的鐵把手往自己身體的方向拉。那隻手不見了，但門仍往反方向拉著，另一面也應該有一個把手。

突然，哨聲響起，那女人在求救。同時，走廊裡離那女人幾步遠的地方傳來一聲呼喚：「媽媽！媽媽！」

啊！這呼喚激起了薇洛妮克無限深情！她的兒子，她真正的兒子在呼喚她！她的兒子雖然還困在牢房，但他活著！她是多麼的開心！

「我在這兒，我的孩子。」

「快，媽媽，他們把我綑住了。哨聲是他們的信號，他就要來了。」

「我來了，我會在那之前救你出來！」

她絲毫不懷疑這結果。她彷彿力大無窮，沒什麼能抵擋從她全身爆發出來的力氣。果然，對手漸漸失去力量，一點一點鬆開了手。

開口變大了，較量突然結束了。薇洛妮克穿過門去。

那個女人已經跑到走廊裡，不管被繩子綑縛的孩子，強行拖著他走。結果白費力氣！她很快放棄了。薇洛妮克走到她身邊，手裡握著槍。

那女人放下孩子，敞開門的岩洞透出光照亮了她。她穿著白色羊毛衣裙，戴著束腰帶，露出半截手臂，臉雖然還年輕，卻很憔悴消瘦且佈滿皺紋。她金色頭髮中夾雜著幾綹白髮，雙眼閃耀著仇恨的目光。

兩個女人相互對視，不發一言，像是兩個敵人重啓戰鬥之前互相打量著。薇洛妮克勝利了，她幾乎藐視地笑出來。最後，她說：「如果妳敢動指頭碰我兒子一下，我就殺死妳。滾開！」

那女人並不害怕，她似乎正在思考，豎起耳朵等待救援，但誰也沒有來。這時，她低頭看了看弗朗索瓦，做出重新抓起獵物的動作。

「不許碰他！」薇洛妮克兇狠地說：「不許碰他！不然我就開槍了！」

女人聳了聳肩，高聲說：「少威脅我！如果我想殺死妳的孩子，早就動手了。時機還沒到，再說也不該由我殺死他。」

薇洛妮克打了個冷戰，咕噥著打斷她的話：「他應該被誰殺死？」

「被我的兒子。妳知道的，妳剛看見的那位。」

「他是妳的兒子，那個凶手……魔鬼！」

「他的父親可是……」

「閉嘴！閉嘴！」薇洛妮克命令道，她知道這是沃斯基昔日的情婦，怕她在弗朗索瓦面前說漏了什麼，「閉嘴，別提起這個名字。」

「該提的時候就得提。」那女人說：「啊！薇洛妮克，我可是爲妳受了不少苦，現在輪到妳了，這只是個開頭！」

「滾開！」薇洛妮克喊道，手槍持續對著敵人。

「再說一遍，別威脅我。」

「滾開，不然我就開槍。我用我兒子的頭向妳發誓。」

那女人畢竟仍有顧忌，便向後退去。但心中又是一陣狂怒，她無能爲力地向前舉起拳頭，用沙啞的聲音斷斷續續地說：「我會報仇的！走著瞧，薇洛妮克……十字架，妳明白嗎？十字架已經豎起來了！妳是第四個……絕妙的復仇！」

她揮舞著乾癟枯槁的雙手，又說：「啊！我是多麼恨妳！恨了十五年了！十字架會替我復仇的。是我，我將把妳綁在上面……十字架已經豎起來了，走著瞧……十字架已經豎起來了……」

在手槍的威脅下，她徑直地緩步走開。

「媽媽，別開槍，好嗎？」弗朗索瓦猜想著他母親腦中的掙扎，小聲地說。

薇洛妮克似乎清醒過來，答道：「不，不，什麼都別怕……但是，我們也許應該……」

「哦！求求您放過她吧，媽媽，我們走吧！」

那女人還沒完全消失，她就用雙臂抱起弗朗索瓦，緊緊摟在懷裡，一直抱到牢房裡面，彷彿他只有小嬰兒那麼重。

「媽媽！媽媽！」他喊著。

「對，我的寶貝，我是你的媽媽。我向你發誓，沒人比我更愛你。」

她顧不得身上被岩石劃破的傷口，這次幾乎一下子就鑽過弗朗索瓦在牆上挖的洞，然後把孩子拉了過去，這才慢慢地解去孩子身上的繩索。

「這裡沒有危險了，」她說：「至少現在沒有。他們要想攻擊我們，必須進入這個牢房，但我會守好出口的。」

啊！他們緊緊相擁在一起！此刻任何障礙都不能分開他們，他們相互親吻，擁抱在一起。他們相互看著，相互凝望著。

「我的上帝！你是多麼漂亮，我的弗朗索瓦。」薇洛妮克說。

她覺得他和那個殺人凶手毫無半點相似之處，奇怪奧諾琳怎會將兩人弄混。她不停地欣賞著他臉上高貴坦誠又溫柔的氣質。

「還有您，媽媽，」他說：「我能想像出和您一樣漂亮的媽媽嗎？不，我作夢都沒有想到，您就像仙女一樣落到我的面前。儘管斯特凡經常說給我聽……」

她打斷他的話。

「我們得快點，我的寶貝。我們必須找個地方躲避他們的追襲，該走了。」

「對，」他說：「離開撒雷克島最要緊。我已經擬好逃跑計畫，一定會成功。可是，首先，斯特凡……他怎麼樣了？我聽見牢房上面有聲音，我跟您說過了，我眞擔心……」

她沒回答他的問題，只是拉住他的手。

「我有好多事要告訴你，聽了會很痛苦，可是不能再瞞你了。再等一會兒……現在，我們應該逃回隱修院，那女人會去討救兵追捕我們。」

「可她不是一個人，媽媽，她突然闖進我的牢房，發現我在挖洞。還有個人跟她一塊兒……」

「一個孩子，對嗎？一個跟你一般大的男孩？」

「我半點影子也沒看到。他們突然撲向我，把我綁起來帶到走廊裡，然後，那女人離開了一下，他又回到牢房。現在，他知道這個地道，也知道它通向隱修院的出口。」

「是的，我曉得。要對付他很容易，我們堵上那個出口。」

「可是兩座島之間還有橋。」弗朗索瓦提醒。

「不，」她說：「橋被我燒掉了，隱修院已經完全隔絕了。」

他們快步趕路。薇洛妮克加快腳程，弗朗索瓦有些擔心母親說過的話。

「對，對，」他說：「其實，我感覺到有很多我不知道的事情，媽媽，您怕嚇壞我才隱瞞不說的吧。就像這座被您燒毀的橋，用的是儲備的汽油，對嗎？像馬格諾克爲災難來臨時設計好的那樣？所以，您也受到了威脅，有人在追擊您，對嗎，媽媽？然後，那個女人對您說了那麼多充滿仇恨的話！然後，最重要的是，斯特凡怎麼樣了？剛才他們在我的牢房裡小聲談論他……這一切把我弄糊塗了，我也沒看見您帶來的梯子……」

「我求你了，我的寶貝，我們半點時間也浪費不得。那女人會找到幫手，追著我們來。」

孩子突然停下腳步。

「媽媽……」

「怎麼了？你聽見什麼了？」

「有腳步聲。」

「你確定嗎？」

「有人衝我們走過來了。」

「啊！」她低聲喊道：「是凶手從隱修院回來了！」

她摸出手槍，做好準備。突然，她把弗朗索瓦推向一個黑暗角落，那應該是被堵上的某段地道出口形成的，她來時注意到這個地方。

「那裡，那裡，」她說：「我們會沒事的。他不會看見我們。」

腳步聲越來越近。

「往裡邊站，」她說：「一動也別動。」

孩子小聲說：「您手裡拿的是什麼？您的手槍……啊！媽媽，您不會開槍吧？」

「我應該開槍，我應該……」薇洛妮克說：「這樣一個魔鬼！像他媽媽一樣……我剛才就該開槍，就算會後悔……」

她幾乎不自覺地說：「他殺死了你爺爺。」

「啊！媽媽、媽媽……」

她扶住他，以免他倒下。寂靜中，她聽到哭泣的聲音，孩子抱著她嗚咽著，斷斷續續地說：

「不管怎麼樣……別開槍，媽媽……」

「他來了，我的寶貝。別出聲！他來了，你看。」

那孩子走了過去，他步伐緩慢，微微躬著腰，豎起耳朵傾聽四周動靜。這次，薇洛妮克更仔細地盯著他看，確實和她的兒子一般大，奧諾琳和戴日蒙先生就算認錯也不奇怪。因爲兩人確實存在相似之處，他戴上弗朗索瓦的貝雷帽之後就更像了。

他走遠了。

「你認識他嗎？」薇洛妮克問。

「不，媽媽。」

「你確定從沒見過他？」

「確定。」

「是他和那個女人一起襲擊你的嗎？」

「是呀，媽媽。他無緣無故打我的臉，像帶著深仇大恨似的。」

「啊！」她說：「這一切眞是莫名其妙。我們何時能逃離這場噩夢！」

「快，媽媽，路上沒有阻礙了，我們要好好利用。」

透過光亮，她看見他蒼白的臉，感到他的手很冰冷，然而他卻幸福地微笑著。

他們重新出發，穿過連接兩座島的懸崖，登上樓梯之後，他們很快到達地上，馬格諾克的花園右側。夜幕即將降臨。

「我們得救了。」薇洛妮克說。

「是的，只要他們無法通過這條路追上我們。我們必須把密道堵上。」

「怎麼做？」

「等等我，我去隱修院找些工具。」

「噢！不，我們不能分開，弗朗索瓦。」

「我們一塊去，媽媽。」

「如果這段時間他們來了怎麼辦？不，應該守著這個出口。」

「那麼，幫我一把，媽媽。」

他們迅速查看一番，發現堆成拱門的兩塊石頭中有一塊根不是很深。果然，他們毫不費力地晃動石頭，順利挪移。石頭順著梯子滾了下去，通道立即被落下的土渣和石塊覆蓋，即便沒堵死，也很難通過。

「我們就待在這兒吧，」弗朗索瓦說：「直到能執行我的計畫。鎮定些，媽媽，這主意不錯，我們離目標不遠了。」

無論如何，兩人都已筋疲力盡，需要休息。

「媽媽，躺下吧！瞧，這裡……這塊凸出的岩石下面有一片地衣，像是眞正的窩，您躺在裡面會很溫暖舒服，跟女王一樣。」

「啊！我的寶貝，我的寶貝。」薇洛妮克滿懷幸福地低喃。

說明眞相的時刻到來了，薇洛妮克毫不猶豫地一一道來。得知所有他喜愛、認識的人都已死去的消息，憂愁抵消了孩子重新找回母親的喜悅。薇洛妮克將一切和盤托出，把他抱在懷裡輕搖，擦去他臉上的淚水，覺得自己能代替他失去的所有友情和鍾愛。斯特凡的死，對他的打擊特別大。

「可是，這事能肯定嗎？」他說：「畢竟沒什麼能證明他淹死了，斯特凡是個游泳健將呀，再說……對了，媽媽，不應該絕望，相反的……瞧，正好有一位朋友來了，牠總是在困難的時刻出現，告訴你這不是世界末日。」

果然，好好先生搖著尾巴來了。看見主人，牠似乎並不驚訝。沒什麼能讓好好先生太驚訝，接二連三的事件對牠來說總是按照自然規律發生，毫不影響牠的日常生活習慣。只有眼淚能特別引起牠的注意。不過，薇洛妮克和弗朗索瓦沒有哭。

「您看，媽媽，好好先生同意我的看法，我們沒失去什麼。可是，我的老友好好先生，你的直覺的確靈敏。嗯！如果我們不帶你離開這座島，你會怎麼想呢？」

「離開這座島？」薇洛妮克看著她的兒子。

「當然，而且要盡快離開。這就是我的計畫，您覺得好嗎？」

「可是怎麼離開？」

「坐船。」

「這裡還有船嗎？」

「我有。」

「在哪裡？」

「離這兒很近，在撒雷克島的岬角下面。」

「我們怎麼下去呢？懸崖很陡峭啊！」

「就是在懸崖最陡峭的地方，那兒有個叫做『暗道』的地方，這個名字引起了我和斯特凡的注意。既然叫做暗道，就表示有入口也有出口。後來我們打聽到中世紀修士時代，隱修院所在的小島曾被城牆圍起來，因此可以猜想那暗道是控制出海口的。果然，經過我們和馬格諾克的一番調查，發現懸崖上有一道似乎由斷層形成的溝，裡面佈滿沙子，周圍有大石塊築成的牆圍著，一條階梯小路蜿蜒其中，靠海的那些牆上有窗戶。小路直通到一處小海灣，暗道的出口就在那裡。我們把船修好了，就掛在懸崖角上。」

薇洛妮克的臉色變了。「那麼，我們這次得救了！」

「毫無疑問。」

「敵人不會跟來嗎？」

「怎麼會？」

「他們有一艘汽艇。」

「既然他們以前沒來過，就不會知道這個港口，也不會知道這條下坡道。在海面上看不到這些，還有成千上萬的暗礁守護著。」

「既然如此，我們為何不盡快動身呢？」

「已經天黑了呀，媽媽。儘管我是個好水手，也不敢保證不會撞到哪個暗礁上。不，必須等到日出才行。」

「這太漫長了。」

「再耐心等上幾個小時，媽媽。有我陪著您！明天天一亮，我們就出航，先沿著懸崖腳開到囚室下面，到那兒接斯特凡，他一定在某處海灘上等著，我們四個就能一起離開。你說好嗎，好好先生？接近晌午，我們就能抵達神父橋。這就是我的計畫。」

薇洛妮克滿心歡喜，欣賞之情溢於言表，沒想到一個孩子竟能表現得如此冷靜！

「太完美了，我的寶貝。你說的都對，好運一定會轉向我們這邊。」

* * *

夜晚平安無事。然而，堵住地道的瓦礫下傳來的一陣噪音和縫隙裡透出的一絲光亮，迫使他們不得不隨時保持警戒直到出發的那一刻，但他們的好心情沒有因此受到影響。

「是的，是的，媽媽，我很安心。」弗朗索瓦說：「打從和您重逢的那一刻起，我就明白我們永遠不會再分開了。再說，我們總有最後一線希望，不是嗎？斯特凡跟您提起過，對嗎？我相信會有一個陌生天使來救我，您覺得可笑……好吧，跟您說，媽媽，即使刀架在我的脖子上，我相信一定會有一隻手擋住那把刀。您明白嗎？」

「哎呀！」她說：「你預想的這隻手沒能阻止我跟你講過的那些災難。」

「當我的母親受到威脅，情況就不一樣了。」孩子語氣十足肯定。

「怎麼可能？沒人通知這位陌生的朋友啊。」

「他還是會來，不需要別人通知，他就是會知道更大的危險來臨了。他會來的。所以，媽媽，答應我，無論發生什麼事，都要保持信心。」

「我會保持信心，我的寶貝，我向你保證。」

「太好了，媽媽。」他微笑著說：「因爲我現在變成頭領啦！什麼頭領呢，嗯？媽媽，我昨晚已經想好了，如果我們今天下午走不成，爲了達成計畫，爲了讓媽媽不挨餓受凍，我們需要食物和被毯！今晚我們就吃這些。爲了謹愼起見，我們不能棄守這裡去隱修院休息。媽媽，您把裝食物的袋子放在哪兒呢？」

兩人開心地大吃了一頓。接著，弗朗索瓦讓母親躺下，替她蓋上被毯，兩人緊緊相擁，幸福地沉睡，絲毫不覺得害怕。

清晨的微風吹醒了薇洛妮克，天邊泛著玫瑰紅色的光亮。弗朗索瓦安詳地睡著，感到自己受到保護，沒作半點噩夢。她不厭其煩地久久凝視他，直到太陽完全升起，她還在望著他。

「開工了，媽媽。」他睜開雙眼，擁抱她，緊接著說：「地道那邊沒有人吧？沒動靜，那麼我們有足夠的時間裝船了。」

他們帶著被毯和食物，腳步輕盈地朝著暗道，即小島的岬角走去。岬角外圍堆積著大片岩石，海水汩汩作響，海面卻顯得異常平靜。

「但願你的船還在那裡。」薇洛妮克說。

「媽媽，您稍微低下頭。您看到了嗎？船就在那裡，掛在凹進去的地方。我們只需用滑輪把船放到水面上。啊！一切都準備就緒，我親愛的媽媽，沒什麼可怕的，只是、只是……」他若有所思。

「只是什麼？怎麼了？」薇洛妮克問。

「哦！沒什麼，只是要稍微耽擱一下。」

「可是……」

他笑了笑。「確實，對於一個探險頭領，我承認這有點丟臉。我只是忘了一件事：船槳還放在隱修院那邊。」

「這實在太糟糕了！」薇洛妮克大嚷。

「爲什麼？我跑回隱修院，十分鐘後就回來。」

薇洛妮克又再害怕起來。

「如果這段時間他們從地道裡出來了呢？」

「好啦，好啦，媽媽，」他笑著說：「您答應過我會保持信心的。疏通地道需要一個小時的工夫，我們會聽見聲音的。那麼，不作那麼多無用的解釋了，親愛的媽媽，一會兒見！」

他出發了。

「弗朗索瓦？弗朗索瓦？」

他沒有回答。

「啊！」不祥的預感又湧上她的心頭，「我發過誓一刻也不離開他的。」

她遠遠地跟著他，在仙女石桌墳和開滿鮮花的骷髏地中間的一個小山崗上停了下來。從那裡可以看見地道的出口，也能望見沿著草地飛奔的兒子。

他先進入隱修院的地下室，發現船槳不在那裡後，立即上來朝大門跑去，打開門消失蹤影。

「只要一分鐘。」薇洛妮克對自己說：「船槳應該在前廳，總之肯定在一樓，最多需要兩分鐘。」

她一邊數算時間，一邊盯著地道的出口。

然而三分鐘、四分鐘過去了，大門依舊沒有打開。

薇洛妮克的信心消失殆盡，她覺得沒陪兒子一塊去簡直瘋了，她本不該由著孩子的性子來。她不顧地道那邊可能出現的危險，向隱修院走去。她有種可怕的感覺，好像夢見自己腿腳僵硬，只能站在原地，傻傻等著敵人走過來襲擊她。

到達石桌墳後，她突然發現奇怪的一幕，一時間沒能明白其中意義。右邊圍成半月形的橡樹下，地面上鋪滿了新截斷的枝條，上面的葉子仍很翠綠。

她抬頭朝上看，頓時目瞪口呆，驚恐萬分。

只有一棵樹被剝光了枝葉，巨大的樹幹底部四、五公尺都是光禿禿的。再往上，有一塊用箭插著的牌子，寫著如下簽名：V.d'H.。

「第四個十字架上的女人……」薇洛妮克喃喃道：「十字架上寫著我的名字！」

她想，她的父親已經死了，她少女時代的簽名肯定是敵人主犯寫上去的。在剛剛發生的一連串事件影響下，想到折磨她的那對母子，她不由自主，頭一次明確地勾勒出這個敵人的面孔。

她甚至沒有意識到這一閃即逝的想法，這荒唐可笑的假設，一件更可怕的事讓她煩亂不安。她突然明白荒原和地牢裡的魔鬼、那對母子的同謀應該已經來了，因爲十字架正豎起。他們很可能在橋燒毀的位置重新修建了一座棧橋。他們控制著隱修院，弗朗索瓦又落入他們手中！

於是，她用盡全身力氣向前衝去。這次輪到她在佈滿廢墟的草坪上飛奔，一直向正門跑去。

「弗朗索瓦！弗朗索瓦！弗朗索瓦！」

她撕心裂肺地叫喊，邊跑邊嚷，就這樣來到隱修院。

一扇門半敞著。她推開門衝向前廳，一邊喊道：「弗朗索瓦！弗朗索瓦！」叫喊聲在空中迴盪，響徹整個房子，但是沒有人回答。

她爬上樓梯，胡亂地打開房門，跑到他兒子、斯特凡以及奧諾琳的房間。半個人影都沒有。

「弗朗索瓦！弗朗索瓦！你聽不見我的聲音嗎？也許，他們正在折磨你？噢！弗朗索瓦，我求你，求你……」

她又回到樓梯口，面前是戴日蒙先生的書房。

她衝向那扇門，幾乎立刻退了出來，彷彿被地獄般的景象震懾住了。

那裡站著一個男人，手臂交叉胸前，似乎正在等她。這正是方才她想到那對母子時瞬間想到的那個男人。這是第三個魔鬼！

帶著無法言喻的恐懼，她僅能顫抖地說出：「沃斯基……沃斯基！」

chapter 11

天禍

沃斯基！沃斯基！這卑鄙無恥的傢伙留給她的全是恐怖和羞辱的回憶。那個魔鬼般的沃斯基沒死！什麼被當成間諜、被朋友殺死、埋葬在楓丹白露公墓，全是錯誤謊言！真相只有一個：沃斯基還活著！

薇洛妮克腦中反覆出現的那些畫面中，沒有哪個場景讓她如此厭惡：沃斯基站立著，雙臂交叉，兩條腿結結實實地站著，頭不偏不倚地立在肩上，他活著，他活著！

憑恃一貫的勇敢，她可以接受一切，唯獨不能接受這一點。她覺得自己有力量面對和對抗任何敵人，但不包括這個敵人。沃斯基卑鄙無恥、窮兇極惡、野蠻無比，犯罪手法極其變態。

這個男人愛著她。

她的臉突然泛紅了。沃斯基貪婪地盯著她上衣碎片之間露出的肩膀和手臂，彷彿在盯著一隻獵物，不允許任何人從他那裡搶走。她手邊沒有任何東西可以遮擋，在這慾望的冒犯之下，她挺直腰板，蔑視地看著他。他感到尷尬，一瞬間眼神轉向別處。

她立刻衝動地說：「我的兒子！弗朗索瓦在哪裡？我要見他。」

他回答道：「我們的兒子可是我的心肝寶貝，在他父親這裡沒什麼可擔心的。」

「我要見他。」

「您會見到他的，我向您發誓。」他抬起手，做出發誓的手勢。

「那麼，他也許已經死了！」她低聲說。

「他像您和我一樣活著，夫人。」

又是一陣安靜。很顯然，沃斯基正在字斟句酌，準備說些什麼，以開啓兩人之間無情的戰爭。

這個男人身材健壯，上半身十分魁梧，雙腿有些彎曲，粗壯的脖子上佈滿肌肉，頭很小，兩邊貼著兩縷金髮。昔日，這些讓他看起來粗壯孔武並散發某種與眾不同的吸引力，但隨著年齡增長而流於笨重庸俗，有種職業鬥士在擂台上自鳴得意的架勢。從前讓女人神魂顛倒的魅力不復存在，只剩下粗魯兇殘的面容，他試著用鎮定的微笑掩飾自己的冷酷無情。

他鬆開手臂，拉過來一張椅子，向薇洛妮克鞠了個躬。

「夫人，我們之間將開始一場漫長對話，有時會難以忍受。您不想坐下嗎？」

他等了一會兒，沒得到回答。他並不感到不安，接著說：「這小圓桌上擺有各種佳餚。吃塊餅乾，喝點醇酒，來杯香檳，對您也許有好處……」

他裝出彬彬有禮的樣子，用這種日耳曼半開化式的禮節表明自己熟諳文明內涵，表明自己對所有高雅禮儀都很在行，即使是面對被征服的女人而可以採取更粗暴的手段之時，他也要保持這種優雅。在過去的日子裡，如這般細節，讓薇洛妮克清晰地認識到她丈夫的本質。

她聳了聳肩，不發一言。

「好吧，」他說：「但請允許我站著，因爲這對於一個自詡有點教養的人來說才合適。另外，請原諒我在您面前衣衫不整，在集中營和撒雷克島的岩洞裡生活，更換衣服不方便。」

他穿著一條佈滿補丁的舊長褲和一件破舊的紅色羊毛衫，外面披著一件白色亞麻祭司袍，用繩子繫著，半敞開著圍在身上。事實上，這身裝扮滑稽可笑，加上他做作的態度和漫不經心、洋洋得意的神氣，顯得更加古怪。

他對自己的開場白甚是滿意，背著手踩起步來，在最危急的情況下似仍不慌不忙、慢條斯理地思考。接下來，他緩慢地說：「夫人，我覺得有必要簡單回顧一下往昔的甜蜜時光，我們擠得出這幾分鐘。您覺得如何？」

薇洛妮克默不作聲。他於是繼續平穩地說：「從前您愛我的時候……」

她擺出反駁的姿勢。他堅持說：「可是，薇洛妮克……」

「啊！」她反感地說：「我不許……我不許你叫我的名字！我不允許！」

他微笑著，以一種高傲的語氣說：「別怨恨我，夫人。不論用什麼方式稱呼，我都是尊敬您的。那麼我接著說。從前您愛我的時候，我承認，我是一個沒心沒肺的浪蕩公子，也許不乏風度，但做事極端，不具備踏入婚姻的必要品格。我本可以在您的影響下慢慢習得這些品格，因爲我瘋狂地愛著您。您的純潔令我心醉神迷，我在別的女人身上從沒見過如您這般的魅力和天眞。您只需要付出一點耐心、一點溫柔的努力，就能讓我改頭換面。不幸的是，從一開始，從可悲的訂婚開始，您就只想著令尊大人的憂愁和怨恨。從結婚那一刻起，我們之間就埋著深刻而無法化解的矛盾。您違背自己的意願接受了強迫您的未婚夫，對丈夫只有仇恨和排斥。這些事，像沃斯基這樣的男人是不能原諒的。多少女人，多少自視甚高的女人都覺得我非常高尚，我有權不責怪自己。您這樣的小家碧玉居然對我不滿，太糟了。沃斯基是個隨心所欲、憑激情做事的人。這種隨性讓您討厭？這是您的想法，夫人。我獲得了自由，重新回到我的生活。只不過……」

他停頓片刻，然後接著說：「只不過，我還愛著您。一年之後，各種事情接踵而至，失去兒子之後您投身女修道院。而我帶著這無法滿足、熾熱而痛苦的愛留了下來。您可以猜到我過著怎樣的生活。我放蕩不羈，有過不少激情的豔遇，但還是無法忘記您，結果都是徒勞。後來，突然又出現一絲希望。有人向我提供線索，我開始全心全意地尋找您，結果又落入孤獨失望之中。這樣，我才找到了您的父親和兒子，我得知他們隱居在這裡，便親自或派遣忠實於我的人監視他們。我覺得這樣總有一天會等到您，這是我所有努力的唯一目標，是我所有行動的最終原因。戰爭爆發了。一週後，我沒能逃出國界，被關在一座集中營裡。」

他停了下來，那張冷酷的臉變得更加無情。接著他咆哮道：「哦！我在那裡過的是地獄般的生活！沃斯基！沃斯基，國王之子，居然和咖啡廳服務生，還有日耳曼流氓分子混在一起！沃斯基，被抓了起來，受到所有人的侮辱、唾棄！沃斯基，髒得生虱子！我是多麼痛苦，我的上帝！還是不談這個了。我爲保命所做的事情理所應當。有人替我挨了刀，以沃斯基之名被埋葬在法蘭西的某個角落，但我並不後悔。是他還是我，應該做出選擇。驅使我行動的不僅是持之以恆的愛戀，更因爲一件新鮮事，這意想不到的曙光照亮我漆黑的生活，它的光輝如此炫目，讓我著迷。但這是我的祕密，如果您堅持，我們晚點再談這個。現在……」

他對自己的口才沾沾自喜，爲自己的過去洋洋自得。面對他的誇誇其談，薇洛妮克始終無動於衷。這些謊言沒能打動她，她看起來心不在焉。

他走近她，強迫她專心聽，用更加咄咄逼人的語氣說：「您似乎不把我的話當一回事。但它們的確很重要，而且對往後來說可是非聽不可。在說更可怕的事情之前——我甚至不希望走到那一步——我不指望您會妥協，我們之間從來不可能妥協，我只希望喚醒您的理智，希望您認清事實……因爲畢竟您不可能不清楚自己當前的處境，您兒子的處境……」

他確信她一點也沒聽進去，也許是想到兒子，她才去聽那些對她而言毫無意義的話。他勃然大怒，掩飾不住自己的不耐煩，仍繼續說：「我的提議很簡單，相信您不會後悔的。以弗朗索瓦之名，本著人道主義同情心，我要求您將我剛才向您大致描述的過去和現在聯繫起來。從社會角度看，我們之間的關係從未破裂，無論是名義上還是法律上，您始終都是……」

他停下來，看了薇洛妮克一會兒，接著用手粗暴地推她的肩膀，喊道：「給我好好聽著，臭女人！沃斯基在說話。」

薇洛妮克失去平衡，她抓住椅背，重新站起來面對敵人，雙臂交叉，鄙夷地瞪著他。

這次，沃斯基恢復自持。剛才的行爲是一時衝動，他並不想那樣。他繼續用兇狠的命令般語氣說：「我再說一次，過去一直存在。不管您願不願意承認，您都是沃斯基的妻子。出於這無法否認的事實，我才費盡唇舌提醒您今天認眞看待這身分。我們商量一下，我不打算得到您的愛，也不要您的友誼，但也不願您我之間是敵對的關係。我不要從前那個倨傲、疏遠的妻子。我想……我想要一個女人，一個順從我的女人，一個忠誠、專一的伴侶。」

「一個奴隸。」薇洛妮克低喃。

「對！沒錯！」他喊道：「奴隸，就像您說的，換什麼詞都嚇不倒我。奴隸！爲什麼不呢？如果奴隸能明白自己的職責，那就是絕對服從、無所分辯。您喜歡這個角色嗎？您願意全身心屬於我嗎？您的心，我不在乎。我想要的，我想要的……您很清楚，不是嗎？我想要的，我從來沒有得到過。您的丈夫？啊！啊！我從不曾是您的丈夫，對嗎？即使深入挖掘人生記憶，即使在我感到歡愉的高潮時，也不記得我們之間除了敵人那樣勢如水火外，還剩別的。我看見您，像看見一個陌生人。過去如此，現在也是如此。好吧，既然時來運轉，您落到我的手裡，以後就不會這樣了。從明天，甚至從今晚開始就不會再這樣了。薇洛妮克，該承認吧，我是主人。您接受嗎？」

沒聽到回答，他提高聲調叫喊：「您接受嗎？不要藉口，不要虛僞的承諾。您接受嗎？如果接受，就跪在地上，劃個十字，大聲說：『我接受，我會做一個溫順的妻子。我會聽從您的吩咐，順從您的意願。我的生活不再重要，您是我的主人。』」

她聳了聳肩，不予回答。沃斯基暴跳如雷，青筋蹦出，但他仍然控制著自己。

「算了！我早料到會這樣。不過您拒絕的後果很嚴重，所以我將試著給您最後一次機會。或許最終您會拒絕我這逃亡者，一個看似窮困的惡棍，或許眞相會讓您改變主意。這眞相那樣光彩奪目、不可思議。我跟您說過，它彷彿意想不到的曙光照亮我漆黑的生活，沃斯基，國王之子，被光明照亮！」

他談論自己時使用第三人稱，表現出讓人無法忍受的自負。薇洛妮克非常瞭解這一點。她觀察他的眼神，重又發現他從前自誇時帶有的特殊光芒，這種光芒明顯是他喝酒惡習所造成的，但她相信從中還能看到轉瞬即逝的瘋狂。這種瘋狂會否是某種精神失常，隨著時間的流逝越發嚴重了呢？

他繼續說話，這次，薇洛妮克認眞聽了。

「戰爭期間，我把一名忠僕留在這兒，接替我繼續監視令尊大人。我們偶然發現荒原底下的岩洞。最後一次逃跑後，我便躲在那裡。透過幾封攔截下來的信，我得知令尊對撒雷克島的祕密進行過一番調查，同時弄到他的調查結果。於是我加強了監視，您明白的。隨著事情逐漸清晰，我發現整個故事中潛藏奇妙的巧合，和我的命運有所關聯。很快我便肯定，是天命派我到那裡獨自一人將任務完成到底……只有我有權決定跟誰合作。您明白嗎？幾個世紀之前，沃斯基就被選定了。沃斯基獲命運之神選中，將被載入史冊，獨具必備的品格、手段和身分。我做好準備，毫不遲疑地立即遵照天命的指示行動，一路向前。路盡頭的燈塔已經點燃，我沿著鬪好的道路走下去。今天，沃斯基只需摘取辛勤勞動的果實，只需伸出雙手，財富、榮耀、無邊的力量便觸手可及。幾小時後，沃斯基，國王之子，就會成爲全世界的國王。他將獻給您的是王位。」

他越來越像個丑角，語調誇張，故作莊重。

他彎腰對薇洛妮克說：「您想當皇后嗎？您想位居所有女人之上，就像沃斯基支配所有男人一樣嗎？您已經擁有美貌，想要穿金戴銀、掌有大權嗎？雖在沃斯基一人之下，卻在萬人之上，您願意嗎？您得想明白些，您面前不是只有一條路，但必須在兩者之間抉擇。好好想想，您拒絕是要付出代價的。接受我奉送的王位，否則……」

他停頓了一下，接著斬釘截鐵地說：「否則就要上十字架！」

薇洛妮克渾身發抖。那個可怕的字眼又再響起，現在她知道那個陌生劊子手是誰了！

「十字架。」他臉上帶著得意洋洋的殘忍微笑，「您選吧，一邊是歡樂榮耀的生活，另一邊是野蠻的極刑。選吧！只有這兩個選擇，沒有其他餘地。注意，我不是在炫耀無謂的殘忍和權威。不，我只不過是個工具，命令來自崇高的命運之神本身。爲了達成神的意願，薇洛妮克・戴日蒙非死不可，且該死在十字架上，這是毋庸置疑的。在命運面前，人們無能爲力，除非如沃斯基那樣有勇有謀。如果沃斯基能在楓丹白露森林裡讓一個假替身赴死，如果他能逃脫既定的命運，躲開兒時玩伴的一刀，就能想出辦法，既達成神的意願又能讓自己所愛的人活著。但她必須服從。我會拯救我的妻子，處死我的敵人。您是誰呢，我的妻子還是敵人？您選好了嗎？在我身邊快樂榮耀地活著，還是投靠死神？」

「死。」薇洛妮克簡明地回答。

他擺出了個威脅的動作。

「不僅僅是死，而是酷刑折磨致死。您選擇什麼？」

「酷刑。」

他兇狠地堅持道：「但不只您一個人！考慮一下，還有您的兒子，您死了，他還活著。您一死，他就成了孤兒。比這更糟！您一死，便把他留給了我。我是他的父親，我有一切權利。您選擇什麼？」

「死。」她又說了一次。

他發怒了。

「您選擇死，好吧！但如果換成他死呢？如果我把兒子弗朗索瓦帶到您面前，在他脖子上割一刀，我問您最後一次，您選什麼？」

薇洛妮克閉上雙眼。她從來沒有如此痛苦過，沃斯基刺到了她的痛處。

然而，她輕聲答道：「我寧願選擇讓他死。」

沃斯基暴跳如雷，頓時把禮貌和文雅拋諸腦後，用不堪言語大聲辱罵：「啊！這個壞女人！妳就這麼恨我！一切、一切，她接受一切，甚至接受她兒子的死也不願退讓。一個殺死兒子的母親！因爲這樣就等於是妳殺死他，寧願殺死兒子也不想屬於我。爲了不把自己的命獻給我，妳要奪去他的命。啊！這是怎樣的仇恨！不，不，我不相信妳這麼恨我，仇恨是有限度的。一個像妳這樣的母親！不，不，一定有別的原因……也許是愛？不，薇洛妮克不愛我。難道妳是指望我的憐憫？我的心軟？啊！妳眞是太不瞭解我了。沃斯基會心軟？我在完成那些可怕任務時動搖過嗎？撒雷克島沒有像預言裡說的那樣被蹂躪嗎？船沒有沉，人們沒有淹死嗎？阿爾希娜姊妹沒被釘在老橡樹上嗎？我、我、我會動搖？聽著，小時候我就用這雙手掐死過狗和鳥，活剝過山羊，拔光所有家禽的毛。啊！憐憫？妳知道我母親叫我什麼嗎？『阿提拉①』！她神祕的靈光閃現時，就能讀我的手掌或透過塔羅牌預知未來。『阿提拉・沃斯基，』這個偉大的女先知對我解釋：『你將是上帝的工具，成爲刀刃、匕首、子彈、繩結。天禍！天禍！天禍！你的名字完整地記錄在天書上。你出生時，它在周圍的星宿中閃爍。天禍！天禍！……』妳希望我雙眼噙滿淚水嗎？得了吧！劊子手哪會哭泣？只有那些害怕受到懲罰、遭到報應的軟腳蝦才會哭。妳的老祖宗們只怕一件事，就是天塌下來砸到他們頭上。可是我有什麼好怕的呢？我是上帝的同謀！他在所有人中選了我。是上帝給了我啓示，日耳曼上帝。涉及到祂子裔的大事，祂就不管對錯了。我有做壞事的天賦，我喜歡作惡，願意作惡。妳會死的，薇洛妮克，我會笑著看妳上十字架……」

他已經開始笑了，大步流星地在地板上走來走去，發出咯咯的響聲。他向上舉起雙臂，薇洛妮克怕得發抖，從他佈滿紅色血絲的眼睛裡看到極度瘋狂。

他又走了幾步，接著走到她跟前，用壓抑的聲音威脅道：「跪下，薇洛妮克，祈求我的愛吧！只有它才能救妳。沃斯基沒有同情也不會害怕，但他愛妳，他的愛在任何事面前都不會退縮。好好地利用它吧，薇洛妮克。向過去求助吧！變回從前那個無邪女孩，也許有一天換成我跪倒在妳膝前。薇洛妮克，別抗拒我，像我這樣的男人不該被拒絕，不應該鄙視陷入愛情的人……我是多麼愛妳，薇洛妮克，我是多麼愛妳！」

她差點叫出聲來，她感到那雙令人憎厭的手抓在她赤裸的手臂上。她想掙脫，但他力氣更大，不肯放開獵物，氣喘吁吁地說：「別拒絕我！這太荒唐了，妳瘋了，妳知道我是無所不能的……怎麼樣？多恐怖的十字架……妳的兒子死在妳面前，難道妳想這樣嗎？接受不可避免的事實吧，沃斯基會救妳，沃斯基會讓妳過上更美好的生活……啊！妳是那麼恨我，但是算了，我接受妳的恨……我喜歡妳蔑視的嘴唇，比主動送上還喜歡……」

他不說話了，兩人之間無情地較量著。薇洛妮克的手臂被抓得越來越緊，反抗也是徒勞。她越來越虛弱，失去力氣，承認失敗。她的膝蓋抖個不停，沃斯基跟她面對面靠得很近，眼睛彷彿充血一般，她吸進魔鬼呼出的氣。

接著，她狠狠地咬了他一口，趁亂用力掙脫出來。她向後一躍，拔出手槍連開兩槍。兩顆子彈從沃斯基的耳邊呼嘯而過，把他身後的牆打得碎片直飛。她射得太快，沒有打中。

「啊！妳這個壞女人！」他大喊：「差一點就打中我了！」

他攔腰抱住她，用壓制動作扛起她，把她翻過來拋在沙發上，接著從口袋裡掏出繩子，粗暴地把她緊緊綑住。短暫的休息和安靜之後，沃斯基擦拭掉額頭上的汗水，倒了一大杯酒，一飲而盡。

「這樣好多了。」他說著，把腳踏在她身上，「這樣一切都好了，承認吧。每個人各就其位，漂亮的妳被綑著，像隻受逮的獵物，而我站著，可以任意蹂躪妳。嗯！現在可不是在開玩笑，該開始明白事情的嚴重性了。哦！別怕，壞女人，沃斯基可不是那種會侵犯婦女的人。不，不，那可是玩火，慾望之火會將我焚燒。我不會這麼愚蠢！這樣以後怎忘得掉妳呢？只有一件事能讓我忘記妳，還可以得到平靜，那就是妳的死。既然我們在這點上達成了共識，一切都好辦。因爲我們說定了不是嗎，妳願意死吧？」

「是的。」她堅定地說。

「妳願意兒子陪葬？」

「是的。」她說。

他搓了搓手。

「很好，我們說定了。說廢話的時間已經過去，現在說點實在重要的，因爲到此爲止妳認爲我的話都是連篇累牘的嘮叨。嗯？還有妳在撒雷克島親眼見證的冒險行動前半部，也只是兒戲。眞正的悲劇開始了，因妳將以妳的心、妳的血肉之軀參與進去。這才是最可怕的，我的美人。妳漂亮的眼睛流過淚，但神明要求的是血。我可憐的寶貝，妳想要什麼？再說一次，沃斯基並不殘忍。他只是聽從命令，命運正在妳身後猛烈追擊。妳的眼淚？開玩笑！妳該比別人多哭個千百回。妳的死？廢話！妳該在壽終正寢之前死上千萬次，妳可憐的心臟應該比最可憐的婦女和母親的心流更多血。妳準備好了嗎，薇洛妮克？妳會聽到比現在更殘忍的話。啊！命運不會姑息妳，我的美人。」

他又貪婪地喝光一杯酒，然後面對她坐下，低下頭，幾乎靠著她的耳邊說：「聽著，寶貝，我要向妳小小地懺悔一番。遇見妳之前，我已經結婚了……哦！別生氣！對於一個妻子這不是最倒楣的事，對於一個丈夫也有比重婚更嚴重的罪。另外，我和第一任老婆有一個兒子……我相信妳認識他，並且跟他在地牢裡進行過愉快的談話。就我們兩人私下裡說說，這絕妙的雷諾德眞是個混蛋，是最壞的那種壞蛋。我很驕傲地在他身上發現我某些完美的天性和卓異的品格被發揮到極致。這是第二個我，卻遠超過了我，有時倒教我害怕。該死的，他眞是個不折不扣的惡魔！我像他那麼大時——大概十五歲多點——跟他相比，簡直是個天使。總有一天，這個無賴會和我的另一個兒子，我們的弗朗索瓦發生爭鬥。是的，這就是命運的無常。命運之神又一次下令，而英明敏銳的我再次被選爲執行者。當然，這場爭鬥不會是持久戰，相反的，是某種短暫激烈的決定性戰鬥，比如決鬥。對，就是決鬥，妳明白，一場嚴肅的決鬥……不是點到爲止……不，不，應該叫生死決鬥，因爲兩個對手中只能留下一個，一個勝者、一個敗者，簡單地說，就是一個生一個死。」

薇洛妮克微微轉過頭，瞥見他在微笑。她從沒如此明確地感受到這個男人的瘋狂，他想到那兩個孩子——自己的兩個兒子之間的殊死較量，居然還能笑出來。這種種太過荒唐，薇洛妮克甚至不感到痛苦，因爲這已經超越了痛苦的極限。

「還有更妙的，薇洛妮克，」他用愉快口氣一字一句地說：「還有更妙的！是的，命運想得太周全了，有些掃興，但身爲忠實的僕人，我還是會執行。命運設想妳要觀賞這場決鬥，眞是太完美了。妳，弗朗索瓦的母親要看他戰鬥。說實在的，我心想，是不是命運在殘酷的表面下，想留給妳一點恩惠呢……妳願意我出面調停嗎？我自己也承認這意想不到的恩惠實在不公平。畢竟雷諾德比弗朗索瓦更健壯、更訓練有素，理智地說，弗朗索瓦肯定會敗下陣來，知道母親在看著自己戰鬥，需要多大的膽量和氣力！這位勇士會把所有的驕傲都賭在獲勝上。兒子要靠勝利救出他的母親……至少他這麼認爲！事實上，眞是棒極了。我肯定，如果這場決鬥不夠讓妳心驚肉跳的話，妳可得感謝我……要是……要是我把這可怕的計畫實施到底……啊！那麼我的小可憐……」

他又抓起她，讓她站在他面前，突然發瘋似的對她說：「那麼，妳還是不肯妥協？」

「不，不。」她喊道。

「妳永遠都不妥協？」

「永遠不！永遠不！永遠不！」她一句比一句說得更用力。

「妳恨我勝過一切嗎？」

「我恨你勝過我愛我的兒子。」

「妳撒謊！妳撒謊！」他尖叫道：「妳說謊！沒什麼能勝過妳的兒子！」

「有，就是我對你的恨！」

薇洛妮克到此時拚命克制的抗拒和厭惡突然爆發出來，不管有什麼後果，她當面大喊：「我恨你！我恨你！就讓我的兒子在我眼前死去，就讓我看著他垂死掙扎，都比看見你、遇見你要好。我恨你！你殺死了我父親！你是卑鄙下流的殺手、愚蠢野蠻的變態，一個犯罪狂，我恨你！」

他使勁把她提起，拖到窗戶旁摔到地上，結結巴巴地說：「跪下！跪下！懲罰開始了。妳嘲笑我，壞女人？好吧，走著瞧！」

他強迫她雙膝跪地，然後將她推向裡邊的牆，打開窗子，把她的頭用繩子綁在窗框上，又在脖子上、手臂下纏了幾圈，最後用一條圍巾堵住她的嘴。

「現在，看看！」他喊道：「序幕就要揭開！小弗朗索瓦正在練習！啊！妳恨我！妳寧願下地獄也不願接受沃斯基的吻。好吧，我的寶貝，妳會嘗到地獄之吻。我給妳講點有趣的事吧，完全是我費心編排的，有趣得很。接下來，妳知道，現在沒什麼可做的了。事情已經無法挽回了，妳再懇求我、喊求饒都晚了！決鬥，然後是十字架，即將上演。祈禱吧，薇洛妮克，請求上帝吧！如果覺得有趣的話，求救吧！瞧，我知道妳的孩子在等待救援，一個專門扭轉乾坤的人物，一個像唐吉訶德那樣的冒險家。讓他來吧！沃斯基不會虧待他。讓他來吧！好極啦！太有趣了。讓神明們都現身，讓祂們保護妳！我不在乎。這與祂們無涉，而是我的事。不再是關於撒雷克島、寶藏、大祕密、天主寶石的事！而是關於我的事！妳唾棄沃斯基，沃斯基要報仇。他要報仇！絕佳時刻到來了。這是何等的享受！像別人做好事那樣毫無顧忌地爲非作歹！行凶作惡！槍殺、折磨、揉碎、殺死、蹂躪！……啊！兇殘的快樂，做沃斯基的快樂！」

他在房間裡跺著腳走來走去，踩踏地板，推翻家具，驚恐的眼神在周圍搜索著。他想立即開始破壞行動，掐死什麼人，給他飢渴的指頭找點事做，以便執行那些臆想出來、毫不相干的命令。

突然，他拔出手槍，愚蠢笨拙地向玻璃上射了幾槍，有的打在窗框上，有的擊碎了窗玻璃。

「沃斯基要復仇！沃斯基要復仇！」他手舞足蹈、蹦蹦跳跳，帶著一身陰森恐怖的氛圍打開門，一路高喊著走遠了。

譯註：

①阿提拉（Attila，西元四〇六—四五三），古代歐亞大陸匈奴國王，被視為殘暴及搶奪的象徵。

chapter 12 登上各各他山①

二、三十分鐘過去了，薇洛妮克仍是獨自一人。繩索勒進她的皮肉，陽台邊緣碰傷她的額頭，嘴裡塞的東西讓她喘不過氣。她跪在地上，膝蓋支撐著全身的重量，這個姿勢讓人無法忍受，簡直是一刻不停的折磨……然而，她幾乎失去清晰感覺，就算痛苦難挨。因爲遭受了太多精神上的折磨，她已意識不到肉體上的疼痛，這般極度折磨降低了她對疼痛的敏感度。

她什麼也不想，有時腦中茫然浮現：「我要死了。」她已經領略到死亡的寂靜，彷彿暴風雨來臨前感受到避風港裡的平靜。從此刻到最終獲得解放，一定會有殘酷的事發生，而她的大腦卻拒絕思考，就連他兒子的命運亦僅在她的腦中一閃而過，很快消失。

實際上，雖然她的神智不甚清醒，還是希望奇蹟出現。奇蹟會降臨在沃斯基身上嗎？他絕不會大發慈悲，但無論如何，面對無謂的罪行，他毫無猶豫嗎？父親不會殺死自己的兒子，或至少應出於不得已的原因。沃斯基沒理由非要殺死一個素不相識的孩子，他對他的恨只是僞裝的。

對奇蹟的渴望減輕了她的痲木。屋子裡所有聲響——交談的聲音、急匆匆的腳步聲，似乎都向她表明有人要來破壞沃斯基的計畫，事情不會像他預計的那樣發展。她親愛的弗朗索瓦不是說過沒有任何事能將他們分開嗎？他不是說過即使一切看上去都完了，也要保持信心嗎？

「弗朗索瓦，」她自語道：「我的弗朗索瓦，你不會死的。我們還會見面的，你答應過我。」

外面湛藍天空中漂浮著幾片厚重的烏雲，一直延伸到大橡樹上方。透過眼前的這扇窗，她曾看到她的父親。她來到撒雷克島之日和奧諾琳穿過的那片草坪中央，有一塊新掘墾出來的空地，上面鋪滿沙子，像一塊競技場。她兒子就是要在那上面決鬥嗎？她突然產生這種預感，心揪緊了起來。

「噢！對不起，我的弗朗索瓦，」她說：「對不起！所有的懲罰都是因我從前犯的錯而起。這是贖罪啊，兒子替母親贖罪。對不起……對不起……」

這時候，一樓的一扇門開了，有人說著話走上台階。她從中分辨出沃斯基的聲音。

「那麼，」他說：「說定了？我們分頭行動，你們兩個往左，我往右。你們帶上那小子，我帶上另一個，我們在比賽地點集合。你們作那個小子的證人，我作這個的證人，盯著他們遵守一切規則。」

薇洛妮克閉上眼睛，因爲她不想親眼目睹她的兒子——他很可能受到了虐待——像奴隸一樣被迫進行決鬥。她聽出他們分成兩隊，從兩邊走進圓形林蔭路裡的腳步聲。卑鄙的沃斯基一邊狂笑，一邊誇誇其談。

兩隊人馬分列圓形場地的兩邊，面對面站著。

「別再靠近了。」沃斯基命令：「兩位對手各就各位，你們兩個都站住。好了，不許說話，知道嗎？說話的人拳腳伺候。你們準備好了嗎？開始！」

可怕的事情就這樣展開了。依著沃斯基的意願，決鬥即將登場，兒子要當著她的面決鬥。她怎麼能不看？她睜開了眼睛。

她立刻看見兩人拳頭相向，互相推擠。不過，她沒能立即明白眼前所見之事，至少沒明白意義何在。她確實看見兩個孩子，但是哪個是弗朗索瓦，哪個是雷諾德呢？

「啊！」她結結巴巴地說：「這太殘忍了……不，是我弄錯了……這不可能……」

她沒有弄錯。兩個孩子穿著同樣的衣服、同樣的絲絨短褲、同樣的白色絨布襯衫，繫著同樣的皮帶。兩人頭上都裹著一塊紅絲巾，像戴遮風帽一樣只露出眼睛。

哪一個是弗朗索瓦，哪一個是雷諾德？

此時她想起沃斯基莫名的威脅。這就是他所謂實現他擬定的計畫，這就是他隱約提起的那件有趣的事——不僅要看著兒子在眼前決鬥，還不知道哪一個才是她的兒子。

眞是變態至極的計畫，連沃斯基自己都承認。現在沒什麼能讓薇洛妮克更痛苦。

事實上，她所期望的奇蹟就在她身上，來自於她對兒子的關愛。兒子在她面前決鬥，她確定他不會死。她會幫他抵擋敵人的進攻，識破敵人的詭計。她會幫他躲過匕首，避開死亡。她會爲他注入非凡的毅力、無窮的力量、戰鬥的欲望，教他預測和把握良機的能耐。可是現在兩人都蒙著臉，該幫誰呢？該爲誰祈禱呢？該對抗誰呢？

她一無所知，沒有任何跡象可尋。其中一個更高更瘦，動作比較敏捷。這個是弗朗索瓦嗎？另外一個較矮胖，也更強壯。那個是雷諾德嗎？她說不準。只要露出一點臉，甚至一個表情，她就能知道眞相。但是怎麼能穿透那包得嚴嚴實實的蒙面頭巾呢？

決鬥繼續進行著，比她能看見兒子的臉更可怕。

「太棒了！」沃斯基爲一次進攻叫好。

他的一個兒子將落入死神懷抱，而他卻好似業餘愛好者在觀看比賽，漠不關心地評論著一次次的進攻，希望更厲害的那個勝出。

對面站著他的兩名同夥，長相粗野，頭頂都是尖尖的，鼻子上架著眼鏡，一個奇瘦無比，另一個也很瘦，不過肚子鼓得像個裝滿水的羊皮袋。他們不叫好，保持冷漠，甚至也許討厭這場不得不看的表演。

「太好了！」沃斯基讚揚道：「漂亮的反擊！啊！你們都是好孩子！我該把勛章頒給誰呢？」

他在兩個對手旁邊跑來跑去，用嘶啞的聲音刺激他們，這聲音讓她想起過去的某些情景，她認定他喝了酒。然而，這個不幸的女人徒勞地伸出受縛的手，被塞住的嘴裡發出痛苦嗚咽聲。

「饒了我吧！饒了我吧！我受不了了……發發慈悲吧！」

這酷刑不能再繼續下去了。她的心臟瘋狂地跳動，渾身發抖，就在她要昏倒之際，一件事使她恢復了知覺。經過一番激烈的肉搏，其中一個孩子向後一跳，迅速包紮好右手上的繃帶，他的右手流了幾滴血。薇洛妮克在他手上看見了弗朗索瓦帶有藍色條紋的小手帕。

她立刻不由自主地確信那孩子——更瘦更靈活的那個——比另一個更優雅高貴、動作更協調。

「那是弗朗索瓦，」她輕聲說：「……對，對，是他。那是你，對嗎，我的寶貝？我認出你來了，另外一個又粗俗又笨重。是你，我的寶貝……啊！我的弗朗索瓦，我親愛的弗朗索瓦！」

果然，如果說兩人搏鬥時同樣勇猛，那孩子則少了一些野蠻的衝勁和盲目的興奮。他更像試圖傷人而非殺人，他攻擊的目的是為了自保。薇洛妮克極為不安，她結結巴巴地說話，好像他能聽見似的。

「別讓著他，我的寶貝！他也是隻魔鬼……啊！我的上帝，你對他大方，你就會輸掉。弗朗索瓦，弗朗索瓦，當心了！」

刀光在被她稱作兒子的孩子頭上閃過，她嗚嗚地喊著，想要提醒他。弗朗索瓦避開了那一刀，她相信她的喊聲傳到了孩子那裡，她不由自主地繼續盯著他，提示意見。

「休息一下，喘口氣，千萬別讓他消失在你的視線外……他在盤算著什麼？他要進攻了，他進攻了！啊！我的寶貝，差一點他就傷到你的脖子。當心，我的寶貝，他奸險得很，會使出各種詭計。」

可是這位可憐的母親清楚地感覺到，儘管她不願承認，被她認定是兒子的那個孩子開始變弱了。從一些表現可以看出他已經挺不住，而另一個卻在猛烈程度和力量上都居於上風。弗朗索瓦後退了，他退到角鬥場的邊緣。

「唉！那邊的小子，」沃斯基冷笑道：「你不是想逃走吧？提起精神，該死的！腿站牢……記住說好的條件。」

孩子又一股勁衝了過去，這回輪到另一個孩子後退了。沃斯基拍手叫好，薇洛妮克小聲說：「他是爲了我才冒生命危險的。那魔鬼一定對他說過：『你母親的命運掌握在你手裡。如果你贏了，她就會得救。』所以他發誓要贏。他知道我在看著他，他猜出我就在旁邊，他聽得到我。我親愛的兒子，願上帝保佑你。」

到了決鬥的最後關頭，薇洛妮克渾身顫抖，心中的希望和擔憂反覆交替，強烈的情緒變化使她筋疲力竭。她的兒子一會後退，一會又衝上前去。然而，在敵人的緊逼之下，他失去平衡，面朝天摔倒在地上，右手臂還壓在身下。

對手立即衝了上去，用膝蓋壓住他的胸膛，舉起手臂，匕首發出寒光。

「救命！救命！」薇洛妮克叫喊著，嘴裡的圍巾讓她喘不過氣。

她不顧被繩子勒緊的疼痛，靠牆支撐著身體。她的額頭被窗框的角割破流出血來。她覺得如果兒子死了，她也會死！沃斯基走近兩個對手，一動不動，無情地看著。

二十秒、三十秒過去了，弗朗索瓦用左手抵住敵人的進攻。但勝利者的手臂越來越往下，刀尖落到離脖子僅二、三十公分的地方。

沃斯基彎下腰，這時，他站在雷諾德身後，這樣就不會被雷諾德和弗朗索瓦看見。他異常投入地看著，似乎打算在某一刻出手相助。可是他會幫誰呢？他想救弗朗索瓦嗎？

薇洛妮克屏住呼吸，瞪大雙眼，她的命也在生死間徘徊。

刀尖碰到了脖子，應該劃破了皮，但只能碰到一點點，因爲弗朗索瓦不斷奮力抵抗著。

沃斯基把腰彎得更低，他俯視著這場戰鬥，眼睛半刻不離刀尖。突然，他從口袋裡掏出一把小折刀展開，等待著。又過了幾秒鐘，匕首繼續下降。這時，他突然在雷諾德肩上劃了一刀。

孩子疼得大叫了一聲，立刻鬆開手。同時，弗朗索瓦成功掙脫，用抽出的右手撐地站起，重新展開進攻。他沒有看到沃斯基，也不知道發生了什麼事，剛剛死裡逃生的他本能地衝上去，帶著對敵人的憤怒，朝著他的臉狠狠擊了一拳；這次，雷諾德整個人癱倒在地。

這一切才不過十秒鐘光景。如此意想不到的戲劇性場面把薇洛妮克搞糊塗了，這可憐的人想不明白，她不知道該不該高興，她寧願相信自己認錯了，認爲眞正的弗朗索瓦剛才被沃斯基殺死了。因此她倒了下去，失去知覺。

* * *

過了很久，薇洛妮克才漸漸恢復知覺。她聽見鐘擺敲了四下，說：「弗朗索瓦已經死去兩個小時，因爲死的一定是他……」

她絲毫不懷疑決鬥的結果，沃斯基絕不會允許弗朗索瓦獲勝。那麼她許的願是不利於這可憐孩子的，她剛才居然是在爲那個魔鬼祈禱！

「弗朗索瓦死了，」她又說：「沃斯基殺了他！」

這時，門被推開，沃斯基的聲音傳了進來。

他走進房裡，腳步有些不穩。

「實在抱歉，親愛的夫人，我想沃斯基睡著了。都是令尊大人的錯，他在地窖裡藏了一瓶該死的索姆爾酒，被孔拉和奧托找到，喝得有點醉了！不過別哭，我們會把時間追回來的……另外，到了午夜，一切都要準備就緒。那麼……」

他走了過來，大聲喊道：「怎麼！沃斯基這個無賴竟然就這麼綁著您？沃斯基可眞野蠻！您該多不舒服啊！我的上帝，您的臉多麼蒼白！喂！說句話啊，您沒死吧？您可不能跟我們開這種玩笑！」

他抓起薇洛妮克的手，她猛地把手抽回來。

「好極了！您還是那麼討厭沃斯基。那麼，一切都會好轉，會有辦法的。您要堅持到底，薇洛妮克。」

他豎起耳朵仔細聽。

「什麼？誰在叫我？是你嗎，奧托？上來吧！好了，奧托，有什麼新鮮事？你知道，剛才我睡著了，全怪這該死的索姆爾酒……」

兩名同夥中的奧托跑了進來，就是那個大腹便便的人。

「哪來的新鮮事？」他說：「聽著，我在島上發現一個人。」

沃斯基笑了起來。

「奧托，你喝醉了，這該死的索姆爾酒……」

「我沒醉，我看到了，孔拉也看到了。」

「哦！哦！」沃斯基變得嚴肅起來，「是孔拉和你一起嘍！你們看見了什麼？」

「一個白色的人影，我們走過去，他就藏起來了。」

「是在哪看見的？」

「在村子和荒原之間一片小栗樹林裡。」

「那麼，是島的另一邊？」

「沒錯。」

「很好，我們要留心點了。」

「怎麼辦？他們有好多人！」

「就算他們有十個人也不能改變什麼。孔拉呢？」

「在我們搭起的棧橋旁邊，他在那兒監視著。」

「孔拉機伶得很。原來的橋燒毀，把我們隔在另一邊，如果棧橋被燒掉，也會造成同樣的障礙。薇洛妮克，我相信有人來救妳了！妳等待的奇蹟，所期望的救星……太晚了，親愛的美人。」

他解開了繫在陽台上的繩子，將她抬到沙發上，把圍巾稍微抽出一點。

「睡吧，我的夫人，好好地休息吧！通往各各他山的路妳才走了一半，最後一段路很難走的。」

他開著玩笑走遠了。薇洛妮克聽見了幾句兩人之間的對話，發現奧托和孔拉只是幫凶，對整件事並不知情。

「您折磨的這個不幸女人是誰啊？」奧托問道。

「與你無關。」

「孔拉和我想知道更多內情。」

「何必呢？」

「就想知道多一些。」

「孔拉和你兩個人都是蠢才。」沃斯基答道：「當初找你們來幫我工作，讓你們一起逃出的時候，我就把計畫中可以透露的部分都說了，你們也接受了我的條件。你們活該倒楣，必須和我進行到最後……」

「否則會怎樣？」

「否則，後果自負。我可不欣賞懦夫！」

又幾個小時過去了。薇洛妮克覺得已無法改變結局，她滿心只希望一切快點結束。她不期盼奧托口中的那位救星，事實上，她根本沒想這一點。她的兒子死了，她只想盡快和他相會，不管要承受怎樣的酷刑。這酷刑對她又有什麼所謂呢？受蹂躪者忍耐度是有極限的，她就快要達到這極限，離臨終那一刻也不遠了。

她開始祈禱。昔日記憶再次不自主地浮現腦海，她覺得發生在身上接二連三的不幸似乎都是由她犯的錯誤引起的。

她疲憊地祈禱著，心情沮喪，對一切漠然，就這樣沉沉入睡。

沃斯基回來時她還沒醒過來，他不得不搖醒她。

「時間快到了，我的夫人。祈禱吧！」

他低聲說話，以免同夥聽見。他貼在她耳邊重述以前那些毫無意義的往事，他含含糊糊、滔滔不絕地說著。最後，他大聲說：「現在天還太亮。奧托，去食物櫃裡找找，我餓了。」

他們坐到桌前開始吃東西，但沃斯基很快又站起身。

「別看著我，我的夫人。妳的眼神讓我很不安，妳想怎麼樣？人們孤身一人時意識不太敏感，可是被妳這樣的眼神盯著，就忍不住激動。閉上您的眼睛，我的美人。」

他用一條手帕蒙住了薇洛妮克的眼睛，在腦後打了個結。光這樣他還覺得不夠，又從窗戶上扯下一塊紗布窗簾，把她整個頭裹了起來，又在脖子上繞了一圈。接著，他又坐下進餐。

三個人之間交談不多，隻字不提他們在島上的探險，也不提下午的決鬥。薇洛妮克對這些細節不感興趣，況且即使她注意聽也不會激動，那些話不過是耳邊風，沒有任何意義。她只想著死。

天黑之後，沃斯基下令出發。

「那麼您下定決心了？」奧托問道，聲音中夾雜著一絲反感。

「比從前更堅定。爲什麼這樣問？」

「沒什麼……可是不管怎麼說……」

「不管怎麼說？」

「好吧，說老實話，我們對這件事可不大感興趣。」

「不可能！你現在才發現啊，我的好人，你可是笑著把阿爾希娜姊妹吊起來的！」

「那天我喝醉了，是您逼我喝的。」

「那好，你就把自己灌醉吧，我的老朋友。拿著，這是瓶白蘭地，灌滿你的酒壺，讓我們清靜一會兒吧……孔拉，你準備好擔架了嗎？」

他轉向他的獵物。

「關心妳一下，我的寶貝。妳兒子用過的高蹺，我們用繃帶綁了起來，多實用又舒服哪！」

將近八點半，這支不祥隊伍出發了。沃斯基手提燈籠走在前頭，兩個同夥抬著擔架。

下午那幾片烏雲聚集一處，陰沉厚重，在島的上方翻滾著。天很快黑了下來，燈籠裡的蠟燭在風中搖擺。

「呦！」沃斯基口中咕噥：「眞是太淒涼了，這才像攀登各各他山的夜晚。」

他發現一團黑乎乎的東西從旁邊突然衝出來，趕緊躲開，嘴裡抱怨道：「這是什麼？瞧瞧，好像是一隻狗。」

「是那孩子的狗。」奧托說。

「啊！對，是有名的好好先生吧？來得正好。一切進行得太順利啦！稍等一會，你這髒兮兮的畜生。」

他踢了牠一腳，好好先生及時躲開。隔著一段距離，牠繼續跟著隊伍，低沉地叫了好幾聲。

上山的路很難走，圍繞著正門前面草坪的路直通到仙女石桌墳所在的半月形廣場上。路黑得看不清，三個人不時走出路外，被荊棘和常春藤枝絆到。

「停下！」沃斯基命令。「稍微喘口氣，夥計們。奧托，把水壺遞給我。我的心怦怦直跳。」

他大口大口地喝著水。

「輪到你啦，奧托。怎麼，你不喝？怎麼了？」

「我覺得島上有人在找我們。」

「那就讓他們繼續找吧！」

「他們要是坐船來，或是沿著懸崖邊這條路上來該怎麼辦呢，今早那女人和孩子想從這裡逃跑，不就被我們發現了嗎？」

「該害怕的是地上的攻擊，而不是來自海上的。現在橋被毀了，就沒有通道了。」

「除非他們發現黑色荒原上地洞的入口，沿著地道一直追到這裡。」

「難道他們已經發現那個入口了？」

「我不知道。」

「好吧，就算他們發現了入口，剛才我們不是把出口從上到下堵住了嗎？想要疏通至少得耗大半天。但咱們半夜就能結束，天一亮，我們就離開撒雷克島。」

「要結束、要結束，也就是說我們又眼睜睜地犯了一次罪。可是……」

「可是什麼？」

「寶藏！」

「啊！寶藏，原來你說的是這個，你是擔心寶藏，對嗎？你這個強盜。放心吧，它早已是囊中之物。」

「您確定嗎？」

「我當然確定！不然你以爲我待在這裡做這些骯髒事是爲了尋開心嗎？」

他們繼續前進。一刻鐘後，下起了濛濛小雨，一道閃電劃過，暴風雨似乎還很遠。

他們好不容易走完崎嶇山路，沃斯基不得不幫同伴一把。

「我們終於到了。」他說：「奧托，把水壺遞給我……好，謝啦！」

他們把獵物放在橡樹底部，樹的旁枝老早被砍下。一束光照亮了那個簽名：V.d'H.。沃斯基整理好事先帶來的一段繩子，把梯子靠在樹幹上。

「我們就像對付阿爾希娜姊妹那樣做。我把繩子纏在留下來的粗樹枝上，當成滑輪。」

他停下來閃到一旁。剛才發生了怪事，他咕噥道：「怎麼回事？你們有聽見咻的一聲嗎？」

「是呀，」孔拉說：「就從我耳邊飛過。好像有什麼東西扔出來。」

「你瘋了。」

「我也聽見了，」奧托說：「我覺得是打在樹上。」

「哪棵樹？」

「當然是這棵橡樹嘍！好像是朝我們扔的。」

「沒聽見爆炸聲。」

「那麼就是石頭，一顆石頭打在這棵橡樹上。」

「要確認還不簡單。」沃斯基說。

他把燈籠轉了過來，立即破口大罵：「見鬼！看那邊，簽名的下邊！」

他們看了過去。

他所指的地方插著一枝箭，上面的羽毛還在顫動。

「一枝箭！」孔拉說：「這可能嗎？一枝箭？」

奧托咕噥道：「完蛋了，有人把我們當活靶。」

「向我們射箭的人離得不遠。」沃斯基注意到這一點，「睜大眼睛，仔細找找。」

「停下。」孔拉突然說：「往右邊一點，你們看到了嗎？」

「是的、是的，我看見了。」

離他們四十步遠、被雷劈斷的橡樹那邊，開滿鮮花的石桌墳的方向，他們發現一團白色東西，一個人影——至少他們這麼認為——正要躲藏到一堆矮樹叢後面。

「別說話，也別動。」沃斯基命令：「不要打草驚蛇！孔拉，跟著我。奧托，你待在這兒，拿上槍好好看著，如果有人走近，想要放走那位夫人，你就開兩槍。我們會馬上跑回來，明白嗎？」

「明白了。」

他朝薇洛妮克彎下身去，把頭巾稍微鬆了鬆。眼睛和嘴一直被蒙著，導致她呼吸困難，脈搏微弱緩慢。

「我們還有時間，」他低聲說：「不過要讓她按原定方式死去，就得趕快點。不管怎樣，她看起來並不痛苦，應該已經失去了知覺。」

沃斯基放下燈籠，他的同夥跟在後面，兩人躡手躡腳地挑最陰暗的地方走，朝白影鑽過去。

但他很快發現這個影子看似不動，實際上卻是和他同步在動，他們之間的距離維持不變。另外，旁邊還有個小黑影蹦蹦跳跳。

「這隻該死的狗！」沃斯基低聲咒罵。

他加快速度，距離仍是沒有縮短。他跑，那影子也跟著跑。最奇怪的是，這神祕人物奔跑時聽不見半點踩到樹葉或地面的聲音。

「見鬼！」沃斯基又咒罵：「他在耍我們。我們向他開槍怎麼樣，孔拉？」

「太遠了，子彈射不到。」

「無論如何，這樣下去不是辦法。」

這個陌生人領著他們走到岬角，然後下至地道的出口，繞過隱修院，沿著西邊懸崖來到橋旁，橋上的木板還冒著黑煙。然後他從房子的另一邊又繞了回去，穿過草坪。

小狗不時快樂地吠叫兩聲。

沃斯基十分氣惱，不管他怎麼努力，也不能縮短半點距離。他一直跟著跑了一刻鐘，最後，他痛罵敵人：「你若不是懦夫，就停下！你究竟想做什麼？把我們引入圈套嗎？爲什麼？難不成你想救那位夫人嗎？照她現在的狀態，沒有必要了。啊！可惡的混蛋，看我抓住你！」

突然，孔拉扯了扯他的衣角。

「什麼事，孔拉？」

「看，他好像不動了。」

果然，那白影在黑暗中逐漸清晰起來。透過灌木叢的葉子，可以看見他保持著一種姿勢，雙臂稍稍展開，背有點駝，腿彎曲著，像是趴在地上。

「他應該是摔倒了。」孔拉說。

沃斯基走上前去。「我該開槍嗎？混蛋！我的槍管早對準你了，舉起手來，否則我就開槍。」

對方一動不動。

「你倒大楣了！不聽話，就去見死神吧！我數到三就開槍。」

他走到離影子二十步遠的地方，舉起手臂。

「一、二……你準備好了嗎，孔拉？開槍！」

兩發子彈同時射出。

那人影倒下，兩人馬上衝了上去。

「啊！你死定了，混蛋！見識到沃斯基是不好惹的吧！嘎！混蛋，你可讓我沒少跑，你的算盤打得眞好啊！」

離他幾步遠時，他放慢了腳步以免遭到突襲。陌生人一動不動，沃斯基又走近些，發現那人毫無生機，身體已經變形，成了一具屍體。沒必要多作攻擊了。

沃斯基開著玩笑說：「這是次精采的圍獵，孔拉。撿起獵物吧！」

但撿起獵物時他嚇了一跳，他手裡抓著的獵物輕飄飄，好像只是一件衣服，底下根本沒有人。衣服的主人把它掛在樹枝上趁機逃跑了，連那隻狗也消失蹤影。

「眞是見鬼了！」沃斯基咆哮道：「這混蛋把我們耍得團團轉！可是，到底爲什麼呢？」

他大發雷霆，愚蠢地在那塊布上踩來踩去洩憤。這時他腦中突然閃過一個念頭：「爲什麼？可是，見鬼，我剛才自己都說過……圈套？是個調虎離山計，我們離開那位夫人，他的朋友就會趁機襲擊奧托。啊！我眞是太蠢了！」

他在黑暗中匆匆趕路返回。一看見石桌墳，他就大喊：「奧托！奧托！」

「站住！誰在那邊？」奧托語帶畏懼。

「是我……見鬼，別開槍！」

「誰在那邊？是您嗎？」

「嗯！是我，蠢才。」

「可是那兩聲槍響……」

「沒什麼，只是搞錯了。待會再說。」

他立即走到橡樹旁，提起燈籠，把燈光照向薇洛妮克。她如原樣躺在樹下，頭上裹著圍巾。

「啊！」他說：「我可鬆了口氣。見鬼，眞嚇死我啦！」

「您怕什麼？」

「當然是怕有人把她搶走!」

「不是有我在嗎?」

「你!你!你不比別人勇敢……如果有人襲擊……」

「我會開槍啊,你們會聽見信號。」

「誰知道呢!那麼,沒發生什麼事嗎?」

「沒事。」

「那位夫人沒太折騰吧?」

「剛開始是如此,她隔著頭巾一邊求饒一邊哼唧,弄得我快沒耐性了。」

「後來呢?」

「哦!後來就沒再這樣,我一拳把她打暈了。」

「啊!畜生!」沃斯基高喊:「要是殺了她,你也別想活。」

他急忙蹲下身,把耳朵貼在那不幸的女人胸前。

「幸好!」過了一會兒,他說:「心臟還在跳動,但也許撐不了多久。開工,夥計們,我們必須在十分鐘之內搞定。」

譯註:

①希伯來語,意為骷髏地,指耶穌被釘死之地。

chapter 13 上帝，祢為何棄我不顧？

準備工作沒過多久就告成。沃斯基親自動手，他把梯子搭靠樹幹，將繩子的一頭綁在犧牲者身上，另一頭繞過高處的樹枝。他站在梯子最高那一階，命令他的同夥：「喂！你們只需要拉繩子。先把她扶起來，看誰來讓她保持平衡。」

他等了一會兒。奧托和孔拉在小聲交談，他不耐地喊道：「我說，你們能不能快點！如果有人向我開槍或射箭，我就成了活靶子啦。準備好了嗎？」

兩個同夥不回答。

「喂，她都要僵啦！又怎麼啦？奧托、孔拉！」

他跳到地上，訓斥他們。

「你們兩個真是在開玩笑，這樣拖下去，我們明天早晨才能弄好，到時一切都完了。你倒是說話啊，奧托。」

他用燈光照亮奧托的臉。

「說說吧，怎麼了？你想拒絕嗎？倒是說話啊！你呢，孔拉？你們是要罷工嘍？」

奧托搖了搖頭。「罷工……那扯得有點遠了，但是孔拉和我願意聽聽您的解釋。」

「解釋？解釋什麼，蠢貨？關於要處死的那位夫人？關於那兩個孩子？堅持是沒有用的，夥計們。向你們提出這筆交易的時候，我就說過：『要閉著眼睛前進。任務艱巨，要流很多血，不過最後你們會得到一大筆錢。』對嗎？」

「問題就出在這。」奧托說。

「說清楚點，呆子。」

「您才應該說清楚點，想想我們當初是怎麼約定的？」

「你比我更清楚。」

「是的。但是我要求您好好回憶一下，再對我們說一次。」

「我的記性好著呢！財寶歸我，不過要從中分給你們二十萬法郎。」

「是這樣，又不完全是。我們等一下再說這個，先來談談那些名聲響亮的財寶。這幾個星期以來，我們筋疲力竭，生活在血腥和噩夢中，犯下各種罪行……最後卻什麼好處都沒撈到！」

沃斯基聳了聳肩。「可憐的奧托，你越來越蠢了。要知道，我們必須先完成一些事情。只剩下一件了，其他都已經完成。幾分鐘之後，這件事也會大功告成，財寶就落到我們手中啦。」

「我們怎麼知道？」

「爲了保證達到目的，我會不擇手段……就像爲了保命一樣，你明白嗎？所有的事情都按照既定順序發展著，這是無法改變的。最後一件也將準時發生，然後大門就會向我敞開。」

「地獄之門，」奧托冷笑，「我聽馬格諾克這麼說的。」

「不管叫啥名字，我的寶庫都會開啓。」

「好！」奧托說：「既然您信心十足，那就這樣吧。我願意相信您是對的，可是誰能保證我們會拿到應得的那一份呢？」

「你們會拿到你們應得的那份。原因很簡單，這些寶藏價值連城，將帶給我驚人的財富，我不會爲了區區二十萬法郎跟你們鬧翻。」

「這麼說，我們得到您的保證嘍？」

「當然。」

「您會遵守您的話，以及我們協議中的所有條款嗎？」

「當然。你到底想說什麼？」

「關於這一點，您老就卑鄙地要弄我們了。您沒有遵守協議中的條款。」

「哼！你在胡說什麼？你知道你在跟誰說話嗎？」

「跟『你』，沃斯基。」

沃斯基一把抓住他的同夥。

「你說什麼！膽敢侮辱我！你竟敢不用敬稱，這樣『你』、『你』的叫我。」

「為什麼不能？既然你偷了我的東西。」

沃斯基控制住自己，聲音顫抖著繼續說：「說吧，你要當心了，我的孩子，你玩笑開大了。說出來！」

「話說……」奧托說：「除了寶藏，除了那二十萬法郎，我們說好——你曾經舉手發誓——我們說好不管哪一個在行動中找到現金，要分成兩半，一半給你，另一半給孔拉和我。對嗎？」

「沒錯。」

「那麼，給我拿出來。」奧托伸出手。

「拿出什麼？我什麼也沒找到。」

「你撒謊！我們處理阿爾希娜姊妹的屍體時，你在誰的上衣裡發現了她們的私房錢，而我們在她們家裡卻撲了空。」

「這全是胡扯！」沃斯基難掩聲音中的窘迫。

「是千眞萬確的事實。」

「拿出證據來。」

「那你把別在襯衫裡面的小網袋拿出來。」

奧托用手指在沃斯基的胸口戳了戳，接著說：「把那個小網袋拿出來吧，還有五萬法郎的鈔票。」

沃斯基沒回答。他嚇呆了，全然不知發生了什麼事，也猜不出對手是如何抓住他這些把柄的。

「你承認了？」奧托問他。

「爲什麼不？」他反駁道：「我本來打算晚點一起清算的。」

「現在就算，這樣更好些。」

「如果我拒絕呢？」

「你不會拒絕的。」

「如果我拒絕呢？」

「那你就要當心了。」

「我怕什麼呢，你們不過才兩個人。」

「我們至少有三個人。」

「第三個人在哪？」

「第三個人就是孔拉剛才和我談論的不速之客，就是剛才向你射箭的白袍人物。」

「你會叫他來嗎？」

「當然！」

沃斯基感覺到雙方力量的差距。這兩個同夥會把他圍住，步步緊逼，他不得不妥協。

「拿去，小偷！拿去，強盜！」他說著拿出那個網袋，攤開那些鈔票。

「沒必要數了。」奧托突然一把搶過整綑鈔票。

「可是……」

「就這樣。一半給孔拉，一半給我。」

「啊！你這個野蠻人！強盜中的強盜！你會付出代價的。我不在乎錢，可你們竟像森林裡的強盜一樣打劫我！」

他繼續口沫橫飛地辱罵。然後，他突然開始邪惡又做作地哈哈大笑。

「不管怎麼說，這招真棒，奧托。你們是怎麼知道這些的呢？你會告訴我的，對嗎？我會等你說，但現在一分鐘也不能浪費了。我們在一切問題上都取得共識了不是？你們可以繼續工作吧？」

「既然您處理得這麼好，我非常樂意。」奧托說。

他的同夥諂媚地再說：「您還是很有風度的，沃斯基……是一位偉大的領主！」

「你就是我僱用的僕人。現在你拿到錢了，趕快動手，事情萬分火急。」

事情像那可怕人物說的一樣快速地進行著。沃斯基再度爬到梯子上向孔拉和奧托發號施令，兩人乖乖地配合。

他們扶起薇洛妮克，一邊拉繩子，一邊扶著她保持平衡。沃斯基接過薇洛妮克，她有些彎曲的膝蓋，被沃斯基硬生生地拉直。她就這樣緊貼在樹幹上，裙子裹在腿上，手臂垂落身體兩側，腰部和手臂下被繩子縛住。

她似乎尚未從昏迷中清醒過來，也不見任何痛苦。沃斯基想對她說幾句話，只是咕噥了幾句卻沒能說清楚。接著，他試著扶起她的頭，但因不敢碰這個將死之人而放棄，她的頭低垂到胸前。

他立刻爬下梯子，結結巴巴地說：「白蘭地，奧托……你帶著酒壺嗎？啊！該死，卑鄙的東西！」

「還來得及。」孔拉說。

「來得及做什麼？放了她？聽我說，孔拉。與其放了她，我更願意……對，我更願意代替她。放棄我的事業？啊！你不知道這是何等事業，也不知道我的目的。否則……」

他又喝了一口。

「這白蘭地眞不錯，可是爲了讓我的心平靜下來，我更喜歡蘭姆酒。你沒有嗎，孔拉？」

「只剩下一小瓶。」

「給我。」

他們怕被瞧見，於是掩住燈籠的光，緊挨著樹坐，惴惴不安，一言不發。但一股酒勁衝上頭來，沃斯基興奮異常，開始高談闊論。

「你們不需要聽解釋，不需要知道那個快死去女人的名字。你們知道她是該死在十字架上的第四個女人，是命運欽點了她，這就夠了。當沃斯基的勝利降臨各位眼前之際，我倒是可以宣布一件事。我甚至有點驕傲地告訴你們，如果說目前為止發生的事都全照我的意願來完成的話，那麼接下來會發生的事則要靠最強的意志，為沃斯基效勞的意志來完成！」

「為沃斯基！為沃斯基！」他重複了好幾次，好像這個詞讓他的嘴唇很舒服。

他站起身來，心情激動得手舞足蹈。

「沃斯基，國王之子。沃斯基被命運選中，準備好吧，你的時機來到了。要麼你是罪大惡極、雙手沾滿他人鮮血、最卑劣的冒險家，要麼你就是受到眾神光榮褒獎的傑出先知。超人或是強盜，這就是命運的決定。獻給神明的犧牲者，他的心跳標誌著最神聖時刻的到來。站在那邊的你們兩個，聽好了。」

他爬上梯子，試著去聽她衰竭微弱的心跳。但她的頭向左傾斜，他沒法把耳朵貼在她胸前，也不敢碰她，寂靜中只能聽見不均勻、刺耳的呼吸聲。

他低聲說：「薇洛妮克，妳聽見我說話嗎？薇洛妮克、薇洛妮克……」

他猶豫了一會兒，繼續說：「妳應該知道……是的，我做的事連自己也感到害怕，但這都是命中注定。還記得那則預言嗎？『你的妻子將死在十字架上。』薇洛妮克，神靈要召喚的正是妳的名字。妳還記得聖薇洛妮克用頭巾擦拭耶穌的臉嗎？這塊頭巾上便一直留下救世主的聖像。薇洛妮克，妳聽得到我說話嗎？薇洛妮克……」

他急忙又下到地面，從孔拉手裡搶過裝蘭姆酒的小瓶，一飲而盡。

他藉著酒勁胡言亂語起來，同伴們完全聽不懂他說的話。接著，他開始向看不見的敵人挑釁，向神明挑釁，說些詛咒和褻瀆神明的話。

「沃斯基是最強大的，沃斯基主宰命運，無論是自然界力量還是神祕魔力都要遵從他的意願，一切都要聽從他的決定。偉大的祕密將會以神祕的形式，按照魔法的規則向他揭示。沃斯基是眾望所歸的先知。人們將以歡呼和讚美迎接沃斯基，我隱約看見一個陌生人帶著榮譽和祝福來到他面前。做好準備吧，沃斯基！擺脫黑暗，從地獄中逃脫吧！這就是沃斯基！伴著鐘聲和頌歌，命運將向天空發出信號，這時地面會裂開，吐出火焰的漩渦。」

他安靜下來，像在等待剛才預言過的信號。天空彷彿垂死之人，發出嘶啞、絕望的呼吸聲。烏雲在遠處的天邊轟轟隆隆地翻滾著，間或有幾道閃電劈開烏黑的雲層。大自然似乎在呼應那個惡棍的召喚。

他浮誇的演說和蹩腳的表演讓他的同夥印象深刻。

奧托輕聲說：「他讓我感到害怕。」

「是蘭姆酒的作用。」孔拉說：「但不管怎麼說，他說的那些東西真嚇人。」

「這些東西就在你們身旁晃蕩。」沃斯基伸長耳朵捕捉微小的聲音，他聽見兩人的對話，說：「它們從幾個世紀以前流傳至今，就像一部神奇的作品。我跟你們兩個說，你們會看得目瞪口呆。

奧托、孔拉，你們也準備好，大地將會搖晃，沃斯基奪取天主寶石之處將會朝天升起一道火柱。」

「他不知道自己在說什麼。」孔拉咕噥道。

「他又爬上梯子了。」奧托嘆了口氣，「要是被箭射中就活該！」

沃斯基的長篇大論沒完沒了。尾聲臨近了，不幸的女人被折磨得筋疲力竭，奄奄一息。

沃斯基起先壓低嗓音，說的話只有她能聽到，後來聲音越來越大。

「薇洛妮克，薇洛妮克，妳完成了任務……妳到達了山頂，妳是光榮的！我的勝利一部分屬於妳，妳是光榮的！聽著，妳已經聽見了，對嗎？雷電的轟鳴已然接近。我的敵人被打敗了，別指望有人來救妳了！這是妳心臟的最後一次跳動，這是妳最後的痛苦悲鳴：『我的上帝，我的上帝，祢爲何棄我不顧！我的上帝，我的上帝，祢爲何棄我不顧？』」

他瘋狂地大笑，彷彿聽到最有趣的探險故事，然後安靜了片刻。閃電的隆隆聲暫時停止，沃斯基彎下腰，突然在梯子上叫嚷起來：「我的上帝，我的上帝，祢爲何棄我不顧？眾神已經拋棄她了，死神完成了祂的使命。四個女人中的最後一個已經死了，薇洛妮克死了！」

又是一段長時間的靜默。

突然，地面開始顫動，不是雷電造成的，而是來自地下深處，地底中心的震動。餘震像迴聲一般，在樹林和山丘裡穿梭。

幾乎在同一時間，離他們不遠處、橡樹圍成的半圓形另一頭，一道火舌竄入天空，濃烈的煙霧中閃耀著紅色、黃色和紫色的火苗。

沃斯基一言不發。他的同夥困惑不已，最後其中一人說：「是那棵被雷劈過、燒過，已經腐爛的橡樹。」

儘管火很快就滅了，三人心中仍留著老橡樹燒得通紅、吐著各種顏色火苗的奇妙景象……

「這就是通向天主寶石的入口。」沃斯基莊嚴地說：「命運之神像我告訴過你們那樣說話了！是我強迫祂說的，以前我是祂的僕人，現在我是祂的主人。」

他手裡提著燈籠往前走。他們驚奇地發現樹上毫無被火燒過的痕跡，底下的樹枝架起一個槽，裡頭枯樹沒被燒著。

「又一個奇蹟，」沃斯基說：「一切都是不可思議的奇蹟。」

「我們怎麼辦？」孔拉問。

「進入向我們指明的路口。拿著梯子，孔拉。用手在這堆葉子裡摸摸，樹是空心的，我們可以好好看看……」

「這樹不管怎麼空心，」奧托說：「總是有根的。我不認為樹根之間會有一條通道。」

「再說一遍，我們好好看看。弄開這些樹葉，孔拉，把樹葉清理掉。」

「不行。」孔拉乾脆地拒絕。

「怎麼不行？為什麼不行？」

「您記得馬格諾克嗎？您記得他想碰天主寶石，後來不得不把手砍掉嗎？」

「天主寶石不在這兒！」沃斯基冷笑道。

「您知道什麼？馬格諾克總是說起地獄之門的事，他指的不就是這裡嗎？」

沃斯基聳了聳肩。「你呢？你也害怕了嗎，奧托？」

奧托沒有回答。沃斯基也不再急著犯險，他最後說：「確實，沒什麼可急的。等天一亮，我們用斧頭砍斷這棵樹，就知道該怎麼辦，這樣最好了。」

事情就這樣說定了。但除了他們以外還有別人看見信號，不能錯失先機，因此他們決定在樹的正對面，藉著巨大仙女石桌墳的遮擋安頓下來。

「奧托，」沃斯基命令：「去隱修院找點吃的來，再帶來一把斧頭、繩子和一切必要的東西。」

大雨傾盆而下，他們立刻鑽進石桌下面，輪流值班守夜。

這天晚上平安無事。暴風雨相當猛烈，海浪咆哮著，然後一切漸漸平靜下來。天一亮，他們開始砍那棵橡樹，沒過多久，用繩子一拉，樹就倒下了。

這時，穿過廢墟和殘片，他們發現樹根周圍的沙堆和石塊中間有一條隧道。

他們用鎬把土清理乾淨，台階立即出現在眼前，一陣塌方過後，可看見樓梯沿著垂直的岩壁在黑暗中向下延伸。用燈籠照過去，他們發現底下前方有個洞穴。

沃斯基帶頭，其他人小心翼翼地跟著。

階梯的頭一段是石子支撐著土堆砌起來的，再往下則直接鑿在岩石上。樓梯盡頭的洞穴毫無特別之處，像是門廳。果然，這個門廳通往一間拱頂的墓室。

墓室的牆由大塊乾壘石堆砌而成，周圍有十二尊形狀不規則的粗石雕像，每尊雕像頂部呈馬首狀。沃斯基碰了碰其中的一個，立即碎成粉末。

「二千年來，都沒人進過這間墓室。我們是第一批踏上這片地，看到過去遺址的人。」他越說越誇張。

「這是一位偉大首領的墓室，人們用他最鍾愛的馬和武器陪葬。瞧！這邊有斧頭、燧石製的刀，還能發現一些葬禮遺跡，比如這堆木炭，還有這邊的骨灰……」

他激動得聲音變了調，咕噥道：「我是第一個進入這裡的人，是被等待的人物，一個沉睡的世界因我的到來而甦醒。」

孔拉打斷他的話：「那邊有另外的出口，還有一條路，遠處好像有光亮。」

果然，他們沿著狹窄的通道來到另一個房間，這房間通往第三間大廳。這三個墓穴一模一樣，同樣的石牆、同樣的立柱、同樣的馬首。

「這是三位大頭領的墓穴，」沃斯基說：「顯而易見，後面就是國王的墓穴。這些頭領生前是國王的同伴，死後成了他的護衛。下一個墓穴很有可能是……」

他不敢冒然進去，不是因爲害怕，而是由於過度興奮和自負，他樂在其中。

「我知道，」他說：「沃斯基即將達成目的，他只需舉手之勞便能為他的苦難和戰鬥得到光榮的報償。天主寶石就在那裡。幾個世紀以來，人們試圖解開島上的祕密，但沒人成功。沃斯基來了，天主寶石屬於他。快出現在我面前吧，賜給我應允的力量。沃斯基和它之間別無他物，只有我的意願，我的意願！先知從黑暗中出現了，他來了。在這死亡的國度裡，如果是一位幽靈負責把我指引到神聖寶石前並為我戴上金皇冠，那就現身吧！沃斯基來了。」

他走了進去。

這第四間廳室要大得多，屋頂像頂略塌陷的帽子。凹陷處的中心有個圓形窟窿，比細管子稍微寬些，窟窿中透出一束光線，照在地上形成一圈明亮的光盤。

光盤的中間有石塊拼成的平台，上頭如展示般擺放著一根金屬棍。

這間墓室其餘的部分和前面幾間相同，同樣的粗石巨柱、同樣的馬首，同樣有祭祀的痕跡。

沃斯基目不轉睛地盯著那根金屬棍。奇怪的是，那根棍子閃閃發光，彷彿未沾一絲灰塵。沃斯基伸出手。

「不，不！」孔拉急忙喊道。

「為什麼？」

「也許馬格諾克就是這樣灼傷的。」

「你瘋了。」

「可是……」

「哼！我什麼都不怕。」沃斯基邊說邊抓住了金屬棍。

這是一根鉛製的權杖，做工粗糙，卻流瀉出某種藝術感。權杖柄上盤旋雕刻著一條蛇，蛇頭大得不成比例，構成權杖的圓頭，上面綴滿了銀釘和小塊綠色剔透的石子，像綠寶石一樣。

「這就是天主寶石嗎？」沃斯基輕聲呢喃。

他撫弄著這根權杖，懷著敬畏之情前前後後仔細端詳，很快發現權杖的圓頭有點輕微鬆動。他搖了搖權杖，向左擰擰又向右擰擰，最後觸發了一個開關：蛇頭掉了下來。

裡面是空心的，中間有一塊石頭——一塊淡紅色的小石頭，上面有金黃色的紋路。

「就是這個！哦！就是這個！」沃斯基激動地說。

「別碰它！」孔拉又一次驚恐地喊叫。

「天主寶石灼傷了馬格諾克，不會灼傷沃斯基。」沃斯基嚴肅地回應。

他洋洋得意地說著大話，把那塊神祕寶石緊握在手心裡。

「讓寶石灼傷我吧，我不反對！讓它進入我的皮肉吧，我樂意得很。」

孔拉比出手勢，把手指放在唇上示意他噤口。

「怎麼啦？你聽見什麼了？」

「對。」孔拉說。

「我也聽見了。」奧托證實道。

果然，他們聽見一個有節奏的聲音，節拍不變，但音調時高時低，就像是走了調的樂曲。

「可是，聲音就在附近！」沃斯基嘀咕：「甚至就在這間墓室裡。」

他們很快便確定聲音來自這間墓室，而且毫不懷疑這聲音像人在打鼾。

孔拉大膽提出這個想法，頭一個笑了起來。沃斯基卻對他說：「說實在的，我覺得你說得對，這就是打鼾聲。那麼這裡有人在嘍？」

「是從這邊來的，」奧托說：「從這個黑暗角落裡傳來的。」

光線被巨柱擋住，後面有很多昏暗的停屍間。沃斯基用燈籠照亮其中一間，立即嚇得喊出聲來。

「沒錯！真的有人，那邊有個人，你們看！」

兩個同夥走上前去。在牆角的一堆碎石上，有個長著白鬍鬚、斑白長髮的老人正在睡覺，他的臉上和手上佈滿皺紋，緊閉的眼皮周圍有一圈淡藍，看起來至少活了百歲。

老翁的身上裹著一件帶著補丁、破舊不堪的亞麻祭司袍，衣服拖到腳底。他的脖子上帶著一串海膽念珠，高盧人把這種神聖的球叫做蛇卵。他手邊有一把翡翠斧頭，上面刻著一些難以辨認的符號。地面上整齊地排列著尖尖的燧石刀、樣式普通的大戒指、兩枚碧玉耳墜和兩條帶有凹槽的藍色琺瑯項鍊。

那位老人打鼾聲不斷。

沃斯基輕聲說：「奇蹟又出現啦！他是祭司，跟從前一樣的祭司，來自德落伊教時代。」

「然後呢？」奧托問。

「他在等我呢！」

孔拉突然發表意見：「我建議用斧頭砍斷他的頭。」

不料沃斯基竟生氣了。「你敢動他一根毫毛，就該死。」

「可是……」

「可是什麼？」

「也許他是敵人，昨晚我們追的就是他。您回憶一下……那白色的祭司袍。」

「你眞是個蠢貨！以他的年紀，你以爲他能讓我們跑成那樣嗎？」

他俯下身，輕輕地抓住老人的手臂，說：「您醒醒呀，我來了！」

沒有回答，那人沒醒過來。

沃斯基繼續叫喚。

老人在石床上動了動，咕噥幾個字後，又睡著了。

沃斯基有點不耐煩，提高嗓門嚷說：「到底怎樣，喂！我們可不能在這兒耽擱太久。醒醒！」

他更使勁搖動那位老人。老人生氣地推開這個糾纏不清的闖客，有好一會兒還沉浸在睡夢中，最後終於受不了，轉過身生氣地開口罵道：「啊！眞討厭！」

chapter 14

德落伊老祭司

這三人通曉法語一切精妙之處，懂得各種行話，他們準確地理解了突來這一句話的含義，個個嚇得目瞪口呆。

沃斯基問孔拉和奧托：「嗯？他說什麼？」

「沒錯，您聽得很清楚，他說的就是您聽到的。」

最後，沃斯基又搖了搖這位陌生人的肩膀。那人在床上翻了身，伸了個懶腰，打了個哈欠，好像又睡著了。突然，他敗下陣來，半坐起身說：「你們到底想怎麼樣！我就不能在這兒舒服地睡一覺嗎？」

燈光刺痛他的眼睛，他生氣地咕噥道：「發生了什麼事？你們找我做什麼？」

沃斯基把燈籠放在牆壁的一處凸起上，老人的臉完全被照亮。老人繼續胡亂抱怨著，發洩惡劣心情，但看見和他說話的人，他緩緩冷靜下來，表情也變得和藹，幾乎微笑著伸出手，大聲說：

「哦，天哪！是你嗎，沃斯基？你好嗎，老夥計？」

沃斯基渾身一顫，他相信自己是被神祕力量期待的先知，所以老人能認出他，叫出他的名字，他沒感到特別驚奇。可是身為揹負天命、無上光榮的預言家，竟被德高望重的老祭司劈頭蓋臉地稱作老夥計，實在教他難以忍受。

他猶豫不決，十分擔心，不知對方是何方神聖。他問道：「您是誰？為什麼在這裡？您是怎麼來的？」

那人用驚異眼神盯著他，於是他又更大聲地問：「您倒是回答啊，您是誰？」

「我是誰？」老人用嘶啞顫抖的聲音說：「你是以高盧神特塔戴斯的名義向我提問的嗎？那麼，你不認識我嘍？喂，好好想想，那個善良的塞熱納克斯……嗯！你想起來了嗎？維蕾達的父親……夏多布里昂在《殉教者》第一卷提及那個受雷頓人愛戴的善良法官——塞熱納克斯？啊！我看你記起來了。」

「你在胡說八道什麼呢！」沃斯基高嚷。

「我沒胡說八道！我在解釋導致我來這兒的那些傷心往事。我厭倦了維蕾達的醜聞，她和那個該死的額多爾『失足』①。我便進入了——照今天的說法——修道院，也就是說我以優異成績通過了德落伊教入學考試。之後發生了一連串荒唐事——哦！那沒什麼……去過三、四次首都，馬比耶②和紅磨坊吸引了我。之後，我便接受了現在這個小差使。你看到了，這差使多悠閒……天主寶石的守護者，一個遠離火線的職位！」

聽到這番話，沃斯基更加擔心害怕，便向同伴尋求意見。

「砍掉他的頭。」孔拉再次說：「這是我的主意，沒有改變。」

「你呢？奧托？」

「我覺得要小心。」

「當然得小心。」

德落伊老祭司聽見了這句話，他拄著枴杖站起身來喊道：「這是什麼意思！當心我！這棍子可是硬的！把我當成騙子！你沒看見我的斧頭柄上面有個卐形的符號？這符號可是完美的神祕太陽符號。還有這個！這是什麼？（他舉起他的海膽念珠）嗯！這是什麼？是兔子糞嗎？你們膽子可眞大！對著兔子糞叫蛇卵，『它們就會鳴叫著從體內噴出唾液，最後形成蛇卵。』是普林那親口說的！我希望你不會把普林那也當成騙子。好一個客人！竟不相信我。我可是擁有老德落伊教所有的證書、執照，普林那和夏多布里昂簽署的證明。好大的膽子！不，眞的，你還會發現其他像我這樣貨眞價實的德落伊祭司，他們都是些年過百歲的白鬍老翁，拿著鏽跡斑斑的器具！我是騙子？我熟知過去一切傳統和習俗！你想讓我像在凱撒面前那樣跳老德落伊教的舞蹈嗎？你想嗎？」

沒等對方回答，這位老人便扔掉枴杖，開始跳起荒唐的擊腳跳，還有急速輕快的快步舞，動作極爲靈活。看他跳舞眞是滑稽極了，他又跳又轉圈，駝著背，兩隻手臂在空中亂擺，兩條腿在衣服下面左右移動，鬍鬚隨著身子的扭動而飄舞，他用顫抖的聲音不時報著各種舞蹈名：「《德落伊老祭司舞步》，或叫做《凱撒的歡樂》。哦啊！《神聖的槲寄生之舞》，通常被稱作《聖槲寄生舞》！普林那譜寫的《蛇卵的華爾滋》……哦啊！哦啊！憂愁都不見了……《沃斯卡③之舞》，或叫做《三十口棺材的探戈》！紅色先知的讚歌！讚歌！讚歌！榮譽屬於先知！」

他又跳了一陣子那糟糕的舞蹈，接著停在沃斯基面前，嚴肅地說：「廢話少說！說點正經的吧！我負責把天主寶石轉交給你，你準備好接收了嗎？」

三個人完全嚇呆了。沃斯基不是如何是好，他實在弄不清這死老頭究竟是誰。

「喂！讓我清靜一下！」他生氣地喊叫：「您想做什麼？您有什麼目的？」

「什麼？我的目的？我剛跟你說過了，就是把天主寶石轉交給你。」

「可是您有什麼權利？以什麼名義哪？」

德落伊老祭司搖了搖頭。

「是的，東西在我手裡呀，這跟你想像的有落差。很顯然，不是嗎？你滿懷幸福激昂的心情來到這裡，爲你完成的大業而驕傲。你可是塡滿三十口棺材，把四個女人釘在十字架上，造成那麼多災難，雙手沾滿鮮血，惡貫滿盈。這些可不是無關緊要的小事。你難免期待著盛大隆重的接待儀式，要有古老的唱詩班，有成排的古代高盧占星師和吟遊詩人歌頌你的事蹟，祭壇上擺著活人祭品，反正就是高盧人那些裝模作樣的大排場！……不料，結果只有一個蜷縮在角落裡打盹的窮酸德落伊老祭司，直截了當地向你交貨。這是多麼大的失落，大人們！你想怎麼樣，沃斯基，我只是盡我所能，依靠口袋裡的錢辦事。我不是滾在金子堆上的，我先前沒告訴過你呀？漿洗幾件白袍後，我就只剩十三法郎四十生丁買點孟加拉煙火來放，好在晚上製造些地震。」

沃斯基嚇了一跳，突然弄明白了，他大發雷霆。「您說什麼？怎麼！那是……」

「當然是我！你希望是誰？聖奧古斯丁？難不成你以爲神明顯靈，昨晚派天使降臨島上，穿著白袍把你引到橡樹下！你眞是異想天開。」

沃斯基握緊拳頭。那麼他昨晚追趕的那個白衣人，正是這個騙子！

「啊！」他低聲埋怨：「我可不大喜歡別人耍弄我！」

「我耍弄你！」老人喊道：「孩子，你可眞會開玩笑。那是誰像野獸般追趕我，把我累得氣喘吁吁？是誰把我最好的長袍射穿了兩個洞？這等客人！所以我也學會了作怪。」

「夠了，夠了！」沃斯基憤怒地說：「最後問你一次，你到底要我怎麼樣？」

「我都說累了，我受命把天主寶石轉交給你。」

「是受誰之命？」

「啊，這個嘛，其實我也不曉得！我一直帶著這種信念活著：有一天，一個叫做沃斯基的日耳曼王子會殺死三十個人，當第三十名犧牲者嚥下最後一口氣，我就該放出約定好的信號。我必須奉命行事，所以準備好我的小包，到布雷斯特的五金商店買了兩管的三法郎七十五生丁孟加拉煙火，還有一批優質炸藥。在約定的時間，我待在瞭望台上，手裡拿著蠟燭，一切準備就緒。當你在樹上大聲喊：『她死了！她死了！』的時候，我想時機到了，便點燃煙火，用炸藥搖撼了大地深處。就是這樣，你心中有數了吧！」

沃斯基舉起拳頭走過去。這一連串的話語、這毫不動搖的沉著冷靜、這平靜譏諷的語氣，都讓他怒不可遏。

「再說一句，我就殺了你。」他喊道：「我受夠了！」

「你叫沃斯基？」

「是的，然後呢？」

「你是日耳曼王子？」

「對呀，對呀，然後呢？」

「你殺死了三十個人？」

「對！對！對！」

「很好，你就是我要找的人。我有一顆天主寶石要轉交給你，我會不惜一切代價地交給你。就是如此，你理應得到這顆神奇的寶石。」

「可是我不在乎天主寶石！」沃斯基跺著腳大喊：「我也不在乎你，我不需要任何人。天主寶石在我手裡！它是我的，只屬於我。」

「拿出來看看。」

「這、這是什麼？」沃斯基從口袋裡拿出權杖圓頭裡找到的小球。

「這個？」老人一臉驚訝地問：「你從哪兒弄到的？」

「從這根權杖的圓頭裡。我想到了要把它擰開。」

「這是什麼？」

「這是天主寶石的碎片。」

「你瘋了。」

「那麼你覺得是什麼？」

「這是短褲上的一顆鈕釦。」

「證據呢？」

「這顆鈕釦的杆已經折了，就是撒哈拉黑人常用的那種鈕釦。我有一大串這樣的鈕釦。」

「證據，見鬼！」

「是我放進去的。」

「爲什麼？」

「爲了代替眞正的寶石。馬格諾克偷拿走了，結果被灼傷，不得不把手砍掉。」

沃斯基不再說話。他完全不知所措，拿不定主意，不知道該如何對付這個古怪的敵人。

德落伊老祭司走到他跟前，面容慈祥，溫柔地對他說：「不，你看，孩子，沒有我的話你解決不了問題，只有我擁有那把鎖的鑰匙和保險箱的密碼。你在猶豫什麼呢？」

「我不認識你。」

「孩子，如果我對你提出的是什麼不體面、有損你榮譽的事，我理解你的顧慮。可是我要給你的東西絲毫不會傷害你的良心。嗯？行嗎？不行？還是不行？以特塔戴斯之名，你到底想要什麼，多疑的沃斯基？也許是奇蹟？老天，你怎麼不早說？我一出手就是一打奇蹟。每天早晨我喝咖啡牛奶的時候，就完成一個奇蹟。想想，一位德落伊祭司！奇蹟？我的作坊裡堆滿了奇蹟，多得我都不知要坐在哪兒。你喜歡什麼？起死回生之光？斷髮重生之光？揭示未來？你只會挑花眼。瞧，你的第三十位犧牲者是何時嚥下最後一口氣的？」

「我怎麼知道！」

「十一點五十二分。你太過激動，連手錶都停了。看看吧！」

這太荒唐了，情緒再激動也不會對手錶起任何作用。可是，沃斯基不由自主地掏出手錶：上面顯示著十一點五十二分。他試著上發條，但錶已經壞了。

沒等他喘過氣來，德落伊老祭司繼續說：「那嚇壞你了，嗯？這再簡單不過，對於一個稍微有點水準的德落伊祭司更是容易。德落伊祭司可以看見別人看不見的，還可以讓討他歡心的人看見。沃斯基，你想看見隱形的東西嗎？你姓什麼？我不是說你沃斯基這個姓，而是令尊的姓？」

「我不能說出來。」沃斯基說：「我從未告訴過任何人這個祕密。」

「那你爲什麼要把祕密寫下來呢？」

「我從來沒有寫過。」

「沃斯基，你父親的姓用紅色鉛筆寫在你隨身攜帶的小冊上第十四頁。看看吧！」

受奇特欲望驅使著，沃斯基像自動玩偶般從襯衫內袋中拿出錢包，裡頭有一本白紙縫成的冊子。他翻到第十四頁，接著帶著一種莫名的恐懼說：「怎麼可能！這是誰寫的？你知道寫什麼？」

「你想讓我向你證明嗎？」

「給我閉嘴！我不許你說……」

「隨便你吧，我的老朋友，我所做的都是爲了讓你明白而已。這對我可沒什麼價值！當我興起創造奇蹟，就停不下來了。純粹爲了好玩，再來一個。你襯衫裡是不是戴著一條銀色小項鍊，上頭有個橢圓形墜飾？」

「是啊。」沃斯基回答，眼裡綻放出興奮的光芒。

「這墜飾是個相框，從前裡面嵌著一張照片，對嗎？」

「對，對，裡面有一張照片。」

「那是你母親的照片。我知道你把照片弄丟了。」

「是去年弄丟的。」

「準確地說，你以爲自己把照片弄丟了。」

「得了吧！相框是空的。」

「你以爲是空的，可實際並不是空的。打開看看吧！」

沃斯基瞪大眼睛，仍機械式地揭開襯衫鈕子，從裡面拉出項鍊，露出相框。金色相框裡有一張女人的照片。

「就是她，就是她！」沃斯基大驚失色。

「沒錯吧？」

「沒錯。」

「那麼，你怎麼解釋這一切呢，嗯？這可不是裝出來的，全是眞工夫。德落伊老祭司精力充沛，你會跟著他，對嗎？」

「是的。」

沃斯基甘拜下風，這個人征服了他。他生性迷信，遺傳了對神祕力量的崇拜，加上焦慮、精神失常的本性，均使他不得不屈服。雖然仍帶有懷疑，卻阻擋不了他服從命令。他問道：「很遠嗎？」

「就在旁邊的大廳裡。」

兩人的對話讓奧托和孔拉聽得一頭霧水。孔拉想提出異議，被沃斯基堵了回去。

「如果你害怕，就離開吧。」他又裝模作樣地說：「再說，我們手裡拿著槍，一有危險就開火。」

「向我開火？」德落伊老祭司譏諷道。

「向任何敵人開火。」

「好吧，你走在前面，沃斯基。」

沃斯基表示拒絕，老祭司大笑起來。「沃斯基，你不覺得這很可笑嗎？哦！我也不覺得可笑，只不過逗逗樂……怎麼，你不想走在前頭？」

他把他們帶到墓室盡頭，在一片漆黑中，燈光照亮了牆角的裂縫，這條裂縫向下深入。

沃斯基猶豫片刻，爬了進去，他四腳著地在這狹窄彎曲的過道裡爬行。一分鐘後，他到達一間大廳的門口。

其他人跟了上來。

德落伊老祭司莊嚴地宣布：「這就是天主寶石大廳。」

這座大廳巍峨莊嚴，面積、形狀皆同上面那層墓室。內有同樣多的石柱，彷彿巨大廟宇裡的立柱，柱子的排列跟上層墓室一致——石柱用斧頭粗糙地雕琢而成，絲毫不講究藝術感和對稱。地面鋪上不規則的巨大石板，其間穿插著地溝，高處投下的光束在溝槽裡形成一個個互不挨著的光圈。

大廳中央，馬格諾克花園的正下方，有一個四五公尺高、乾壘石砌成的台子。上面放著一座凳腳結實的石桌墳，花崗岩製成的桌面呈扁橢圓形。

「就是它嗎？」沃斯基勒緊嗓門說道。

德落伊老祭司沒有直接回答，他說：「你覺得如何？我們的祖先是不是很有建造才能？多麼巧妙啊！有效地防止那些冒失的窺視著和褻瀆神明的探險者。我們是在這座島的地下深處，沒有朝天的窗戶，你可知道這光線從哪來的嗎？光線是從上面的粗石巨柱中來的，石柱中間被自上而下鑿出一條管道，上窄下寬，使光線可以暢通無阻地射進來。中午太陽充足的時候，彷彿人間仙境一般。你是個藝術家，肯定會讚不絕口。」

「那就是它嘍？」沃斯基再次提問。

「總之，它是一塊神聖的石頭，」德落伊老祭司鎮定地說：「俯視著地下最重要的祭品。但下面還有一個，被石桌墳擋住了，從這邊看不見，人們就是在那上頭宰殺上等的祭品。血從斷頭台流向地溝，到達懸崖，流入大海。」

沃斯基越來越激動，又再問：「那麼就是它嘍？我們走吧！」

「沒必要動，」老人的聲音鎮定得令人害怕，「不是這個。還有第三個，這第三個只要稍微抬起頭就能看見了。」

「在哪兒？你確定嗎？」

「當然！好好瞧瞧。在高處的石桌上面，是的，就在大石板拼湊起來的拱形天花板上。對嗎？你從這裡瞄得到嗎？一塊獨立的石板。跟下面的石桌長寬一樣，就像兩姊妹似的，不過只有一塊是眞的，上面有製造標記。」

沃斯基有些失望，他希望寶石的出現更複雜，隱藏得更神祕。

「天主寶石在那兒嗎？」他說：「可是它毫無特別之處。」

「從遠處看，確實無啥特別，但走近你就會發現……上面有彩色條紋，閃閃發光的脈絡，特別的紋理……最後，裡面有一顆天主寶石。神奇的功效遠比材質本身更有價值。」

「什麼神奇的功效？」沃斯基問道。

「能賜生或賜死，你知道的，還能做許多其他的事。」

「什麼事？」

「哎呀！你問得太多了，我怎麼知道那些。」

「什麼！你不知道！」

德落伊老祭司彎下腰，悄悄地說：「聽著，沃斯基，我向你承認我有點吹牛了。我的角色──守護天主寶石──確實重要，這是個一線職位，不過還是受比我更高一級的力量控制。」

「誰的力量？」

「維蕾達的力量。」

「維蕾達？」沃斯基看著他，又擔心起來。

「或者至少我叫她維蕾達，她是最後一位德落伊女祭司，我不知她的眞名。」

「她在哪兒？」

「在這兒。」

「在這兒？」

「是的，就在祭台上。她在睡覺。」

「什麼！她在睡覺？」

「她已經沉睡了幾個世紀，一直睡著。我見到她的時候，她就是這麼純潔安詳地睡著，彷彿森林中的睡美人一般。她在等待天神使者喚醒她，這個人就是……」

「這個人就是誰？」

「是你呀，沃斯基。」

沃斯基皺了皺眉。這荒謬的故事究竟是怎麼回事？這個神祕人到底想做什麼呢？

德落伊老祭司繼續說：「你似乎在擔心？瞧瞧，你不會因爲雙手沾滿鮮血，揹上三十口棺材就無權晉升爲可愛的王子。你太謙遜了，孩子。喂，希望我告訴你點事情嗎？維蕾達美極了，簡直是仙女下凡。啊！小夥子，你不動心嗎？沒有？還沒動心？」

沃斯基猶豫不決，事實上，他覺得周圍的危險在增加，彷彿湧起的海浪即將拍打過來。但是老人並不讓步。

「最後對你說一句，沃斯基——我小聲說，免得你的同夥聽到——你用裹屍布包起母親屍體時，按照她的意願把她從不離身的戒指留在了她的食指上，中間有一塊綠松石，周圍有一圈鑲在金珠裡的小綠松石。我沒說錯吧？」

「沒有。」沃斯基大驚失色，倒吸一口涼氣，「當時只有我一個人，這個祕密沒人知道。」

「沃斯基，如果說這枚戒指就戴在維蕾達的食指上，你相信嗎？你相信令堂在墳墓底下委派維蕾達找到你，並讓她親自把這枚神奇的戒指轉交給你嗎？」

沃斯基已朝石桌墳走去。他快速登上頭幾級台階，頭超過了平台的高度。

「啊！」他搖搖晃晃地往前走，說：「戒指……戒指在她手上。」

德落伊女祭司躺在兩根石柱支撐的祭台上，潔白的袍裙直拖到腳底，她睡著了。她的頭和上半身轉向另一側，美麗的手臂幾乎裸露地順著祭台的桌面垂下。她的食指上戴著綠松石戒指。

「這是你母親的戒指嗎？」德落伊老祭司問道。

「是呀，毫無疑問。」

沃斯基急急忙忙奔到石桌墳前，幾乎跪在地上仔細檢查那些綠松石。

「數量是對的，其中一顆有裂痕，另一顆被壓下的金葉子擋住了半邊。」

「不必這麼小心翼翼。」老人說：「她聽不見，你的聲音不會把她吵醒。站起來吧，把手輕輕放在她的額頭上，這種有魔力的愛撫才能使她從昏睡中清醒過來。」

沃斯基站起身，但他遲遲不敢碰這個女人，他對她有種無法戰勝的畏懼。

「你們兩個不要過來。」德落伊老祭司對奧托和孔拉說：「維蕾達眼睛睜開時只能看沃斯基，不該被其他任何東西嚇到。好了，沃斯基，你害怕嗎？」

「我不害怕。」

「你只是不太自在。殺人比讓人復活容易，嗯？快點，加把勁！揭下她的面紗，撫摸她的額頭，天主寶石就歸你所有。動手吧，你將成爲世界的主人。」

沃斯基行動了，他面對祭壇站著，俯視那位女祭司。他向那一動不動的人彎下身去。白袍隨著她的呼吸有規律地上下起伏。他一隻手猶疑地揭開面紗，接著把腰彎得更低，以便另一隻手能觸摸她露出的額頭。

但就在此時，他的動作突然停了下來，他呆呆地立在那兒，不知所措。

「喂，怎麼啦，夥計？」德落伊老祭司喊道：「你看起來很吃驚，又有什麼不對勁嗎？需要我的幫忙嗎？」

沃斯基不作回答。他發狂地看著，表情從錯愕、害怕逐漸轉變爲瘋狂的恐懼，汗珠從額頭滴流下來，驚恐的眼睛彷彿看見了世上最恐怖的東西。

老人放聲大笑。「上帝啊，聖母啊，瞧沃斯基多麼醜陋！但願最後一位女祭司別睜開她神聖的眼睛，看見你可怕的臉！睡吧，維蕾達，睡一個無夢的好覺！」

沃斯基氣得咬牙切齒，話都說不完整。他突然明白了一部分眞相。某個詞衝到他的嘴邊，但他忍住了，似乎害怕一旦說出這個詞，就等於讓一個已死之人復活——那個已經死了的女人，對，已經死了，儘管她還在呼吸，她只能是具屍體，因爲是他殺死了她。

然而，最後他還是不由自主地說出了這個詞，每個音節都給他帶來無法忍受的痛苦。

「薇洛妮克……薇洛妮克……」

「你覺得她們長得像嗎？」德落伊老祭司嘲諷道：「說眞的，你有可能是對的，她們看起來很像。嗯！如果你沒有親手把另一個釘在十字架上，如果你沒有親自看她嚥下最後一口氣，你就會認作是同一個人，薇洛妮克・戴日蒙並沒有死，她甚至沒有半點傷痕，手腕上也不見被繩子綁過的痕跡。可是好好看看吧，沃斯基，這張臉多麼安詳、多麼平靜，令人寬慰！說實話，我開始覺得你搞錯了，你釘在十字架上的是另一個女人！想想吧……得了吧！你倒責怪起我來了。哦，特塔戴斯，來救救我吧，先知要殺我了。」

沃斯基再次站起身，正對著德落伊老祭司，他的臉被從未有過的仇恨和憤怒扭曲得變了形。這個德落伊老祭司不僅把他當孩子耍了一個小時，而且完成了一件最神奇的事情，他突然覺得他是最不可饒恕的危險敵人。必須立刻擺脫這個敵人，現在機會來了。

「我要被煮啦！」老人說：「你想把我拌什麼汁吃掉？看你那副要吃人的樣子！救命啊！殺人啦！哦！那雙鐵手要扭斷我的脖子！不然是用匕首？或是繩子？不，是用手槍。我很喜歡手槍，那最方便了。開槍吧，阿萊克斯！七發子彈裡已經有兩發射穿了我的一號長袍，還有五發。開槍吧，阿萊克斯！」

每一句話都像火上澆油，沃斯基急於結束這一切，於是命令：「奧托、孔拉，你們準備好了嗎？」

他伸出手臂，兩個同夥也舉起武器準備射擊。老人在他們前面四步遠的地方邊笑邊請求。

「求求你們了，好心的先生們，可憐可憐我這個不幸的人吧！我再也不調皮了，我會很乖，像幅畫一樣，我好心的先生們……」

沃斯基再施令：「奧托、孔拉，注意了！我數……一、二、三，開火！」

三發子彈同時射出。德落伊老祭司轉了個身，又重新站穩面對他的敵人，用悲慘的聲音說：「被打中啦！被穿透啦！死定啦！全完啦，可憐的德落伊老祭司……悲慘的結局！啊！可憐多嘴的德落伊老祭司！」

「開火！」沃斯基大叫：「開槍啊，蠢才！開槍！」

「開槍！開槍！」德落伊老祭司重複道：「砰！砰！砰！砰！打穿心臟！……兩槍！三槍！輪到你了，孔拉，砰！砰！……該你了，奧托。」

槍聲在大廳裡砰砰地迴響。幾個同夥隨著目標到處亂跑，又驚訝又氣憤，而那個老人卻刀槍不入，手舞足蹈地一會半蹲一會又跳起來，靈活得驚人。

「見鬼！我們在洞穴裡玩得多好啊！你是多麼愚蠢，沃斯基！神聖的先知，得了吧！太蠢了！你怎麼能相信這一切呢？孟加拉煙火！鞭炮！還有短褲的鈕釦！然後是你老母親的戒指！眞是個蠢才！傻瓜！」

沃斯基停下來。他知道這三把手槍被卸去了子彈，但是怎麼做到的呢？用什麼聞所未聞的神奇法術？這奇幻的冒險究竟是怎麼回事？他面前的這個魔鬼到底是誰？

他扔掉無用的武器，看著那個老人。他應該抓住他，掐死他嗎？他又看了看那個女人，準備向她衝過去。但很顯然，他覺得要長時間對付這兩個不屬於眞實世界的怪人，再也無能爲力。

於是，他突然轉身，叫上他的同夥，往墓室那邊返回。德落伊老祭司在後面嘲笑：「跑了，好啊！他跑啦！天主寶石怎麼辦？他逃啦！你的後背著火了嗎？哦！哦！滾吧！哈！笨蛋先知！」

譯註：

①此處指舊時女子受誘騙，未婚發生關係。

②當時巴黎的一個跳舞場所，風景迷人，由多個花園組成，是上流社會人士出入的地方，經歷過毀滅和重建。

③沃斯卡，在法語中和沃斯基的名字相近。

chapter 15 地下祭廳

沃斯基從未害怕過，也許這次逃跑並非出於眞正害怕，他卻不知道自己在做什麼。他驚慌失措，腦子裡盡是些互相矛盾又支離破碎的想法，但其中最重要的是他預感到無法挽回的失敗，而這失敗某種程度上是超自然力量導致的。

他相信巫術和奇蹟，他覺得神明選中的沃斯基被剝奪了使命，讓另一個命運之子取代了。有兩股力量針鋒相對，一股來自他自己，另一股來自德落伊老祭司，而後者吞併了前者。薇洛妮克的復活，德落伊老祭司其人，他說的那些話，開的那些玩笑，那些旋轉、動作，這個怪人的刀槍不入，他覺得這一切都神奇得難以置信，並且在這蠻族時代的山洞裡造成了一種讓他混亂、窒息的氣氛。

他急於返回到地面，想呼吸新鮮空氣，看看外面的世界。他尤其想看被剝光了樹枝的那棵樹，薇洛妮克就是被他綁在那上面死去的。

「她的確死了，」他在通往第三間最大墓室的狹窄通道裡爬行，咬牙切齒地說：「她的確死了！我清楚什麼是死亡，且經常把死亡握在手中，我不會弄錯的。這個魔鬼究竟是如何讓她復活？」

突然，他在拾起權杖的平台前面停下來。

「除非……」他說。

跟在後面的孔拉喊道：「快點走，別閒聊了。」

沃斯基任憑別人拉著自己走，仍邊走邊繼續說：「你想聽聽我的想法嗎？那人指給我們看的女人不是薇洛妮克。何況那睡著的女人眞的活著嗎？啊！這個老巫師無所不能。他也許製造了某種假象，那只是做得很像的蠟人。」

「您瘋了。快走吧！」

「我沒瘋，那女人不是活的。她死在樹上，確實死了。我向你保證，還會在樹上找到她。世上存在奇蹟，但不會有這樣的奇蹟。」

三人沒有燈籠，一下撞到牆上，一下撞到豎起的石頭上，他們的腳步聲迴盪在每一間墓室裡。孔拉不停地低聲抱怨：「我早就跟您說過，應該砍斷他的頭。」

奧托跑得上氣不接下氣，一言不發。

他們就這樣摸索著到達第一間墓室的門廳，驚奇地發現早先明明在枯死的橡樹根下開鑿了一條小路，上面卻沒有光線照下來。

「這太奇怪了。」孔拉說。

「啊！」奧托說：「只要找到掛在牆上的梯子。瞧，我爬上梯子了……第一凳、第二凳，接下來的一凳……」

他往梯子上爬，但馬上便停下來。

「沒法前進了……好像塌方了。」

「不可能！」沃斯基說：「等等，我差點忘了，我有打火機。」

他點燃打火機，三人同時憤怒地叫喊起來。梯子上部和半個大廳都塡滿了石塊和沙子，中間是那棵枯死橡樹的樹幹，他們沒有任何機會逃出了。

沃斯基感到一陣昏厥，倒在梯子上。

「我們完了！是那個該死的老頭策劃的，這說明不止他一個人。」

他悲傷地胡言亂語著，再沒力氣繼續這不公平的戰鬥。孔拉不禁大發雷霆：「我快認不出您了，沃斯基。」

「沒辦法對付這個老頭了。」

「沒辦法？我都跟您說過二十次了，應該先扭斷他的頭。啊！如果當時我沒有忍住就好了！」

「你當時連碰都不敢碰他。我們的子彈打中他了嗎？」

「我們的子彈，我們的子彈……」孔拉嘟囔道：「這一切太可疑了。把您的打火機遞給我，我還有一把從隱修院拿來的手槍，昨天一早我親自上膛的。我要好好看看。」

他檢查了武器，立刻發現裝在彈匣裡的七顆子彈都被換成空包彈，那當然只能放空槍了。

「這樣一切都解釋清楚了。」他說：「那個德落伊老祭司根本不是什麼巫師，如果手槍裡裝的是眞正的子彈，打死他就像打死一隻狗那麼容易。」

然而，這種解釋讓沃斯基更加害怕。

「他是怎麼卸掉子彈的呢？他是什麼時候從我們的口袋裡拿走了武器，換掉子彈又放回去的呢？我的手槍一刻也沒離手啊！」

「我的也是。」孔拉說。

「我不相信他能在我毫無察覺的情況下碰我的槍。那麼……這不是剛好證明了那個魔鬼擁有神奇的力量嗎？什麼！看待事情應該實事求是。這個男人藏著祕密，他有辦法，有辦法……」

孔拉聳了聳肩。「沃斯基，這件事把您打垮了。已經接近目標，剛碰到困難就要放棄，您不過是個軟骨頭。我才不會像您一樣低頭。完了？爲什麼？如果他追過來，我們可是有三個人。」

「他不會追來。他會把我們留在這兒，關在一個沒有出口的狗洞裡。」

「如果他不來，我就再回到那邊去！我有刀，這就夠了。」

「你錯了，孔拉。」

「我哪裡錯了？我比別人強壯，尤其比那糟老頭強壯，他的幫手只有那個睡著的女人。」

「孔拉，他不是一般的老頭，她也不是一般的女人。你要當心。」

「我會當心的。我走了！」

「你走……你走……可是你有什麼打算？」

「我沒什麼打算。準確地說，我只有一個打算，那就是消滅那個老頭。」

「不管怎樣，必須當心。不要正面攻擊他，要試著突襲。」

「當然！」孔拉邊走邊說：「我可不會蠢到迎面吃拳頭。別擔心，我會抓住他的，這個混蛋！」

孔拉的勇敢使沃斯基感到安慰。

「無論如何，」他的同夥離開之後，沃斯基說：「他說得對。德落伊老祭司之所以沒來追我們，是因爲他在打其他主意，他一定想不到我們會來記回馬槍。孔拉絕對會攻他個措手不及。你覺得呢，奧托？」

奧托同意他的觀點。

「現在只有耐心等待了。」他回答。

一刻鐘過去，沃斯基逐漸恢復了鎭定。過高期望後沉重的失望，加上酒精在身上造成的疲憊和沮喪，他剛剛才會退縮。但戰鬥的欲望重新點燃，他決心要和對手做個了斷。

「誰知道呢？」他說：「也許孔拉已經把他解決了。」

現在他變得信心十足，這充分證明了他的神經質。他立刻就要出發。

「走吧，奧托！旅行即將結束，殺死這老頭就萬事大吉了。你帶上刀了嗎？反正也沒用，我的兩隻手就足夠了。」

「如果這個德落伊老祭司有同伴呢？」

「我們走著瞧。」

他又朝墓室方向小心翼翼地走去，監視著各個墓室之間通道的出口。沿途聽不到任何聲音，第三間墓室裡的亮光指引著他們。

「孔拉應該得手了。」沃斯基說：「他沒跟那人開戰的話，早就返回來找我們了。」

奧托亦表同意。「很顯然，沒看到他是個好兆頭。德落伊老祭司這一刻鐘應該不好過，孔拉可是個壯漢。」

他們進入第三間墓室，東西都在原位，權杖在平台上，被沃斯基扭下來的圓頭在稍遠處的地面上。不過，他們進來時朝德落伊老祭司剛剛睡覺的地方瞥了一眼，驚奇地發現他已經不在原來的位置，而是在黑窟窿與走廊的出口之間。

「見鬼，該怎麼辦？」他被老人意外的出現嚇了一跳，結結巴巴地說：「不，他好像在睡覺！」

德落伊老祭司看上去果然像是在睡覺。可是他睡覺怎麼是這種該死的姿勢：肚腹著地，雙手交叉向前，鼻子貼著地面。

這是人該有的防備姿態嗎？或者至少他知道可能有危險等著他，怎會把自己如此暴露在敵人的拳頭之下呢？爲什麼——沃斯基的眼睛逐漸適應了最後一間墓室的昏暗——爲什麼白色祭袍上似乎有紅色的斑點，應該是紅色的。爲什麼？

奧托低聲說：「他的姿勢好奇怪。」

沃斯基也這麼想，他更確切地說：「對，那姿勢像一具屍體。」

「說得對，」奧托表示贊同：「像具屍體。」

過了片刻，沃斯基向後退了一步。

「哦！」他說：「這可能嗎？」

「什麼？」另一個人問。

「肩膀之間，瞧！」

「什麼？」

「一把刀……」

「什麼刀？」

「孔拉的刀。」沃斯基肯定地說：「是孔拉的匕首，我看得出來。刀插在兩個肩膀之間。」

他顫抖著補充道：「紅色的斑點是從那兒來的……是血，從傷口流出來的血。」

「這麼說，」奧托說：「他死了？」

「他死了……對，德落伊老祭司死了。孔拉偷襲他，把他殺了。德落伊老祭司死了！」

沃斯基猶豫了很久，準備撲到這具屍體上親自收拾一番。但比起敵人活著的時候，現在更不敢碰，他唯一敢做的就是衝上去拔掉屍體上的刀。

「啊！惡棍，」他高嚷：「你自討苦吃，孔拉可是個壯漢。放心，孔拉，我會記上這筆的。」

「孔拉人會在哪裡呢？」

「在天主寶石大廳裡。啊！奧托，我想快點找到老祭司安排的女人，我還得跟她算算帳！」

「你覺得她還活著嗎？」奧托語帶譏諷。

「當然還活著！就像之前德落伊老祭司一樣活著。這巫師不過是個會點兒小把戲的江湖騙子，沒什麼眞本事，這就是證據！」

「江湖騙子，好吧。」他的同夥反駁道：「不管怎麼說，是他放出信號爲我們指明這些洞穴的位置。不過他的目的是什麼呢？他在這裡做什麼？他眞的知道天主寶石的祕密、獲得它的方法，和它準確的位置嗎？」

「你說得對，還有這麼多謎團，」沃斯基說，他並不喜歡過度斟酌冒險過程中的細節，「這些謎團會自行解開，既然不是這個令人惱火的傢伙造成的，我便暫時不予考慮。」

他們第三次穿過狹窄的通道。沃斯基以勝利者姿態進入大廳，昂首挺胸，目光堅定。再沒有障礙，再沒有敵人。不管天主寶石嵌在拱頂的石板之間，還是在其他地方，他一定會找到。就剩這個看似薇洛妮克的神祕女人了，她不可能是薇洛妮克，他要揭穿她的眞面目。

「她剛才還在，」他咕噥道：「但我懷疑她已經不在那兒。她完成了德落伊老祭司陰謀詭計中的角色，而且德落伊老祭司以爲我離開了……」

他往前走，上了幾級台階。

女人還在那裡。

她躺在低處那座石桌墳上，和剛才一樣蒙著面紗。手臂不再垂向地面，只有手從面紗下露出，指頭上帶著那枚綠松石戒指。

奧托對他說：「她沒動過，一直在睡覺。」

「也許她眞的在睡覺。」沃斯基說：「我去看看，讓我來。」

他走上前去，手裡緊握著孔拉的刀。他低頭看了看那把刀，覺得只有拿在手裡爲自己所用時才可能萌發殺人的念頭。

當離那女人只有三步遠時，他發現她露出的兩隻手腕上佈滿傷痕和瘀青，顯然被繩子緊緊綑綁過。一小時前，她的手腕上明明沒有任何傷痕！

這個細節再次讓他驚慌失措。首先，這證明了她的確是他親手釘上十字架的女人，她被人解救下來，就在自己眼前；另外，他突然再次回到神奇的領域：薇洛妮克的手臂似乎有不同的兩面，時而生機勃勃、完好無損，時而毫無生氣、傷痕累累。

他顫抖地握著匕首向她走近，彷彿當成救贖的武器。他混亂的腦子裡突然再次閃現刺下去的念頭，不是爲了殺死她——因爲這個女人早該死了——而是爲了刺殺在他背後猛烈追擊的隱形敵人，爲了一下子驅除他的妖術。

他抬起手臂瞄準位置，臉上露出最野蠻的表情，閃爍著犯罪的喜悅。突然，他像個瘋子般盲目地刺下去，十次、二十次，瘋狂的本性完全爆發出來。

「啊，去死吧，」他呑呑吐吐地說：「……再死一次就結束了，妳這個和我作對的惡魔……我要消滅妳……妳死我就自由了！妳死了我就是唯一的主人！」

他刺到筋疲力竭，停下來想喘口氣。當他失焦地盯著那個慘不忍睹、被刺得稀爛的屍體時，察覺上面出口透下來的光線之間有道奇怪黑影。

「你知道你讓我想起什麼嗎？」一個聲音說。

他嚇得目瞪口呆，那不是奧托的聲音。在他低著頭，匕首還愚蠢地插在屍體上時，那聲音繼續說：「你知道你讓我想起什麼嗎，沃斯基？你讓我想起我家鄉的鬥牛——我是西班牙人，非常愛好鬥牛。這些鬥牛殺死了可憐無用的老牛之後，會不時回到屍體旁邊，把牠頂翻，再用角刺牠，不停地刺。你就像牠們一樣，沃斯基，你殺紅了眼。爲了抵抗活著的敵人，你瘋狂地襲擊死去的敵人，你想殺的是已死之人。你太殘忍了！」

沃斯基抬起頭。

一個男人站在他面前，倚在石桌墳的一根支柱上。這個男人中等身高，十分消瘦，身材健美，儘管鬢髮花白，看上去卻很年輕。他身穿深藍色帶金色鈕釦的呢料上衣，戴著一頂黑色水手帽。

「不用想了，」他說：「你不認識我。在下堂路易．佩雷納，西班牙最高貴族，擁有許多領土，是撒雷克王子。是的，別驚訝，『撒雷克王子』這個稱號是我自封的，我對此還是有點資格的。」

那人繼續說：「你似乎不太熟悉西班牙貴族，不過請你回憶一下，我是來拯救戴日蒙家族和撒雷克島居民的那位先生，令公子弗朗索瓦天眞誠懇地期待的那個人。嗯？你想起來了嗎？瞧，也許我的另一個名字能讓你想起點什麼。這個名字比較出名……羅蘋？亞森．羅蘋？」

沃斯基盯著他，越來越害怕，隨著這個新敵人的每一句話、每一個動作，他心中的某種疑慮逐漸清晰化。他雖然不認識這個人，也不熟悉他的聲音，卻感覺被某種強大的意志控制著，被無情的譏笑鞭笞著。但這可能嗎？

「一切皆有可能，甚至你想的那件事也有可能。」堂路易．佩雷納繼續說：「容我再說一遍，你太殘忍了！怎麼！你以爲你是俠盜、大冒險家，即使沾滿罪惡也不會完蛋！需要隨意殺人的時候，你就勇往直前。可是遇到一點困難，你就方寸大亂。沃斯基殺人，可他殺的是誰？他不知道。薇洛妮克．戴日蒙是生是死？她還被綁在那棵行刑樹上嗎？還是躺在祭台上？你是在樹上殺死她，還是在這裡殺死她的？不清楚。在刺下去之前，你甚至沒想過看看你要刺殺的人。對你來說，重要的就是舉起手臂刺殺，陶醉在血腥景象和氣味之中，把活人剁成爛泥。看看吧，傻瓜，要殺人就不該害怕，也別怕看對方的臉。看看吧，蠢才！」

他彎下腰，摘下屍體頭上的面紗。

沃斯基閉上眼睛，跪了下來，胸口緊貼著屍體的雙腿，他一動不動，雙眼緊閉。

「看見了嗎？嗯？」堂路易譏諷道：「你不敢看，是因爲你已猜想到了，或者你馬上就能猜到，對嗎？卑鄙傢伙，你愚蠢的腦袋是否已經開始計算？島上只有兩個女人，只有兩個，薇洛妮克和另一個……另一個是叫艾芙麗德吧，如果我沒記錯的話？艾芙麗德和薇洛妮克，你的兩個妻子，一個是雷諾德的母親，另一個是弗朗索瓦的母親。如果你綁在樹上、剛才刺殺的不是弗朗索瓦的母親，就是雷諾德的母親；如果躺在那裡、手腕被折磨得滿是傷痕的女人不是薇洛妮克，就是艾芙麗德。準沒錯……艾芙麗德，你的妻子和同謀……艾芙麗德，對你死心塌地的效忠者。你非常清楚，所以寧願聽我說，也不冒險看看死者那毫無生氣的臉，你的同夥對你百般順從，卻被你折磨致死。膽小鬼，看看吧！」

沃斯基把頭埋在雙臂裡。他不是在哭！沃斯基不會哭。然而他的肩膀在顫抖，這個姿勢表明他最憤怒的絕望。

如此持續了半晌，他的肩膀不再顫抖，但他依然沒動半分。

「我眞同情你，可憐的老朋友。」堂路易繼續說：「你眞的這麼愛你的艾芙麗德嗎？或是出於習慣，嗯？還是因爲她對你盲目崇拜？你想怎麼樣？誰也不會像你這樣蠢。人們知道自己在做什麼，會詢問別人、會思考！而你就像一個新生兒跳進罪惡的海洋，眞見鬼！你會下沉、會溺水，一點也不奇怪。那麼德落伊老祭司究竟是死是活？孔拉把匕首刺進他後背嗎？是我扮演了這個該死的角色嗎？簡單點說，是有德落伊老祭司和西班牙貴族兩個人，還是這兩人其實是同一個？孩子，這些對你來說是解不開的難題，但仍須解釋清楚。你要我幫你嗎？」

從前沃斯基行動前不加思考，這次當他抬起頭時，卻很容易看出他衡慮很久，且十分清楚眼前是怎樣的絕境。像堂路易所說，他當然想弄清一切，可是匕首握在手中，他抑制不住想殺人的衝動。他逐漸把目光對準堂路易，毫不掩飾自己的意圖，拔出匕首站了起來。

「當心，」堂路易說：「你的刀和槍一樣被掉包了，那只是錫箔紙做的。」

玩笑毫無作用，沒什麼能干預沃斯基理智思考後的衝動，他想進行最後的一搏。他繞過祭壇，站在堂路易面前。

「就是你，」他說：「這些日子以來一直在擾亂我的計畫？」

「也就二十四小時罷了，我二十四小時之前才到達撒雷克島。」

「你決定管到底嗎？」

「如果可能的話，會管更遠。」

「爲什麼？你的目的是什麼？」

「只是愛好，還因爲你教我噁心。」

「那麼我們之間不可能達成共識嘍？」

「不可能。」

「你拒絕加入我的計畫？」

「當然！」

「你會分到一半。」

「我更喜歡拿到全部。」

「你是說天主寶石嗎？」

「天主寶石屬於我。」

其餘都是廢話，必須殺了這種對手，否則就會被他除掉。必須二選其一：不存在第三種結局。

堂路易無動於衷，一直倚靠在石桌墳的支柱，沃斯基居高臨下地看著他，琢磨著無論從力量、肌肉、重量，自己都佔優勢。既然這樣，他還猶豫什麼呢？另外，如果堂路易在刀刺到他之前就反抗或躲開，他可接受不了。若不及時躲開，他一定會被殺個措手不及。沃斯基信心十足地刺下去，彷彿在刺一隻被夾住的獵物。

然而，一切都發生得太快了，無法解釋過程，總之他輸了。三、四秒鐘之後，他趴在地上，被奪去武器落敗，兩條腿像是被棍子打折了，右手臂動彈不得，疼得直叫。

堂路易沒費力氣就把他綁起來，單腳踩在沃斯基龐大虛弱的身軀上，俯身說：「現在我沒什麼要交代的。晚點再跟你說，也許你會覺得有點長，但足夠證明我對這次冒險瞭如指掌，也就是說比你知道得多。只有一點還不清楚，等著你來補充。你的兒子弗朗索瓦・戴日蒙在哪裡？」

沃斯基沒有回答，他便再次問道：「弗朗索瓦・戴日蒙人在哪兒？」

沃斯基覺得偶然間又摸到了張意想不到的制勝王牌，或許自己還有機會，便固執地一聲不吭。

「你拒絕回答？」堂路易問：「一次、兩次、三次，你拒絕？好極了！」

他輕輕地吹了聲口哨。

四個男人從大廳角落裡冒出來，這四人皮膚黝黑，是摩洛哥的阿拉伯人那種類型。他們和堂路易一樣穿著短上衣，戴著漆皮鴨舌海員帽。

第五個人幾乎同時到達，是一位殘疾的法國軍官，右腿下半截是木腿。

「啊，是您嗎，帕翠斯？」堂路易說。

他按照禮節介紹：「沃斯基，德國佬。這位是帕翠斯・貝爾維上尉，我的老朋友。」

接著他又說：「上尉，沒什麼新消息嗎？您沒找到弗朗索瓦？」

「沒有。」

「一小時之內我們就會找到他，然後出發。我們的人都上船了嗎？」

「是的。」

「那邊一切都好嗎？」

「很好。」

他向四個摩洛哥人下令：「把這個德國佬包裝一下，弄到上面那個石桌墳上去。不用綑住他，他已經動不了了。啊！等一下。」

他俯身貼著沃斯基的耳朵說：「出發之前，好好瞧瞧天主寶石吧，就在棚頂的石板之間。德落伊老祭司沒有騙你，那就是人們尋覓了幾個世紀的天主寶石。我透過書信從很遠的地方發現了它。跟它永別吧，沃斯基！」

他打了個手勢。

四個摩洛哥人快速抬起沃斯基，把他抬到大廳深處通道的對面。

堂路易向愣愣在旁觀望的奧托轉過身去。

「我看得出你是個頭腦清醒的小夥子。奧托，看清形勢，你不想攪和了吧？」

「不想。」

「那麼你放心，不用怕，你可以跟我們一塊走。」

他們走出天主寶石大廳，來到另外三間墓室。這三間墓室一間比一間高，最後也是通往一處門廳。墓室盡頭的牆壁上倚著一把梯子，沙子和石灰砌成的牆壁上新近被鑿出一個洞。

他們從那裡到達露天，走上一條陡峭的階梯小路，路沿著峭壁盤旋而上，直通往前一天早晨弗朗索瓦領著薇洛妮克去的地方。那是通往暗道的路。他們在高處看見兩個鐵鉤掛著的小船，薇洛妮克和她的兒子本該乘船逃走。在不遠處的小海灣裡，隱約可見一艘潛艇。

堂路易和帕翠斯・貝爾維背對著海，繼續朝橡樹圍成的半圓地帶走去，在開滿鮮花的石桌墳附近停下。摩洛哥人在那裡等著，他們把沃斯基放在最後一名犧牲者死去的那棵樹下。樹上除了V.d'H.這個簽名以外，不再有那樁罪行的證據。

「不太累吧，沃斯基？」堂路易問：「腿好些了嗎？」

沃斯基蔑視地聳了聳肩。

「對，我知道，」堂路易繼續說：「你對你的底牌信心十足。但你應該知道，我也有幾張王牌，而且玩得更巧妙些，你身後的那棵樹就足以證明這一點。你想要其他的例子嗎？當你沉浸在罪惡中，不知殺了多少人時，我讓他們復活了。瞧瞧從隱修院那邊來的是誰？你看見他了嗎？他和我一樣穿著帶金色鈕釦的短上衣……這是其中一位犧牲者，嗯？你把他關在地牢裡折磨他，最後把人扔進海裡，你的寶貝兒子雷諾德在薇洛妮克眼前推了他一把。你想起來了？斯特凡・馬盧……他死了，對嗎？哦，根本不是。轉一轉我的魔法戒指，他就復活了。他不正來了。我幫了他一把，和他談過話。」

果然，他向那人走過去，和他握手，說：「您看，斯特凡，我跟您說過，正午鐘聲響起時，一切就會結束，我們會在石桌墳再會。現在正午的鐘聲剛好響起。」

斯特凡身體安好，沒有任何傷痕。

沃斯基害怕地看著他，結結巴巴地說：「那個老師……斯特凡・馬盧……」

「正是他。」堂路易說：「你想怎樣？這次你又做得像個傻子。可愛的雷諾德和你，把一個人扔進海裡，竟沒想到要彎腰看一眼他怎麼樣了。我救起了他，喲，別驚訝，我的好人，這只是個開頭，還有很多絕招等著出籠。想想吧，我可是德落伊老祭司的學生！……那麼斯特凡，進展如何？您的調查怎麼樣了？」

「沒結果。」

「弗朗索瓦呢？」

「找不到他。」

「好好先生呢，您按照約定把牠放出去找主人了嗎？」

「是的，但牠只把我從暗道帶到了弗朗索瓦的小船邊。」

「這裡沒有藏身之處。」

「沒有。」

堂路易不再說話，他開始在石桌墳前來回踱步。他早已決定採取一連串行動，但似乎在最後一刻有些猶豫。

終於，他對沃斯基說：「我沒時間浪費了，兩小時之內我必須離開這座島。馬上放了弗朗索瓦，你要多少錢？」

沃斯基說：「弗朗索瓦和雷諾德決鬥，他輸了。」

「你撒謊，弗朗索瓦贏了。」

「你怎麼知道？你看見他們決鬥了？」

「不，否則我就會阻止。可是我知道誰贏了。」

「除了我沒人知道，他們用頭巾蒙著臉。」

「那麼，如果弗朗索瓦死了，你就完了。」

沃斯基想了想。

這論據不容置辯。這次，換他提問。

「廢話少說，你拿得出什麼好處？」

「你的自由。」

「還有呢？」

「沒有了。」

「不，天主寶石。」

「不可能！」

堂路易聲音洪亮、動作果斷，他說：「不可能！最多是放了你。因為我太瞭解你了，你一無所有，到別處會被逮捕。但天主寶石能救你，給你帶來財富、力量、作惡的權利。」

「這正是我鍥而不捨的原因。」沃斯基說：「你向我證明了它的價值，讓我對弗朗索瓦這張底牌胃口更大。」

「我會找到弗朗索瓦的，只是耐心的問題。如果有必要，我會在這兒多待兩三天。」

「你找不到他，即使找到也太晚了。」

「爲什麼？」

「弗朗索瓦從昨天開始就沒吃東西。」他冷酷殘忍地說出這句話。

沉默片刻，堂路易說：「那麼，如果你不想害死他，就說出來吧！」

「我在乎什麼？頂多是任務失敗，半途中斷。我會達到目的，那些阻礙我的人全要倒楣。」

「胡扯，你不會任憑自己的孩子死掉。」

「我已經任由另一個死掉了。」

帕翠斯和斯特凡嚇了一跳，然而堂路易卻直爽地笑起來。

「好極了！你倒是不虛僞，說話夠乾脆，有理有據。狗一樣的名字！德國佬的秉性顯露無遺！好一個自負、兇殘、厚顏無恥、神祕主義的混合體！一個總有任務要完成的德國佬，甚至願意搶劫殺人。你不僅是德國佬！你簡直是超級德國佬！」

他又笑著說：「那麼我就把你當成超級德國佬對待。最後問一次，你說不說弗朗索瓦在哪？」

「不。」

「很好。」

他冷靜地轉向摩洛哥人。

「動手，孩子們。」

一會兒工夫就完成了，動作十分精準俐落，井然有序，似乎經過了軍事演習般的嚴謹訓練。他們用樹上垂下的繩子將沃斯基縛著，不顧他的叫喊和威脅把人拉上去，緊緊地綁起來，就像他綁那些犧牲者一樣。

「叫吧，我的紳士，」堂路易平靜地說：「想怎麼叫就怎麼叫！你只能喚醒阿爾希娜三姊妹和三十口棺材裡的人！如果覺得有趣，你就叫吧！可是看在上帝的份上，你多麼醜陋！那樣一副怪相！」

他後退幾步，想好好欣賞這幅景象。

「好極了！效果不錯，一切都恰到好處，連同那個簽名V.d'H.：沃斯基・德・豪恩佐萊恩！①你只需伸出耳朵仔細聽著，我要發表之前承諾過的那場小演講了。」

沃斯基在樹上扭動著，想要掙脫繩索，但他越掙扎勒得越疼，便不再動了。爲了釋放憤怒，他開始兇狠地咒罵堂路易。

「小偷！凶手！你才是凶手！是你害死弗朗索瓦！弗朗索瓦被他兄弟擊傷，傷勢嚴重，可能會感染……」

斯特凡和帕翠斯走到堂路易跟前商討。

斯特凡憂心忡忡。

「誰能說清呢？」他說：「這個魔鬼可是什麼都做得出來。如果孩子生病了呢？」

「信口開河！胡說八道！」堂路易肯定地說：「孩子好得很。」

「您確定嗎？」

「非常確定，不管怎麼樣，也能挺一個小時。一小時內，這個超級德國佬就會說出來。再過不久他就會妥協，吊在樹上，肯定會開口。」

「如果他堅持不妥協呢？」

「怎麼可能？」

「有可能，如果他也死在樹上呢？如果用力過猛造成動脈破裂，或者血栓？」

「然後呢？」

「然後，他的死會奪去我們得知弗朗索瓦下落的唯一希望。」

堂路易毫不動搖。

「他不會死！」他吶喊：「沃斯基這樣的傢伙可不會因爲失血過多而死！不，不，他會說的。一小時之內他就會開口，這時間剛好夠我作個演講！」

帕翠斯・貝爾維不禁笑起來。

「這麼說您要發表演講嘍？」

「這可是了不起的演講！」堂路易感嘆道：「是關於天主寶石的整個探險！一篇歷史論文，是史前時期直到超級德國佬三十項罪行的總述！哎呀，可不是總有機會作這樣的報告，無論如何我也不錯過這個機會！上台吧，堂路易，上去自吹自擂吧！」

他站在沃斯基面前。

「你眞走運！在最前面的包廂，一個字也不會漏掉。嗯！黑暗中的一線光明讓人高興對嗎？深陷窘境時，總感覺需要明確的方向指引。我向你承認，剛開始我也稀里糊塗。想想吧！幾個世紀的謎團，而你只會把事情弄亂！」

「強盜！小偷！」沃斯基咬牙切齒地說。

「罵人！爲什麼？如果你不舒服，跟我們說說弗朗索瓦吧！」

「休想！他死定了。」

「不，你會開口的。我答應你會中斷我的演講。想讓我停下，你只需要吹口哨：《我有好菸》或者《媽媽，水上有小船》都可以。我馬上派人去找，如果你沒撒謊，我就讓你安靜地待著。奧托會幫你鬆綁，你們可以乘弗朗索瓦的小船離開。說定了？」

他轉向斯特凡和帕翠斯。

「請坐下，我的朋友們，因爲演講會有點長，但爲了講得動聽一點，我需要觀眾。觀眾同時也是法官。」

「我們只有兩個人。」帕翠斯說。

「有三個。」

「還有誰？」

「第三個來了。」

原來是好好先生，牠小跑過來，像平時一樣悠閒。牠向斯特凡打了個招呼，在堂路易面前搖尾巴，那模樣彷彿在說：「你，我認識你，我們是朋友。」接著牠坐在後面，似乎不想打擾別人。

「好極了，好好先生，」堂路易大聲說：「你也渴望瞭解這段探險。這份好奇心會給你帶來榮譽，你會對我滿意的。」

堂路易顯得興致高昂。他有聽眾、有法官，沃斯基在樹上扭動著，這般光景實在美妙。他做了個類似擊腳跳的動作，這或許會讓沃斯基想起德落伊老祭司的旋轉。接著他站直身子，輕聲打招呼，擺弄出即將開口演講的人拿起水杯喝水的動作。接著他把雙手放在想像的講台上，莊重地說出開場白。

「各位女士、各位先生，西元前七百三十二年七月二十五日……」

譯註：

①此名字的縮寫為V.d'H.。

chapter 16

波希米亞王的石板

說完這段開場白，堂路易停下來，看了看觀眾的反應。貝爾維上尉很瞭解他的朋友，開懷地笑著，斯特凡仍然憂心忡忡，好好先生則乖乖地坐在那兒。

堂路易．佩雷納接著說：

「我首先向你們承認，各位女士、各位先生，我之所以把日期說得那麼準確，是有點想讓你們吃驚。其實，時隔幾個世紀，我也說不準將榮幸地爲你們講述的這些事情發生的確切日期。但我能確定的是，事情發生在今天歐洲叫做波希米亞的地方，也就是工業小城若阿希姆斯塔爾的位置，我希望我講清楚了。然後，這天清晨，一兩個世紀以來定居在多瑙河畔與易北河發源地之間森林中的一個居爾特部落，進行了大規模遷移。在妻子的幫助下，士兵們捲起帳篷，收起寶貴的斧頭和弓箭，拾起陶器和銅器，放在牛馬背上。

「首領們聚集起來，監督大小事宜，沒有混亂，也沒有喧囂。人們一大清早出發，朝著易北河支流艾日河的方向前進，傍晚時分到達目的地。一百餘名先前派出的精兵守衛著船隻，等在那裡。其中一艘大船裝飾得富麗堂皇，尤其引人注目。一條赭紅色帆布從一邊搭到另一邊。酋長——如果願意，你們可以叫他國王——登上後船台，並發表了演講。我在此簡明扼要地講大意給你們聽：『部落遷移是為了躲避周圍部落貪婪的野心。』離開生活過的地方總是會傷心，但對於部落裡的人不算什麼，因為他們帶走了最珍貴的財富——祖先留下來的神聖遺產。其神力讓他們成為可怕的強者之王，一句話，就是他們國王的蓋墓板。

「酋長莊嚴地拉開赭紅色帆布，露出一塊約兩公尺長、一公尺寬的花崗岩石板，表面粗糙，顏色暗沉，帶著發光的亮片。

「人群中呼聲一片，所有人伸出手臂，伏在地上，鼻尖觸及塵土。

「酋長抓起放在石板上珍貴的圓頭金屬權杖，揮舞著說：『在神奇的石板沒安頓下來之前，我會一直拿著這根威力無比的權杖。它來自蓋墓板，同樣含有能賜生或賜死的天火。這塊神奇的石板蓋住了祖上的墳墓，而這根權杖也與他們榮辱相伴！願天火為我們引路！願太陽神照亮我們！』說完，整個部落出發了。」

堂路易稍作停頓，滿意地重複道：「說完，整個部落出發了。」

帕翠斯·貝爾維聽得很高興，斯特凡也很開心，展露出笑容。但堂路易向他們喊說：「沒必要笑！這一切都是眞的。這可不是騙小孩的把戲或胡亂編造的故事，而是眞正的歷史，你們會發現，所有細節都有詳盡自然、某種科學性的解釋……對，科學性，我不怕這個詞，女士們、先生們……我們是站在科學的領域，沃斯基本人也會拋棄他的樂觀和迷信。」

他又「喝」了一杯水，接著說：

「部落沿著易北河走了幾個月。一天晚上，九點半的鐘聲響起時，他們抵達了海邊一個後來叫做弗里斯①的地方。部落在那裡待了幾個月，覺得不安全，於是決定再次遷移。

「這次是海上遷移。三十艘小船開到海上——注意『三十』這數字，那是這個部落中家庭的數量。幾個月的時間裡，他們從一處海岸漂流到另一處海岸，在斯堪的那維亞駐紮過，接著被薩克遜人驅逐，再次踏上航程。跟你們說，那場面眞是奇特壯觀又感人哪！這群流浪部落用繩子拉著國王的蓋墓板，找尋一處與世隔絕的好地點隱藏他們的聖物，用於祭祀儀式，也爲了保存其本身的力量。

「最後一站落腳於愛爾蘭，他們在那裡生活了半世紀或一世紀之久後，透過跟當地較文明的居民接觸，風俗習慣開化一些。當年酋長的孫子或曾孫，已繼承酋長之位，接見了他們派去周圍部落的間諜。他從大陸上來，發現了絕妙的藏身之處：一座幾乎無法接近的島。沿岸三十座礁石包圍著這座島，島上還有三十座巨大的花崗岩與之相望。

「三十！命中注定的數字！從這裡怎能看不出神靈冥冥之中的召喚和旨意？三十艘小船再度揚帆起航。

「行動成功了，他們一舉拿下小島，清除了所有當地居民。部落安頓下來，波希米亞王的蓋墓板被放在今天座落的位置，就是我指給老夥計沃斯基看的那個地方。這裡要加個夾注號，對遙遠的歷史作一些評述，容我簡要地說一下。」

堂路易以教授的口吻繼續說：

「撒雷克島和整個法國及西歐地區一樣，千百年來居住著利古里亞人，他們是洞穴人的直系後代，保留了祖先的部分風俗習慣。利古里亞人是建築能手，他們也許受到東方文明的強烈影響，在使用打磨石爲主的新石器年代建立起雄偉的花崗岩建築及巨大的墓室。

「發現這些經過人工細心整修過的天然洞穴，還有許多龐大的建築，震驚了這些神祕迷信的居爾特移居者。

「就這樣，結束了幾經漂泊的第一階段，天主寶石迎來了休憩和祭祀的時代——我們稱作德落伊教時代。這個階段持續了一千年到一千五百年，部落和周圍其他部落融合，大概在某個布列塔尼國王的統治下生活著。可是，酋長的權柄逐漸轉移到祭司手裡，也就是德落伊祭司，他們的威望在後世不斷加強。

「我肯定這威望來自於那塊魔石。的確，他們是眾所周知的宗教祭司，高盧青年人的教師（對我們來說，黑色荒原地下的岩洞無疑就是修道院的房間，或者說是間德落伊大學）；的確，他們根據當時的規矩，主持活人獻祭，指揮採集槲寄生、馬鞭草和一切有魔力的植物。但是他們在撒雷克島的角色，主要是這塊天主寶石的主人和看守者。它被置放在地下祭廳的棚頂，當時在露天一定看得到。我們在這裡看見那座開滿鮮花骷髏地上的仙女石桌墳，就是遮掩天主寶石而建的，病人、殘疾者和身體孱弱的孩子們就是躺在那上面，得以重獲健康。就是在那塊石板上，不孕的婦女恢復了生育能力，老人恢復了活力。

「在我看來，它主宰著過去充滿預言和傳說的布列塔尼，是所有迷信、信仰、焦慮和希望之光照耀的中心。憑藉它或德落伊老祭司手上揮舞的那根權杖之神威，可以隨意灼傷皮肉或治癒傷口，因此自然而然地產生了許多美麗傳說：圓桌武士、魔法師梅林等故事。它是解開一切謎題的鑰匙，所有象徵的核心。它是奧祕、是光芒、是謎題，也是謎底……」

堂路易說最後這幾句話時略顯激動。他微笑著說：

「沃斯基，別生氣，我們留點激情談談你的罪行。現在我們才講到了德落伊教的鼎盛時期，這個故事還長著呢！德落伊祭司消失之後的幾個世紀裡，這塊魔石被巫師和占卜師利用。之後，我們逐漸進入第三個時期，宗教時期，也就是說，很有可能是給撒雷克島帶來財富的一切，像是朝聖、祭典等逐漸衰敗的時期。

「事實上，教會不能忍受這種原始拜物教的存在。他們一得勢便開始打擊吸引了這麼多信徒、存在了這麼久的可惡宗教。雙方力量相差懸殊，過去的宗教落敗了。石桌墳被搬移到我們所在的位置，波希米亞王的蓋墓板被蒙上一層土，就在瀆聖的奇蹟之上建起了耶穌受難像。從那時起，就完全被人遺忘了！

「我們搞清楚，被遺忘的是習俗和禮儀，那些消逝祭典的歷史。人們並沒有忘記天主寶石，人們不知道它在哪兒，甚至不曉得它是什麼。但人們仍然樂此不疲地談論它，相信有個叫做天主寶石的東西存在。經過一代又一代的口耳相傳，人們開始講述神奇、可怕的故事，離眞相越來越遠。傳說越來越不著邊際，越來越恐怖。可是對於天主寶石的記憶，尤其這個名字，卻深深刻在人們的腦海裡。

「魔石傳說在人們的記憶中歷久不衰，又一直出現在這個地區的年鑑上，會吸引好奇者試圖還原這神奇的事實自是合情合理。兩個好奇者就出現了，一個是接近十五世紀中葉的本篤會修士托馬斯，一個是今天的馬格諾克老爹。托馬斯是詩人兼插畫師，關於他的信息很少，從其詩作可看出他是個不入流的詩人，卻是略有才能的天眞插畫師。他留下一本《彌撒經》，歌頌他在撒雷克修院度過的日子。他畫下島上的三十座石桌墳，並附上詩文、宗教銘言以及諾斯特拉達姆斯②式的預言。正是這本馬格諾克老爹發現的《彌撒經》裡包含了十字架上的四個女人那幅畫，以及關於撒雷克島的預言。我本人昨晚在馬格諾克的房間裡找到這本《彌撒經》，翻閱了一下。

「這位馬格諾克老爹是個怪人，他是從前巫師的孫子，思想落後於同時期的人，我懷疑他曾多次裝神弄鬼。那個在月圓之後第六夜穿著白袍、採集槲寄生的人八成是他。他也曉得些藥方，知道何種植物能治病，怎樣選土才能讓花長得更大。可以肯定的是，他發現了墓室和祭祀大廳，從權杖圓頭裡偷走了魔石。他就是從我們剛才鑽過的裂縫進入墓室的，就在通往暗門的半路上，每次出來後用石塊重新堵住出口。把《彌撒經》的那一頁交給戴日蒙先生的也是他。現在，他是否把哪些調查的最後結果告訴了戴日蒙先生，都已經不再重要。另一個人物突然出現，把一切變成了眞實，重新聚焦。這位神明派來解決千年謎團的使者，他要執行神祕力量的命令、把天主寶石裝進口袋……他就是沃斯基。」

堂路易「喝下」第三杯水，向奧托打了個手勢。

「奧托，」他說：「如果他渴了，就拿點喝的給他。你渴嗎，沃斯基？」

沃斯基被綁在樹上，看上去全身虛脫，不再掙扎。斯特凡和帕翠斯再次勸阻堂路易，擔心結局過早來臨。

「不，不，」堂路易：「他結實得很，即便只是爲了瞭解眞相，也會堅持到我完成演講。對嗎，沃斯基？你熱血沸騰了嗎？」

「小偷！凶手！」這可憐人結結巴巴地說。

「好極了！你還是不肯說出弗朗索瓦在哪裡？」

「凶手！小偷！」

「我的老夥計，那你就待在上面吧，隨你的便，受點苦對健康再好不過。況且你是怎麼折磨別人的，老混蛋！」

堂路易嚴厲地說出這句話，語氣中帶著憤怒。他見過多少罪惡，跟多少罪犯交手過，可沃斯基眞是罪大惡極。

堂路易繼續開講：

「大約三十五年前，一位來自波希米亞、有匈牙利血統的美麗女子，在巴伐利亞湖區附近的城市裡，以精通各種算命之術很快贏得了美譽。她吸引了國王路易二世的注意，這個拜羅伊特的建造者性格瘋癲，以其荒誕無稽的怪念頭而著名。瘋癲國王和女占卜師的親密關係持續了好幾年，最後因爲國王的反覆無常而告決裂。結局很悲慘，一個神祕的晚上，路易二世從船上跳進施塔恩貝格湖。是否眞的像官方說的那樣，是由於發瘋自殺，或者是遭人謀害？他爲什麼自殺？又爲什麼被謀害？這些問題永遠不會有答案。但有件事是眞實的：這個波希米亞女人陪著路易二世在湖邊散步後的隔日，就被趕入森林裡，所有首飾、財產盡遭剝奪。

「這段情史留給她一個四歲的小魔鬼，他叫沃斯基。這個小魔鬼和他母親返回波希米亞生活，他很快便學會了催眠術、天眼通和騙人的把戲。他性格十分粗暴，神經卻很脆弱，飽受幻想和噩夢的折磨，他相信巫術、預言、夢境、占星術，把傳說當成歷史，把謊言當作眞實。山裡的眾多傳說之中，有一個對他影響最深：傳說講的是一塊有神奇力量的石頭，在某個風雨交加的夜晚被魔鬼偷走，終有一天會被國王的兒子帶回來。村民們還能指出山坡上那塊石頭留下的空地。

「『國王之子就是你，』他母親對他說：『如果你能找回那塊被偷走的石頭，就能躲開威脅你的七首，你將成爲國王。』

「這則預言多麼可笑，還有另一則同樣荒唐的。那個波希米亞女人說她的媳婦會死在十字架上，而她的兒子會死在一個朋友手裡。當命運的鐘聲敲響之時，這是最直接影響沃斯基的預言之一。我馬上就會講到這命中注定的時刻。我不想再贅述昨日白天和夜裡那些對話中，咱們三人發現重建的事實。有何必要重新細講你昨天對薇洛妮克和斯特凡在牢房裡說的那些話呢？有何必要告訴帕翠斯、斯特凡和好好先生您們諸位，那些大家都知道的事呢？比如你的婚姻，沃斯基，或者該說是你的兩次婚姻，先是和艾芙麗德，接著是和薇洛妮克；比如弗朗索瓦被外祖父綁架；比如薇洛妮克的失蹤，你爲找到她所做的調查、你在戰爭中的表現，和你在集中營裡的日子？就說此將要發生的瑣事吧！

「我們解釋完了天主寶石的歷史，現在要來弄清楚由你掀起的這段關於天主寶石的現代探險。

「起初，事情是這樣的。沃斯基被關在布列塔尼地區蓬蒂維附近的集中營。他那時不叫沃斯基，而是化名勞特巴哈。十五個月前，當軍事法庭以間諜罪判他死刑時，他第一次逃跑，藏身於楓丹白露森林；在那裡，他重遇以前這位叫做勞特巴哈的僕人，他也是德國人，同是逃犯。沃斯基殺死他，給他換上自己的衣服，化裝成自己的樣子。軍事法庭被矇騙，把假沃斯基埋葬在楓丹白露。

至於眞的沃斯基，他再次走楣運被抓到，以勞特巴哈的名字被關在蓬蒂維集中營。

「這是關於沃斯基的部分，另一部分是關於他第一位妻子艾芙麗德的。這個可怕的同謀也是德國人（關於他和他們母子共同的過去我知道一些細節，但總覺得無必要提起）。艾芙麗德，他的第一位妻子，和兒子雷諾德藏在撒雷克的山洞裡。他讓她監視戴日蒙先生，透過他追蹤到薇洛妮克。這個卑鄙女人的動機我不清楚，是盲目忠誠，害怕沃斯基，出於作惡的本能，對取代她的對手的憎恨，管她呢！她已經得到了最可怕的懲罰。我們只談談她扮演的角色，不去想她哪來勇氣在地下生活三年。她只在夜間出去偷食物讓母子倆果腹，耐心地等待著有一天能爲她的老爺服務。

「我也不知道他們實際做了哪些事情，還有她和沃斯基的聯絡方式，但我肯定沃斯基的逃跑是他這位好妻子長期精心策劃的。所有細節都安排妥當，也採取了一切預防措施。九月十四日，沃斯基帶著在監獄裡結識並僱用的奧托和孔拉兩個同夥逃了出來。

「逃亡之旅很順利，每個交叉路口旁邊有指示箭頭，搭配按順序排列的數字，上面帶著V.d'H.的簽名。他們不時在廢棄屋子、石頭底下、牧草堆的窟窿裡尋獲存糧，就這樣路過蓋默內、法韋、羅斯波當，最後抵達貝格梅伊海灘。

「艾芙麗德和雷諾德趁夜間開著奧諾琳的汽艇到那裡接人，帶回黑色荒原的德落伊山洞。如你們所見，房間布置得相當舒適。冬天過去了，沃斯基還未成形的計畫有了更清晰的輪廓。

「很奇怪，他戰前頭一回在撒雷克島居住時，不曾聽人說起島上的祕密。艾芙麗德在寄往蓬蒂維的信中講述了天主寶石的傳說。你們可以想像，這個傳說給沃斯基造成的震撼有多大。天主寶石，不就是從他故鄉被偷走，應被國王之子找到並賜予他力量與王位的石頭嗎？他之後瞭解到的事讓自己更加堅定這個信念。但在地下生活的這段時間裡，對他影響至深的是上個月發現的托馬斯預言。這則預言早在島民之間傳開了，他晚上便蹲在人家茅屋窗下，或趴在穀倉上偷聽農民的對話。撒雷克島居民歷來害怕那塊傳說中的魔石出現又消失之類的可怕事情。這些事總是關於海難啦、十字架上的女人啦。另外，沃斯基不是知道仙女石桌墳上刻著的預言嗎？三十口棺材，三十個犧牲者、四個女人的刑罰、賜生或賜死的天主寶石？對於他這個弱智，這是多麼令人震驚的巧合啊！

「但馬格諾克在《彌撒經》裡發現的那則預言是整件事情的關鍵，他撕下那頁紙，愛好畫畫的戴日蒙先生將它臨摹數次，不經意間把畫中女子描繪得像他的女兒薇洛妮克。某天晚上，馬格諾克老爹在燈下對比原畫和臨摹的畫時，被沃斯基撞見。他立即用鉛筆在黑暗中把這首珍貴無比的十五行詩抄在冊子上。現在，他瞭解了一切。炫目的光輝照得他頭昏眼花，那些零碎的片段串起，形成了堅不可摧的事實。毫無疑問，這則預言跟他有關！他有實現這則預言的使命！

「我重複一遍：萬事俱備了！從這一刻開始，一座燈塔照亮了沃斯基前進之路。他擁有了亞麗亞德妮公主的絲線③，這則預言是毋庸置疑的，是不可動搖的原則，是聖經。然而這些打油詩寫得多麼愚蠢，簡直無可救藥，毫無韻律！沒一句有靈感的話，沒一處亮點！沒有這個特爾斐④女預言者瘋狂的痕跡，什麼都沒有。音節、韻腳，什麼都沒有，一無是處。但這足以讓沃斯基產生興趣，點燃他新教徒的激情！

「斯特凡、帕翠斯，聽聽這位托馬斯修士的預言！這個超級德國佬分別抄寫在十頁紙上，要將之融入血肉，刻進靈魂深處。這是其中一頁。斯特凡、帕翠斯，聽著！聽著，忠實的奧托，還有你，沃斯基。最後一次聽聽托馬斯修士的限韻詩吧！我開始讀了！

撒雷克島上，十四加三年，
會有海難、決鬥和大屠殺。
弓箭、毒藥、呻吟、恐懼，
死囚室、被釘上十字架的四個女人，
三十個犧牲者送入三十口棺材。

亞伯在母親面前殺死該隱。
他們的父親來自阿拉曼尼⑤，
執行天命的殘酷王子，
用無盡的痛苦和漫長的折磨，
在六月某夜將妻子殺害。

寶庫藏匿之處的地面上，
迸放出火光和巨響。
男人最終會找到，
那塊昔日從北遷蠻族盜走的石頭，
賜生或賜死的天主寶石。」

堂路易用誇張的語調朗讀，故意突顯其拙劣的文字和蹩腳的韻律。最後，他以沉悶的聲音結束朗讀，迎來一陣令人憂心的寂靜，整段冒險都帶著恐怖的氣氛。

他接著說：

「您非常瞭解事情的來龍去脈，對嗎，斯特凡？您是其中一名受害者，並且認識其他犧牲者。您也是吧，帕翠斯？十五世紀的時候，一個窮困潦倒的瘋狂修士腦子裡總是產生邪惡幻想，他用一首預言詩描述自己的噩夢。這首詩寫得荒誕之極，毫無眞憑實據，每個部分都是出於韻腳和停頓的需要而決定，事實上，在詩人心目中，這首詩並不比平日的胡說八道更有價值。詩中沒提到半點天主寶石的歷史、典故和傳說。這位老實人寫詩的時候並無惡意，純粹是爲了幫那副精心繪製的恐怖圖畫塡白。他對自己的詩很滿意，便用某種尖頭工具把詩的一部分刻在仙女石桌墳上。

「然而四個世紀之後，這頁寫有預言的紙落到一個作惡成癖又自負的瘋狂德國佬手裡。他是怎麼看待的呢？是好玩、無害的胡思亂想？毫無意義的俏皮話？完全不是。他視之爲價值甚高的文件，就像他同胞裡那些菁英研究的文件，其不同之處在於它是原件。它是《新約》、《舊約》，是《聖經》，上面解釋、評論了撒雷克島的法則，甚至是天主寶石的福音書。這本福音書任命他，沃斯基，這個德國鬼子爲彌賽亞來執行神的旨意。

「對於沃斯基來說，這毫無差錯。當然，這件事能帶給他財富和權力，他很高興。但這不過是次要的。最主要的是，他總有種自命不凡的衝動，以爲是在執行任務，包括改革、搶劫、殺人放火。托馬斯修士已清楚地提出該做的事情，並且明確任命沃斯基爲『命運之子』。他不就是國王之子，也就是『阿拉曼尼王子』？他不正是來自天主寶石被偷走的『北方蠻族』？他不是有個預言中會死在十字架上的妻子嗎？他不是有兩個兒子，一個像亞伯那樣溫柔親切，另一個如該隱那般冷酷兇殘、難以馴服？

「這些證據對他來說足夠了。從此，他懷揣動員令和通行證，神明已向他清楚地指明前進的道路，他上路了。他前進的道路上有不少活人，好極了，這也是計畫的一部分。唯有把這些活人全部消滅，以托馬斯修士指定的方式消滅，他的任務才算完成。沃斯基，神明的幫手，才能戴上皇冠。那就捲起袖子，揮起屠刀，動手吧！沃斯基將讓托馬斯修士的噩夢付諸實現！」

譯註：

①弗里斯（Frisons），古代位於今荷蘭及德國靠近北海的地區。

②諾斯特拉達姆斯（Nostradamus，一五〇三——一五六六），法國猶太裔藥劑師、預言家。

③亞麗亞德妮之線（fil d'Ariane）：亞麗亞德妮是希臘神話中克里特國王米諾斯的長女。國王養了一頭怪物米諾陶，每年要吃七對童男童女。雅典王子鐵修斯（Thésée）決心到島上的迷宮裡除掉怪物。進迷宮前，他偶遇亞麗亞德妮公主，公主愛上了他，交給他一個線團以免迷路。鐵修斯殺死怪物後順著線團安然走出迷宮。

④特爾斐（Delphi），古希臘所有城邦共同的聖地。

⑤阿拉曼尼，即現在的德國。

chapter 17 執行天命的殘酷王子

堂路易又對沃斯基說：「我們是一致的對吧，夥計？我說的完全符合事實，不是嗎？」

沃斯基早已閉上眼睛，低著頭，額頭上青筋爆出。爲了阻止斯特凡的干預，堂路易喊道：「你會說出來的，我的老夥計！現在感到疼痛難耐了？頭痛嗎？想想，只要吹一句小曲『媽媽，那些小船……』，我就停止我的演講。你不願意？還沒考慮好？活該！……斯特凡，您絲毫不要爲弗朗索瓦擔心，一切有我。我求您不要同情這個魔鬼。啊！不，絕不要！別忘記他冷血自如地策劃安排了一切！別忘記，否則我要生氣了，同情是無用的。」

堂路易展開沃斯基小冊子上抄著預言的那頁紙，邊看著說：

「事情的大致情況全解釋過了，剩下的無關緊要。但還是要把由沃斯基自導自演的這齣戲詳細講述一下，最後是熱情的德落伊老祭司所扮演的角色……現在是六月，規定處死三十名犧牲者的時間。很顯然，這是托馬斯修士規定的，因爲『六月（juin）』和『該隱（Caïn）』、『命運（destin）』押韻，『十四加三年（trois）』是爲了和『恐懼（effroi）』、『十字架（croix）』押韻，托馬斯修士強調『三十』這數字，恰因和撒雷克島暗礁和石桌墳的數量一致。可沃斯基卻拿來當成令箭，六月十七日，要有三十名犧牲者。只要撒雷克島上的二十九位居民——我們等一下會看到沃斯基手裡有第三十名犧牲者——乖乖待在島上等死。但沃斯基突然得知奧諾琳和馬格諾克要出去，奧諾琳會準時回來，而馬格諾克呢？沃斯基當機立斷：他命令艾芙麗德和孔拉跟蹤並殺死他，然後待命。他毫不猶豫，因爲從別人的話中他推測馬格諾克帶走了魔石，那顆神奇的石頭不能碰，只能放在鉛盒裡（這是馬格諾克親口說的）。

「於是艾芙麗德和孔拉出發了。某天早晨，在一間旅館裡，艾芙麗德往馬格諾克的咖啡裡下了毒。（預言詩裡不是提到毒藥嗎？）馬格諾克上路之後沒過多久便疼痛難忍，幾乎立刻死在路邊。艾芙麗德和孔拉衝上去，翻遍他身上口袋，卻什麼也沒發現，沃斯基的期望落空了。可是屍體還放在那兒，怎麼辦呢？他們決定臨時把他扔進幾個月前沃斯基和同夥們落腳的廢棄小屋裡。就是在那兒，薇洛妮克發現了那具屍體，一個小時後屍體莫名消失了，因爲在旁邊監視的艾芙麗德和孔拉把他抬走，暫時藏到附近荒廢小城堡的地窖裡。

「這是其一。順便提一下，關於殺害三十個犧牲者的順序——從馬格諾克開始——是毫無根據的，預言詩中可沒提到。無論如何，沃斯基的行動有些湊巧。他在撒雷克島上綁走弗朗索瓦和斯特凡・馬盧，接著爲了在島上行動自如、不引人注目，也爲了容易潛入隱修院，他穿上斯特凡的衣服，雷諾德則穿上弗朗索瓦的衣服。宅中只有一個老頭和一個女人，戴日蒙先生與廚娘瑪麗・樂高夫。殺死兩人之後，他們在所有房間裡搜尋了一番，尤其是馬格諾克的房間。沃斯基想，誰知道——那時他還不知道艾芙麗德行動的結果——誰知道馬格諾克會不會把那顆魔石藏在隱修院呢？

「第一個犧牲者是瑪麗・樂高夫，沃斯基勒住她的脖子，給了她一刀。噴出來的血濺到這個混蛋的臉上，他心生畏懼，懦弱地逃跑了，留下雷諾德對付戴日蒙先生。

「孩子和老人之間的搏鬥持續了很久，穿越過整個房間。薇洛妮克偶然間目睹這悲劇的一幕，戴日蒙先生遇害了。這時，奧諾琳趕到，她倒下去，成爲第四個犧牲者。

「情況急速發展，這恐怖的一幕登場後，撒雷克島居民晚間發現馬格諾克老爹的預言實現，威脅他們小島如此之久的災難就要來臨，他們驚慌失措，決定逃走。這正是沃斯基父子所期望的。他們開著偷來的汽艇衝向那些逃難者，展開慘絕人寰的屠殺，這就是托馬斯修士預言的大屠殺：『會有海難、決鬥和大屠殺。』

「奧諾琳本就受了極大刺激，看到這一幕便瘋了。她隨後跳崖身亡。

「災難暫時停止，薇洛妮克安心地度過幾日，靜靜待在隱修院並探查島上。實際上，那對父子結束屠殺之後，留下奧托在地洞裡喝酒度日，他們則開船去接艾芙麗德和孔拉，把馬格諾克的屍體帶回來，扔進撒雷克島附近海中。因爲馬格諾克有指定的安息之處，他必須葬在三十口棺材裡。

「這時，也就是他們返回撒雷克島之時，沃斯基已製造出二十四名犧牲者。斯特凡和弗朗索瓦早淪爲他們的囚犯，由奧托看守著。

「剩下四個將受極刑的女人。阿爾希娜三姊妹之前就被關在放雜物的洗衣房裡，輪到她們了。薇洛妮克試圖拯救她們，但晚了一步。她們暗中遭監視，被雷諾德這個射箭好手射中（弓箭，又是預言的命令），落入敵人手中。當天晚上，她們被綁在三棵橡樹上，沃斯基早一步搜刮了她們身上藏的五萬法郎。這樣就有了二十九個犧牲者。誰是第三十名犧牲者呢？誰是第四個女人呢？」

堂路易停頓片刻，接著說：

「關於這個問題，預言中前後兩次呼應，寫得很清楚完整：『亞伯在母親面前殺死該隱。』後頭則是：『在六月某夜將妻子殺害。』

「沃斯基初讀這首詩的時候，就對這兩句有獨到詮釋。事實上，直至此時，他跑遍全法國也沒找到薇洛妮克的下落。於是他曲解了神的旨意，第四個受折磨的女人將是他的妻子，但應是他的第一個妻子，艾芙麗德。因爲詩中寫得模稜兩可，所以這並不違背預言，可以是該隱的母親，也可以是亞伯的母親。請注意，之前寫給沃斯基本身的那則預言亦未指明該死的是誰：『沃斯基之妻將死在十字架上。』哪個妻子才是？答案是艾芙麗德。

「可愛忠誠的同謀非死不可，沃斯基是何等痛心啊！可是，難道不該遵從摩洛神①的命令嗎？

如果沃斯基爲達成任務毅然決定犧牲兒子雷諾德，不犧牲妻子艾芙麗德便不可饒恕。如此一來，一切都沒問題了。

「但戲劇性轉折來得突然，就在追捕阿爾希娜姊妹時，他發現並認出了薇洛妮克！

「像沃斯基這種人怎能不認爲這是神祕力量的眷顧呢？這個他難以忘懷的女子居然在這場大冒險正需要出場的時刻自行送上門來。她就像隻絕美的獵物，供他宰殺或征服。美妙極了！就如天空中綻放意想不到的光彩！他愈發認定自己是彌賽亞，『執行天命』之人。他把自己歸爲大祭司、天主寶石的看守者一列，自詡爲德落伊祭司，所以在薇洛妮克燒橋的那天晚上——月圓後的第六夜——他拿著金鐮刀砍伐槲寄生！

「接著，圍困隱修院的行動展開了。我不再贅述，薇洛妮克應該全跟你們講過了。斯特凡，我們都知道她所遭受的痛苦，可愛的好好先生所扮演的角色，地道和地牢的發現，弗朗索瓦和您所進行的抗爭。您被沃斯基關在詩中所稱的『死囚室』裡。您和薇洛妮克遭到襲擊，小魔鬼雷諾德把您扔進海裡。弗朗索瓦和他母親逃掉了，但不幸的是，沃斯基一夥人追到隱修院，弗朗索瓦被逮住，他的母親隨後也被抓住……接著就是最慘烈的悲劇，我不再多講，比如沃斯基和薇洛妮克的會面，亞伯和該隱兩兄弟在薇洛妮克面前的決鬥。這不正是預言中要求的『亞伯在母親面前殺死該隱』？

「預言中還提到讓她遭受非人的折磨，『殘酷王子』給兩個對手蒙住臉，亞伯差點戰敗時，他親自刺傷該隱，確保該隱被殺。

「這個魔鬼是個瘋子。他瘋了，他醉了，結局就要來臨了。他喝了許多酒，因爲當晚是薇洛妮克・戴日蒙的刑期：『用無盡的痛苦和漫長的折磨，在六月某夜將妻子殺害。』

「薇洛妮克承受了無盡的痛苦，也遭受了漫長的折磨。時機到了！用完餐後，他帶上參加葬禮的隨行人員，做好準備工作，扶起梯子，繞好繩子，接著……接著德落伊老祭司出場囉！」

堂路易沒等說完這句話就大笑起來。

「啊！事情自此變得有趣了。從那一刻起，悲劇變成喜劇，恐怖裡夾著詼諧。啊！這個德落伊老祭司眞是個可惡的怪人！斯特凡、帕翠斯，對於您們兩位，一旦知曉內幕，故事就無趣了。但對於沃斯基，這是多麼令人振奮的新人物！……喂，奧托，把梯子支在樹幹上，讓你老闆的腳能踏到最上面那一級。好！嗯，舒服點了嗎，沃斯基？注意，我可不是出於荒唐的憐憫才關心你的。不，我只擔心你蒙魔鬼寵召。我希望你活得好好的，聽聽德落伊老祭司的懺悔。」

又是一陣笑聲，肯定是德落伊老祭司一角引堂路易發笑。

「德落伊老祭司的到來爲冒險增添了秩序和理智，凌亂鬆散的情節變得緊湊起來。罪行支離破碎，懲罰卻頗有邏輯。不再遵守托馬斯修士的限韻詩，而是根據情理，由一個知道自己想做什麼且無暇虛費的人以嚴厲的方式執行，德落伊老祭司眞值得我們鼓掌。

「德落伊老祭司，還可以叫做什麼呢，你們猜到了對吧？該叫堂路易・佩雷納或亞森・羅蘋。他昨天近午時透過『水晶瓶塞號』潛艇望遠鏡裡望見撒雷克島時，還幾乎對整個故事一無所知呢！」

「一無所知？」斯特凡不禁喊道。

「幾乎是一無所知。」堂路易肯定地說。

「怎麼！關於沃斯基的過去和他在島上的所作所爲、擬定計畫，以及艾芙麗德扮演的角色、馬格諾克中毒的這些細節，全不曉得？」

「全不曉得。」堂路易說：「我是昨天到這裡以後才聽說的。」

「是誰告訴您的？我們沒離開過您啊！」

「相信我，我對您說，當德落伊老祭司昨天踏上撒雷克島時，還一無所知。但德落伊老祭司也受到神明的眷顧，至少不亞於你，沃斯基。果然，他立刻在一處偏僻海灘上發現了斯特凡。斯特凡幸運地掉入一片深潭中，逃脫了你們賢父子爲他預備的命運，我們救出他，互相交談了一會。只花上半個小時，老祭司便全盤瞭解了來龍去脈，接著馬上開始搜尋。他到達地牢，在沃斯基閣下的房間裡找到了能派上用場的白袍，接著在一張紙上發現了你抄寫的預言詩。眞是好極了！老祭司摸清敵人的計畫了。

「他先沿著弗朗索瓦和他母親逃跑的隧道走，但由於坍塌出不去，他便原路返回，從黑色荒原那側出來，對島進行搜尋。他碰到奧托和孔拉，得知敵人燒斷橋的壞消息。此時是傍晚六點，怎麼去隱修院呢？『從暗道上去。』斯特凡說。老祭司便重返『水晶瓶塞號』，開船沿著斯特凡（他清楚所有路線）指的方向繞過小島。另外，親愛的沃斯基閣下，『水晶瓶塞號』是一艘聽話的潛艇，在任何地方都好航行，是老祭司找人按照自己的設計建造的。最後，他們在弗朗索瓦掛小船的地方上了岸，在那兒碰見正趴在船下睡覺的好好先生。老祭司自我介紹之後，立刻受到熱情招待，他們出發了，但登到一半，好好先生忽地向岔路跑去。那處岩壁似乎曾用碎石均勻地修補過。這時候，老祭司意識到這些碎石中間有個窟窿，是馬格諾克爲了進入地下祭廳和死囚室而挖掘的。於是，老祭司便如此直接深入了整個陰謀的中心要塞，成爲地上、地下的主宰，這時僅是晚上八點半。

「暫且不必擔心弗朗索瓦，因爲預言中寫的是『亞伯會殺死該隱』。不過應該在『六月某夜』死去的薇洛妮克・戴日蒙是否受到非人的折磨？我們會否趕不及救她？

「斯特凡，您還記得您和老祭司有過的擔憂嗎？還記得發現刻有V.d'H.簽名那棵樹時的喜悅嗎？那時樹上還沒出現半個犧牲者。果然，有聲音從隱修院那邊傳來，是送葬隊伍。天越來越黑，他們沿著草坪緩慢地爬上山坡，燈籠搖搖晃晃。他們停下休息，沃斯基開始高談闊論。結局接近了，我們迅速出擊，救出了薇洛妮克。

「不過這時出現了一個意外，你會覺得有趣的，沃斯基閣下。是的，我和我的朋友發現了件怪事……我們發現一個女人在石桌墳旁走來走去，看見我們就馬上躲起來。我們將她制伏，藉著電燈光線，斯特凡認出了她。你知道那是誰嗎，沃斯基閣下？我一定會告訴你的。艾芙麗德！是的，就是艾芙麗德，你的同夥，你本想讓她上十字架！這多奇怪，對嗎？她神情激動，接近瘋狂，她告訴我們她同意兩個孩子決鬥，條件是讓她兒子獲勝並殺死薇洛妮克的兒子。但你從早晨就把她關起來，晚上她終於逃出，卻發現愛子雷諾德的屍體。現在，她是來觀看可恨的情敵受刑，接著要向你復仇，我可憐的老夥計。

「好極了！老祭司贊成。當你向石桌墳走近，斯特凡監視你的時候，他繼續質問艾芙麗德。可是，聽到沃斯基的聲音，這個賤婦突然開始反抗，意想不到的反抗！主人的聲音讓她無比激動。她想見你，想警告你有危險，想救你。突然，她手持匕首衝向老祭司。老祭司爲了自衛，不得不把她打暈。面對這個垂死之人，他立刻想出利用她的主意，一眨眼的工夫，就把這個卑鄙的女人綑好了。她將由你來懲罰，沃斯基閣下，承受你之前爲她安排的命運。老祭司把祭司袍遞給斯特凡，囑咐他幾句，在你到達之後射出一箭。趁你去追白袍的時候，便來個大掉包，把薇洛妮克換成了艾芙麗德。第一個妻子頂替第二個，怎麼換的？與你無關。總之戲法變完了，你知道他多麼高竿！」

堂路易喘了口氣。他的語氣中帶著熟悉的自信，活像在給沃斯基講述一則有趣的故事，一篇絕頂的笑話，沃斯基應該頭一個大笑。

「還沒完呢！」他繼續說：「帕翠斯・貝爾維和幾個摩洛哥人——爲了控制你，船上一共有十八個人——在地下祭廳裡做工。預言詩裡不是寫得很明白嗎？『寶庫藏匿之處的地面上，迸放出火光和巨響！』

「當然，托馬斯修士本人也不知寶庫藏在哪裡，世界上無人知曉。但聰明的老祭司猜到了，他想讓沃斯基看到信號後自投羅網。這樣做，需要在仙女石桌墳附近找一個出口，貝爾維上尉找到了。馬格諾克早就在這方面下過工夫。我們清理出一段舊階梯，清掃了枯樹裡面，再從潛艇取來炸藥和信號煙火。沃斯基閣下，你站在樹上像個傳令官那樣喊道：『她死了！第四個女人死在十字架上了！』這時，砰！砰！砰！雷鳴般的響聲，火光加上巨響，簡直是地動山搖……這下好了，你越發覺得自己是天之驕子、命運的寵兒，你的欲望之火熊熊燃燒，一心想跳入火中，吞掉天主寶石。第二天，你從燒酒和蘭姆酒中清醒過來之後，帶著無辜表情重新開工。你根據托馬斯修士的預言殺死了三十個犧牲者。你戰勝了一切困難，實現了預言。最後就是『男人最終會找到，那塊昔日從北遷蠻族盜走的石頭，賜生或賜死的天主寶石。』

「老祭司只須執行計畫，交給你通往天堂的鑰匙。但是，怎能不先來點小插曲，來幾下擊腳跳，要點小把戲呢？純粹是為了好玩。然後就要到睡美人看守的天主寶石那裡去啦！」

堂路易激動地表演了幾下擊腳跳，他彷彿對此特別偏愛。接著他對沃斯基說：「我的老夥計，我隱約地覺得你已經受夠了我的演講，不想再聽下去，想立刻說出弗朗索瓦的藏身之處。很遺憾！但是你應該對睡美人和薇洛妮克．戴日蒙奇怪的出現心中有數。再多兩分鐘就夠了，請原諒。」

堂路易放棄老祭司的角色，回歸自己名義繼續說：「是的，為什麼從你的魔爪中救出薇洛妮克．戴日蒙之後，我將她帶到這裡來？我的回答很簡單：你想讓我把她帶到哪兒去？放到潛艇裡？你的建議未免太荒唐。昨晚海上波濤洶湧，薇洛妮克女士需要好好休息。抬到隱修院？絕不可能。那裡離好戲上演的地方太遠，我可不放心。事實上，只有一個絕佳地點既能遮風擋雨，又能躲避你的攻擊，那就是地下祭廳，於是我將她帶到那兒。所以當你在那裡瞧見她時，她在麻醉藥的作用下平靜地睡著。我還得承認是下了很大決心，才決定讓你看這一齣戲的。我的決心得到了回報！不，回憶一下你那副嘴臉！可怕極了！薇洛妮克復活了！死人居然活著！看到這可怕的一幕，你撒腿就跑。我說得扼要些好了。你發現出口被堵住，便改變主意。孔拉返回來暗地裡攻擊我，那時我正忙著把薇洛妮克抬到潛艇上去，我手下的一名摩洛哥人回敬了孔拉致命一擊。又是一齣串場喜劇，孔拉穿著老祭司的白袍躺在一間墓室裡，你頭先能想到的當然是衝上去揍他一頓。接著，你很快發現了二度頂替薇洛妮克躺在祭台上的艾芙麗德……你又衝了上去，把這個被你釘死在十字架上的女人剁成了肉醬。你總是做蠢事！那麼，結局也照樣脫不了喜劇色彩。此刻你被掛在樹上遭受折磨，我卻當著你的面發表演說，奉上致命一擊。結論是，如果說你獲得天主寶石的代價是三十條命，我則是以我的美德贏得了它。這就是整個冒險過程，親愛的沃斯基閣下。除了一些無關緊要的瑣事，和一些更重要但你沒必要知道的事情，你我瞭解的一樣多。你舒舒服服地待在那兒，有的是時間考慮。我就信心十足地等著你回答弗朗索瓦在哪裡。快，吹那首曲子吧！『媽媽，水上的小船長腿了嗎……』好了，你要說了嗎？」

堂路易爬上幾級梯子，斯特凡和帕翠斯焦急地走到跟前，豎起耳朵。很顯然，沃斯基要開口說話了。

沃斯基睜開眼睛，又恨又怕地看著堂路易。他應該是覺得這個非同尋常的男人屬於自己無法戰勝的那一類，向他求饒也絕對沒用。堂路易贏定了，在強者面前，不是屈服就是自取其辱。另外，他已經堅持不住了，皮肉之痛無法忍受下去。

他說了幾句話，但聲音太小聽不見。

「大聲點，」堂路易說：「我聽不見。弗朗索瓦・戴日蒙在哪裡？」

他再爬上幾級梯子。

沃斯基結結巴巴地說：「你會放了我嗎？」

「以我的名義保證。我們都會離開這裡，除了奧托，他會把你放下來。」

「馬上？」

「馬上。」

「那麼……」

「那麼？」

「好吧，弗朗索瓦還活著。」

「廢話，我從不懷疑這一點。他人到底在哪裡？」

「被綁在小船裡。」

「掛在懸崖下的那艘小船裡？」

「是的。」

堂路易拍了拍額頭。「笨死了！啊，別在意，我在說我自己。是的，我早該猜到！好好先生難道沒在這艘船下安穩的睡覺，像一隻乖狗兒睡在主人身邊一樣？當我們派牠尋找弗朗索瓦時，牠不是把斯特凡領到小船邊了嗎？眞是的！有時候最機伶的人也會笨得像蠢驢！那麼，沃斯基，你知道那裡有條下坡路，還有小船？」

「昨天知道的。」

「機伶鬼，你是想划船離開嗎？」

「沒錯。」

「好，沃斯基，你就乘船和奧托一塊兒離開，我把他留給你。斯特凡！」

斯特凡早一步跟著好好先生朝懸崖那邊跑去了。

「去給弗朗索瓦鬆綁，斯特凡。」堂路易喊道。

他又對那些摩洛哥人說：「其他人去幫他。準備好潛艇，十分鐘後我們就出發。」

他轉向沃斯基說：「永別了，親愛的朋友。啊！還有些話要說。在所有井然有序的冒險故事中，都脫不去關於愛情的情節，我們的故事好像唯獨缺少這一點，因爲我不敢把你對這個與你同姓的聖潔女性的感情，稱作愛情。不過我應該向你提及一份純潔高貴的愛。你看見斯特凡去救弗朗索瓦的急切了嗎？很明顯地，他非常愛他的學生，但他更愛學生的母親。既然能讓薇洛妮克高興的事也能讓你高興，那麼我更願意向你承認，她對他並非無動於衷。這份令人欽佩的愛打動了這名女子的芳心，她重遇斯特凡的時候是由衷的開心。他們最後會結婚……當然，要在她成爲寡婦之後。你明白我的意思，對吧？他們幸福的唯一阻礙就是你。那麼，因爲你是個完美紳士，應該樂意……我不再多說了。我希望你識相一點，盡快下冥府。永別啦，我的老夥計，我就不跟你握手了，心意到就好！奧托，兩分鐘以後，除非你不願意放了你的老闆，否則兩位會在懸崖下面找到那艘小船。祝你們好運啦，朋友們！」

一切都結束了。堂路易和沃斯基交手的過程從未走偏，打從一開始，其中一個就完全控制了對方，後者儘管無禮放肆，慣於犯罪，卻像脫臼木偶般滑稽可笑。他原本已經完成全部計畫，達到甚至超越了目標，是勝利者，是故事的主人；然而卻突然被抓起來綁在行刑樹上，氣喘吁吁地待在那兒，活像隻被釘在木塞上的蟲子。

堂路易不再考慮沃斯基，拉著帕翠斯．貝爾維就要走。帕翠斯忍不住說：「無論如何，這樣太便宜這些混蛋了。」

「唔！他們過不了多久就會在別處被逮住的。」堂路易嘲諷道：「您覺得他們能做什麼？」

「可是，他們會先拿走天主寶石啊！」

「不可能！抬走它需要二十個人，還要有鷹架和工具。現在，我自己都放棄了，等戰爭結束以後再回來。」

「但是，堂路易，這塊魔石究竟是什麼？」

「您好奇心眞強。走吧！」堂路易沒回答別的。

他們出發了。堂路易邊搓手邊說：「我做得眞不錯。我們登上撒雷克島不過二十四小時，而這個傳說已經持續了二十四個世紀，等於一個小時一世紀。恭喜你，羅蘋！」

「我也祝賀您，堂路易。」帕翠斯說：「對您這樣的頂尖行家來說，我怎麼稱讚也不為過。」

當他們到達小海灘時，船已經被放了下來，裡面是空的。遠處，「水晶瓶塞號」漂浮在右邊平靜的海面上。

弗朗索瓦跑去迎接他們，在堂路易幾步遠的地方突然停了下來，瞪大眼睛看著他。

「那麼，」他輕聲說：「就是您嗎？我等的人就是您嗎？」

「是的。」堂路易笑著說：「我不知道你是不是在等我，但我確定堂路易是我。」

「您是……您是……堂路易・佩雷納，也就是……」

「噓，別說出另一個名字，佩雷納就夠了。不要談論我了，好嗎？我只是碰巧路過，來得正好而已。但是你眞了不起，我的寶貝。你成功逃離了嚴峻的險境啊，你昨晚是在這艘船裡度過的嗎？」

「是的，船上罩著一層遮雨布，我的嘴被緊緊地塞住了。」

「擔心嗎？」

「一點都不。在那一刻鐘之後，好好先生就突然來了。可是……」

「可是這個男人、這個混蛋，拿什麼威脅你呢？」

「他沒有威脅我。決鬥之後，其他人都去照顧我的對手了。他把我帶到這兒，說是要帶我去見媽媽，讓我們兩人一起上船。接著，到了小船附近，他一句話不說就把我抓起來。」

「你認識這個人嗎？你知道他的名字嗎？」

「我對他一無所知，只知道他折磨我們，我和媽媽。」

「原因我會告訴你的，我的小弗朗索瓦。無論如何，你不需要再怕他了。」

「哦！您沒殺他吧？」

「沒有，只是讓他變得沒有攻擊性。我會向你解釋一切，但我覺得目前沒什麼比和你母親相聚更重要。」

「斯特凡對我說您也救了媽媽，她現在在潛艇裡休息。她在等我，對嗎？」

「是的。昨晚我和她談過話，我答應她會找到你，她相信我。不管怎麼說，斯特凡，您最好先進去通知她一下……」

*　　　*　　　*

右邊一排岩石形成的天然海堤腳下，「水晶瓶塞號」在平靜海面上漂浮著。十幾個摩洛哥人忙進忙出，其中兩個扶著舷梯，片刻之後，堂路易和弗朗索瓦從舷梯登上潛艇。

潛艇中一間船艙被布置成客廳，薇洛妮克躺在一把長椅上。她所遭受說不清的痛苦，在她蒼白的臉上留下痕跡。她看上去十分虛弱，疲憊不堪，但噙滿淚水的雙眼閃耀著喜悅的光芒。

弗朗索瓦撲到她懷裡。她一言不發，嗚咽起來。

好好先生坐在他們對面，前腿拍打著地面，頭歪向一邊，看著他們。

「媽媽，」弗朗索瓦說：「堂路易來了！」

她握住堂路易的手，久久地擁抱他。

弗朗索瓦小聲說：「您救了媽媽……您救了我們……」

堂路易打斷了他的話。「你想讓我高興嗎，弗朗索瓦？那好，別感謝我。如果你需要感謝什麼人，瞧，感謝你的朋友『好好先生』吧！牠在這場戲中的角色看似不怎重要，然而，在對抗那個折磨你的壞人時，牠才是善良的守護神，如此謹愼聰明又謙遜安靜。」

「您也是。」

「哦！我既不謙遜也不安靜，這正是我欣賞好好先生的原因。走吧，好好先生！跟我走，別再扮鬼臉了。你恐怕要待在那兒一個晚上，因爲那對母子要抱在一起哭很久。」

譯註：

①摩洛，上古神明的名號，此神常用兒童火祭。

chapter 18

天主寶石

「水晶瓶塞號」在海面上行駛著，斯特凡、帕翠斯、好好先生圍著堂路易談話。

「這個沃斯基眞是個惡棍！」堂路易說：「我見過不少魔鬼，可沒有一個能與他相比。」

「那麼，這種情況下……」帕翠斯・貝爾維說。

「這種情況下？」堂路易重複道。

「我還是堅持跟您說過的話，您抓住了一個魔鬼，卻把他放了。先不說這有違道德，想想他可能會做的壞事！對他將犯的罪行，您難道沒有沉重的責任嗎？」

「您也這麼想嗎，斯特凡？」堂路易問道。

「我也不清楚。」斯特凡回答：「爲了救弗朗索瓦，我準備做任何妥協，只是無論如何……」

「無論如何，您希望有其他解決辦法？」

「我承認。只要這個人活著，行動自由，戴日蒙夫人和她兒子就要擔憂受怕。」

「可是有什麼解決辦法呢？爲了立刻拯救弗朗索瓦，我答應放他自由。難道我該答應饒他一命，再把他送到法庭嗎？」

「也許。」貝爾維上尉說。

「好吧，若是如此，法庭就會進行預審，他們最終會發現沃斯基的眞實身分，這樣，薇洛妮克・戴日蒙的丈夫、弗朗索瓦的父親就會復活。這是您想要的嗎？」

「不，不！」斯特凡激動地嘶喊。

「不。」帕翠斯・貝爾維窘迫地坦承：「事實上，這個辦法沒好多少，只是我納悶，堂路易，您沒想出一個讓我們都滿意的辦法。」

「只有一個辦法。」堂路易・佩雷納乾脆地說。

「什麼辦法？」

「讓他死。」

一陣寂靜。

堂路易繼續說：「我的朋友們，我把您們聚集在這裡組成一個法庭，可不只是爲了好玩。您們的爭論還沒個了結，法官的角色也沒有演完。庭審才剛剛開始，所以我請您們誠實以告：您們覺得沃斯基該死嗎？」

「是的。」帕翠斯肯定地說。

斯特凡也表示贊同：「是的，毫無疑問。」

「我的朋友們，」堂路易繼續說：「您們的回答不夠正式。我請您們按照規矩和情理，就如您們在罪犯對面，我重複一遍：沃斯基應該受到什麼樣的懲罰？」

他們舉起手，一個接著一個地說：「死刑。」

堂路易吹了聲口哨，一個摩洛哥人跑了過來。

「拿來兩個雙筒望遠鏡，哈吉。」

哈吉把望遠鏡拿來之後，堂路易遞給斯特凡和帕翠斯。

「我們離開撒雷克才一海里。往岬角那邊看，小船應該上路了。」

「是的。」過了一會兒，帕翠斯說。

「您看見了嗎，斯特凡？」

「看見了，只是……」

「只是？」

「船上只有一個人。」

「確實只有一個人。」帕翠斯附和道。

他們放下望遠鏡，其中一人說：「只有一個逃跑，很顯然是沃斯基。他可能殺死了奧托。」

堂路易冷笑道：「除非他的同夥奧托把他殺了吧。」

「您爲什麼這麼說？」

「很自然，想想沃斯基年輕時候的那則預言：『你的妻子會死在十字架上，你會被一個朋友殺死。』」

「一則預言不足以證明什麼。」

「我還有其他證據。」

「什麼證據？」

「我親愛的朋友們，這是我們要一起弄明白的問題之一。比如，您們覺得我是怎麼把薇洛妮克・戴日蒙換成艾芙麗德・沃斯基的？」

斯特凡搖了搖頭。「我承認我不明白。」

「其實很簡單！當一位先生在客廳裡向您表演金蟬脫殼，或者猜出您的心思，您就會想這是騙人的戲法，是有同夥在幫他，對嗎？我也差不多。」

「嗄！您有同夥？」

「當然嘍！」

「是誰？」

「奧托。」

「奧托！可是，您沒離開過我們！沒和他說過話呀！」

「我怎麼說得那麼輕描淡寫呢？事實上，在這次冒險中，我一共有兩個同夥，艾芙麗德和奧托。他們兩人都背叛了沃斯基，一個出於復仇，一個出於畏懼或貪欲。當您，斯特凡，把沃斯基引開仙女石桌墳時，我跟奧托聊了一下。我們很快達成協議，我給了他一筆錢，答應讓他毫髮無損地離開。另外，我告訴他沃斯基偷走了阿爾希娜姊妹的五萬法郎。」

「您怎麼知道的呢？」斯特凡問。

「是我的一號同夥艾芙麗德告訴我的，當您監視走過來的沃斯基時，我繼續低聲審問她。她還簡短地告訴了我沃斯基的過去。」

「不管怎麼說，您才見過奧托一次。」

「兩小時後還有一次。艾芙麗德受刑完畢，老橡樹那邊的煙火放完之後，我跟他在仙女石桌墳底下再次會面。沃斯基在酒精的作用下睡著了，奧托負責守夜。我抓住時機搜集關於此次事件的由來以及有關沃斯基的情報，兩年來，奧托在暗地裡不停打探惡劣老闆的底細。接著，他退下沃斯基和孔拉手槍裡的子彈，準確地說，他倒掉了子彈裡的火藥，只留下空殼。他隨後把沃斯基的手錶和小本子遞給我，還有一條空吊墜和一張奧托數月前從沃斯基那兒偷走的母親照片——第二天，所有這些東西都在那場墓室中表演的戲法裡派上了用場。奧托和我就是這麼串通的。」

「好吧！」帕翠斯說：「可是您沒要求他殺死沃斯基吧？」

「當然沒有。」

「那既然這樣……」

「您們覺得沃斯基最後猜不到奧托和我是串通的嗎？這明顯是他失敗的原因之一。您們以爲奧托先生猜不到這種可能性嗎？您們放心，這一點毫無疑問。沃斯基從樹上被放下來，會殺掉他的同夥，爲了報仇，也爲了拿回阿爾希娜姊妹的五萬法郎。奧托佔有先機，沃斯基被綁得力氣盡失、不能動彈，要做掉他再容易不過。他殺了老闆，呀，我扯遠了。奧托是個儒夫，他甚至沒出手，只把沃斯基留在樹上，這樣便完成了最終刑罰。現在您們滿意了嗎，我的朋友們？您們伸張正義的需求得到滿足了？」

帕翠斯和斯特凡不再說話，他們被堂路易描述的可怕景象嚇壞了。

「好了。」堂路易笑著說：「我看，剛才在橡樹底下開庭的時候，沒讓您們發表意見是對的，不然我的兩位法官在那種時刻會有些心軟啊。」

「我的第三位法官也是，對嗎，好好先生？你很敏感，是個愛哭鬼。我也和您們一樣，我的朋友們，我們不是那種給別人定罪還下手奪命的人。可是不管怎樣，想想沃斯基的所作所爲，想想他背後的三十名犧牲者和他的殘暴，我在最後一刻選擇讓盲目的命運作法官，由可惡的奧托任劊子手。祝賀我吧！願神明達成意願！」

撒雷克島逐漸遠去，消失在地平線外，消失在海天之間的薄霧中。

三個人都沉默不語，他們在想這座被一個瘋子蹂躪後充滿死亡氣息的島。很快就會有遊客發現這場悲劇留下的無解痕跡：地道出口、「死囚室」的地下洞穴、天主寶石大廳、墓室、孔拉的屍體、艾芙麗德的屍體、阿爾希娜姊妹的骷髏。最後，會在刻著關於三十口棺材和四個十字架之預言的仙女石桌墳附近發現沃斯基的屍體，孤零零、淒慘地被烏鴉和貓頭鷹撕扯得支離破碎……

Epilogue 尾聲

阿卡雄附近有個風景秀麗的幕落村，那裡的松樹綿延種到海灣邊。村中有一棟別墅，薇洛妮克坐在花園裡，經過一週愉快的休息，她美麗的臉龐恢復了氣色，所有不愉快的記憶全褪去。她微笑地看著兒子，弗朗索瓦站在遠處，和堂路易・佩雷納交談。她也看了看斯特凡，四目相對時盡顯溫柔。

可以感覺到出於對孩子共同的愛，兩人之間形成了一種紐帶，將他們緊緊聯繫在一起，而心照不宣的默契和模糊的情愫使這種紐帶更爲牢固。斯特凡一次也沒提起在黑色荒原底下囚室裡的告白，但薇洛妮克不曾忘記。她對這個教養自己兒子的人由衷地感謝，這種感謝還混合著某種特別的曖昧情感，她在渾然不知的情況下品味著其中魅力。

「水晶瓶塞號」把他們送到幕落村的當天晚上，堂路易即搭火車前往巴黎。這天午餐時刻，堂路易在帕翠斯·貝爾維的陪同下突然造訪。他們已在花園裡的搖椅上坐了一個小時，孩子不停地向他的救命恩人問東問西，小臉蛋激動得紅撲撲的。

「那麼，您是怎麼做的？您怎麼知道的？您怎麼得到線索的？」

「我的寶貝，」薇洛妮克說：「你不怕惹堂路易厭煩嗎？」

「不，夫人，」堂路易起身走近薇洛妮克，爲了不讓孩子聽到，小聲說：「不，那孩子一點兒也不惹我煩，我甚至樂於回答他的問題。但我承認他確實讓我有點尷尬，我怕說錯話。瞧，關於這場悲劇，他究竟知道些什麼呢？」

「我所知道的，他都知道。當然，除了沃斯基的名字。」

「可是沃斯基的角色呢，他知道嗎？」

「是的，但我隱瞞了一些。沃斯基是個逃犯，他搜集了撒雷克島的傳說，爲了奪取天主寶石，他把關於他的預言實現了——關於預言，我也對弗朗索瓦隱瞞了幾句。」

「艾芙麗德的角色呢？您怎麼解釋她對您的憎恨和威脅？」

「我對弗朗索瓦說，她說的是瘋話，我自己都不明白她說的話。」

堂路易笑了笑。

「這解釋有點籠統。」他說：「我覺得弗朗索瓦也很清楚，這場悲劇的某些畫面將會像噩夢般一直纏繞著他。重要的是，他不知道沃斯基是他的父親，對嗎？」

「他不知道，也永遠不會知道。」

「那麼——這正是我想說的——他將來姓什麼呢？」

「您想說什麼？」

「我想說，他覺得他的父親是誰呢？因爲您和我一樣清楚法律上的事實。十四年前，弗朗索瓦・沃斯基和他的外祖父死於一場海難，而沃斯基一年前被朋友殺死了。在法律上，他們兩個都不存在，那麼……」

薇洛妮克微笑著搖了搖頭，說：「那麼，我不曉得。在我看來，形勢錯綜複雜，但一切終會得到解決的。」

「爲什麼？」

「因爲您在這兒。」

這次換成他笑了。

「我所做的事、我用的辦法甚至都沒用了。一切都事先解決好了，有什麼必要自尋煩惱呢？我說得對嗎？」

「是的。」他嚴肅地說：「受了這麼多苦難的女人不應該再忍受半點煩惱。我向您保證，從今以後，再沒什麼可以傷害她。所以這是我對您的建議：您從前違背令尊的意願嫁給了一位遠房表親，他死後留下一個兒子，弗朗索瓦。令尊為了復仇，將這個兒子奪走，帶到撒雷克島。令尊去世後，戴日蒙這個姓已經消失，沒什麼會讓您想起關於您婚姻的那些事件了。」

「可是我的姓仍在。在法律上、在戶口本上，我叫薇洛妮克・戴日蒙。」

「您少女時代的姓已經換成您丈夫的姓了。」

「難道要我姓沃斯基嗎？」

「不，因為您沒有嫁給沃斯基先生，您嫁給了一位表親，他叫……」

「他叫什麼？」

「尚・馬盧。這是您與尚・馬盧結婚合法證明的副本，這段婚姻在您的身分登記中有記載，另外這份資料也可以證明。」

薇洛妮克驚奇地看著堂路易。「可是為什麼？……為什麼是這個姓？」

「為什麼？為了讓您的兒子不再姓戴日蒙，那會讓人想起從前的事；為了不讓他姓沃斯基，那會讓人想起一個叛徒。這是他的出生證明，他叫弗朗索瓦・馬盧。」

她滿臉通紅，窘迫地說：「可是您為什麼偏偏選中這個姓呢？」

「我覺得這樣對弗朗索瓦最合適不過。這是斯特凡的姓，弗朗索瓦還要在他身邊生活很久。我們可以說斯特凡是您丈夫的親戚，這樣你們親密的關係就方便解釋了，這就是我的計畫。請放心，這樣不會有任何危險。當面臨像您遇到的這種無法解決之困境時，就需要運用一些特殊管道和激進辦法，我承認有些不合法。既然有幸能夠支配一些別人欠缺的資源，我就擅自做了這些。您同意我的做法嗎？」

薇洛妮克點點頭。「是的，是的。」

他稍微欠起身。

「再說，」他補充道：「如果現在有什麼不便，以後也會漸漸消失的。比如，只要——這不會太冒犯吧？想想斯特凡對弗朗索瓦母親的感情——只要有一天，出於理智或感謝，弗朗索瓦的母親決定接受這份感情；那麼如果弗朗索瓦早已冠上馬盧這個姓，一切就變得更簡單了。過去會被更好的抹去，對於整個世界和弗朗索瓦都一樣。再沒有人會去刺探被抹除的祕密，一切都不會被想起。這些動機對我來說有些沉重，我很高興您同意我的觀點。」

堂路易不再堅持，他想和薇洛妮克道別，裝作沒看見她的羞怯。他轉向弗朗索瓦大聲喊：「我的寶貝，現在我整個屬於你了。既然你不想有一點迷惑，我們就再來說說天主寶石和對它垂涎三尺的強盜。哦！對了，說說那個強盜，」堂路易認爲毫無理由不好好談沃斯基，於是說：「他是我見過最可怕的強盜，因爲他覺得自己在執行使命……總之，是個神經病、瘋子！」

「好吧。首先，我不明白的是，」弗朗索瓦說：「您等了一整晚才抓他，可是他們在仙女石桌墳下面睡了一夜。」

「好極了，孩子，」堂路易笑著說：「你戳到了我的痛處。如果我這麼做，這場悲劇就會提前十二或十五個小時落幕。只是，那麼你會得救嗎？那個強盜會說出你在哪嗎？我覺得不會。爲了讓他開口，只能先把他『煮一煮』。必須讓他暈頭轉向、讓他擔心且著急得發狂，用千百樣證據逼使他從心底感覺敗局已無法扭轉，否則他不會說，我們可能找不到你……另外，那時我的計畫還不大明確，我不知該如何劃下句點，很久以後我才想到，不是讓他受暴力的折磨——我不能這麼做——而是把人綁在他留給你母親的那棵行刑樹上。這件事教我爲難、猶豫，最後出於玩心，我讓步了，決定把預言實現到底，想看看這位使者在老祭司面前如何表現，總之是爲了好玩。你覺得怎麼樣？探險太悲傷了，需要加點喜劇色彩，我笑得很開心。這是我的失誤，抱歉，抱歉。」

孩子也笑了。堂路易把他夾在腿間，擁抱他，說道：「你原諒我嗎？」

「是的，但條件是你得回答我其他問題。我還有兩個問題：第一個不太重要……」

「說吧！」

「跟那枚戒指有關。您開始戴在媽媽的指頭上，後來又換到艾芙麗德指頭上的戒指，是從哪裡來的呢？」

「哦，那是當晚我花了幾分鐘時間，用一枚舊戒指和幾顆彩色石頭做成的。」

「可是那強盜一看到就認出是他母親的。」

「他以爲自己認出來了，會這麼想是因爲那枚戒指做得如假包換。」

「可是您從哪裡打聽到戒指樣式呢？又怎會得知戒指的事呢？」

「是他自己告訴我的。」

「這怎麼可能呢？」

「我的上帝，是的！是他在仙女石桌墳下睡覺時說的夢話……一個醉鬼作了噩夢，斷斷續續地說起他母親的事情，艾芙麗德也知道其中一些。你看有多簡單！奇蹟竟然如此眷顧我！」

「但是要解開天主寶石之謎可不簡單！」弗朗索瓦大聲說：「您卻破解了！人們尋尋覓覓了數世紀，您居然只用了幾個小時！」

「不，是用了幾分鐘，弗朗索瓦。看到你爺爺寫給貝爾維上尉有關天主寶石的信就足夠了。我在信中向你爺爺詳述過天主寶石的位置和其令人驚嘆的功效。」

「好吧，堂路易，」孩子大叫道：「我正想聽到您的這些解釋，我向您保證這是最後一個問題。人們所認為的天主寶石，它的神力究竟來自哪裡？這所謂的神力又到底是什麼呢？」

斯特凡和帕翠斯把沙發拉近，薇洛妮克坐了起來，豎起耳朵。他們都明白堂路易希望他們聚集起來，好當著大家的面揭開這層神祕面紗。

他笑了笑。

「你們可別指望聽到什麼駭人聽聞的真相。」他說：「神祕唯有被黑暗籠罩時方顯其價值，而今黑暗已被驅散，剩下的只是赤裸裸的真實本身。然而，這次事件很神奇，真相也不無偉大之處。」

「當然了。」帕翠斯・貝爾維說：「因為這般真相給撒雷克島，甚至整個布列塔尼留下了一個奇蹟般的傳說。」

「的確，」堂路易說：「這傳說如此根深蒂固，以至於今天還熠熠生輝，你們之中沒有一個能逃脫這奇蹟的糾擾。」

「怎說？」上尉反駁道：「我、我可從不相信什麼奇蹟。」

「我也不相信。」孩子肯定地說。

「不，不，你們相信，還覺得奇蹟是可能的。否則，你們很久以前就能掌握全部眞相了。」

「這是怎麼回事？」

堂路易從彎向他的小灌木叢裡摘下一朵玫瑰，問弗朗索瓦：「我有可能把這朵大得少見的玫瑰變成兩倍大，讓花莖變成兩倍長嗎？」

「當然不能。」弗朗索瓦說。

「那麼爲何你接受，爲何你們都能接受馬格諾克只需在固定時間，到島上的某個地方採集土壤就能達到這效果呢？這是個奇蹟，你們毫不猶豫、無意識地接受了它。」

斯特凡說：「我們是接受親眼所見之事。」

「但是你們卻視爲奇蹟接受了。也就是說，你們把它當作馬格諾克用特殊的，等同超自然方法創造的奇蹟接受了。然而，當我從戴日蒙先生的信中讀到這些細節時，我立即……該怎麼說呢？驚訝得跳腳。我立刻把這些巨大花朵跟『開滿鮮花的骷髏地』這個名字聯結起來。我立即確信：

『不，馬格諾克不是巫師。他只需在耶穌受難像旁邊開墾出一片土地，在上面鋪上一層腐植土，這些碩大無比的花就開放了。所以，那塊中世紀時期能讓花開得碩大，德落伊教時代能夠治癒病患、使孩子變得健壯的天主寶石，就在那兒下面。』」

「所以，」帕翠斯說：「還是存在奇蹟。」

「如果接受超自然的解釋，奇蹟就存在。若去探尋引起這些表面奇蹟發生的物理因素，就會發現那不過是自然現象。」

「可是不存在什麼物理因素！」

「既然您看見了那些碩大無比的花，就存在物理因素。」

「那麼，」帕翠斯帶著譏諷的語氣問：「自然界裡存在這麼一塊石頭，能夠治癒疾病、強身健體，這塊石頭就是天主寶石？」

「並沒有一塊特定的石頭，但是各種石頭、石塊、岩石，那些岩石組成的山丘、高山裡包含著各種金屬形成的礦層，比如二氧化鈾、銀、鉛、銅、鎳、鈷等等。某些金屬能發出具特殊功能的射線，我們叫做『放射線』，瀝青鈾礦在歐洲十分罕見，只在波希米亞小城若阿希姆斯塔爾開採……具有放射性物質包括鈾、釷、氦等。而我們說的這塊天主寶石裡主要含有……」

「鐳。」弗朗索瓦打斷他的話。

「你說得對，孩子，就是鐳。放射線引起的現象到處皆有，可以說在整個自然界都可見到，比如溫泉有益健康的功效。但是像鐳這樣的純放射線物質有更特定的用途。毫無疑問，鐳的射線和射氣有電流通過一樣的功力。這兩種情況下，營養成分的激發使必要元素更易被植物吸收，刺激其生長。同樣毫無疑問的，鐳射線能夠刺激生理作用，或多或少地引起變化，殺死一些細胞或使另一些細胞生長，甚至改變細胞的演變。射線治療法可以治癒或改善大部分的關節炎、神經紊亂、潰瘍、腫瘤、濕疹、疤痕黏連等等。總之，鐳是一種很有療效的金屬元素。」

「所以，」斯特凡說，「您認爲天主寶石……」

「我認爲天主寶石是一塊來自若阿希姆斯塔爾礦層的放射性瀝青鈾礦石。很久以前，我就聽說過這個從山坡上取來魔石的波希米亞傳說。一次旅行的時候，我曾看到這塊石頭留下的坑，大小正和天主寶石一樣。」

「可是，」斯特凡提出反對意見：「鐳在岩石中只能以無數小顆粒狀形態出現。想想看，一千四百噸的巨大岩石經過開採、沖洗、加工，最後才能提取出一克鐳。您卻把這神奇的力量歸功於重量不超過兩噸的天主寶石上……」

「雖然重量不過兩噸，但裡面顯然蘊含大量的鐳。大自然既不會吝惜，也不會稀釋鐳。它能——它很樂意這麼做——非常慷慨地把鐳聚集到天主寶石裡，這樣天主寶石就能造成那些表面上非同尋常的現象了……且不算人們把其功效誇張了。」

斯特凡看上去越來越信服，然而他又說：「最後一點。除了天主寶石，馬格諾克在那個鉛製櫂杖裡發現的小石塊，一碰觸，手就被燒灼了。您覺得那是一顆鐳球嗎？」

「毋庸置疑。在整個探險中，也許鐳就是以這種方式鮮明呈現。亨利・貝克勒①在襯衫口袋裡放了一支裝有鐳鹽的試管，幾天之後，他的皮膚上就出現化膿性潰瘍。居里夫人重複了這項實驗，結果一樣。馬格諾克的情況應該更嚴重，因爲他把整顆鐳球握在手中，形成了腫瘤狀的瘡面。他被自己對天主寶石所知的一切、所預言的一切嚇壞了，被這顆像火一般燃燒的『賜生或賜死』魔石嚇壞了，於是砍掉了自己的手。」

「好吧！」斯特凡說：「但這顆純淨的鐳球是從哪裡來的呢？這不可能是天主寶石的碎片，因爲，我再說一次，即便這礦層裡鐳的含量很高，鐳也不可能以一顆球的形式嵌在裡面。它含在其他物質中，必須將之溶解，要經過一系列工序提煉成含鐳量極高的產品，才能進行分步結晶。所有這一切以及許多後續操作都需要大型器材、工廠、實驗室、學者，總之是要在有別於居爾特蠻族時代的現代文明社會……這點您必須承認。」

堂路易微笑著拍了拍年輕人的肩膀。

「很好，斯特凡。我很高興看見弗朗索瓦的師友是個思維清晰、有邏輯的人，您的反駁非常正確。我馬上就要說明。我可以透過幾項合理假設來回答這個問題，假設有一種分離鐳的自然方法，設想有一處花崗岩礦脈，底下是含鐳的礦床，礦床中間裂了一道縫，緩慢流淌的河水把少量的鐳一點一點地帶走；這些含鐳的河水長年累月地經過一個狹窄的管道，被小小的窟窿過濾，水很快蒸發掉了，經過幾個世紀的累積，那些鐳被聚集在一起，在河道出口處形成含鐳量極高的細小鐘乳石。一天，某個居爾特士兵弄斷了鐘乳石尖……可是有必要研究得這麼深，還得藉助假設嗎？我們難道不能讓大自然的神力和永不枯竭的資源來解釋這問題嗎？難道用它自個兒的方式製造出一顆鐳，比讓一顆櫻桃成熟或讓這些玫瑰綻放、或賜生命予可愛的好好先生，需要更神奇的力量嗎？你怎麼認爲，我的小弗朗索瓦？我們達成共識了嗎？」

「我們總有共識的。」孩子答道。

「那麼你對天主寶石的奇蹟不感到很遺憾嗎？」

「奇蹟總是存在的！」

「你說得對，弗朗索瓦。奇蹟總是存在的，且更加美麗、更加光彩奪目。科學不會扼殺奇蹟，只會增添它們的純淨和高尚。這個被隱藏在權杖頂端，變幻莫測又令人費解的邪惡小東西，聽命於一個蠻族酋長或德落伊祭司愚昧無知的幻想而胡亂行動，它究竟是什麼呢？它善良正直、明智又不乏神奇之處，今天只是以一小顆鐳的形式呈現在我們眼前，它究竟是什麼？」

堂路易突然停了下來，微笑著說：「哦，好吧！我太激動了，竟然歌頌起科學來。請原諒，夫人。」他起身走近薇洛妮克，補充道：「請告訴我，我的這番解釋沒讓您覺得無聊吧？沒有，是嗎？沒讓您太厭煩？另外，已經講完了……或說至少快要講完了。只剩下一點需要仔細交代，或該說下一個決定。」

他在她旁邊坐下。

「好吧，是這樣的，我們現在得到了天主寶石，一塊貨眞價實的寶貝，該怎樣處理才好呢？」

薇洛妮克渾身一抖。「噢！這個不成問題，我不想要任何來自撒雷克島或隱修院的東西。」

「但是，隱修院是屬於您的。」

「不，不，薇洛妮克・戴日蒙已經不存在了，隱修院也不屬於任何人。就把這些都拿去拍賣吧！我不想要任何跟這段受詛咒之過往有牽連的東西。」

「那您要如何生活？」

「像我之前那樣靠工作生活。我相信弗朗索瓦會支持我的，對吧，我的寶貝？」

接著，她本能地轉向斯特凡，彷彿他有某種發表意見的權利。

「您也贊同我的意見，對嗎，我的朋友？」

「完全贊同。」斯特凡應答。

她馬上又說：「另外，即使我不懷疑家父對我的愛，我手邊並無任何文件證明他的遺願。」

「也許我這裡有些證明。」堂路易說。

「怎麼說？」

「帕翠斯和我返回撒雷克島，在馬格諾克房間內寫字台的暗格裡發現了一只蓋了戳的信封，上面沒有地址，我們逕自拆開了。裡頭有一張價值兩萬法郎的公債證券，還有一張紙，上面寫道：

我，安東尼・戴日蒙死後，馬格諾克將把這張證券轉交給斯特凡・馬盧，並將我的外孫託付給他。

當弗朗索瓦年滿十八歲時，這張證券便屬於他。另外，我相信他會試著尋找他的母親，也相信她會爲我祈禱。我會保佑他們兩位。

「這是那張證券，」堂路易說：「以及那封信，日期寫的是今年四月。」

薇洛妮克大驚失色。她看著堂路易，突然覺得或許這一切不過是眼前這怪盜捏造出來，爲了幫助他們母子解決生活需要的。這種想法轉瞬即逝。無論如何，戴日蒙先生的做法再自然不過，想到自己辭世之後的種種問題，他只是記掛外孫的未來而已。她輕聲說：「我沒有權利拒絕。」

「這件事無關乎您，」堂路易大聲說：「完全是令尊對弗朗索瓦和斯特凡的遺願，您更無權利反對。所以我們在這件事上說定了。只剩下天主寶石的問題啦，我再問一次：您要如何處理它呢？寶石歸與誰呢？」

「歸您。」薇洛妮克果斷地說。

「歸我？」

「是的，是您發現了寶石，是您賦予了它全部的意義。」

堂路易說：「我必須提醒您，這塊石頭是百分百的無價之寶，可謂大自然創造的偉大奇蹟，多虧了這不可思議之巧合將珍貴物質濃縮在這小小體積內。」

「太好了。」薇洛妮克說：「您比任何人都知道該如何利用。」

堂路易想了片刻，最後笑著總結道：「您說得完全正確，我向您承認這是我所期待的結果。首先是因爲我有足夠的財產證書申明我對天主寶石的權利，其次是因爲我需要這塊石頭。我的上帝，是的，這塊波希米亞王的蓋墓板，其神奇的力量沒有衰竭。它從古老部落時代完好無損地留傳下來，在高盧祖先身上發揮同等程度的作用。恰好我正在進行一項偉大的事業，這神奇作用對我來說彌足珍貴。我要把天主寶石帶回法國，打造一間國家實驗室。如此一來，科學會滌除天主寶石犯的罪，撒雷克島可怕的慘劇將得到救贖。您贊同我的觀點嗎，夫人？」

她握著他的手說：「我由衷地贊同。」

一陣良久沉默之後，堂路易・佩雷納又開口。

「哦！是的，這場可怕的探險已無法用言語來形容。我目睹過也親身經歷過許多恐怖的探險，有些留給我不安的回憶，但沒有一個能與之相比。它超過了眞實的範圍，超過了人類可以承受的痛苦。它不合邏輯，因爲這是一個瘋子的行徑……也是因爲發生在一個瘋狂迷亂的時代。是戰爭允許一個魔鬼在平靜安全的情況下策劃預備這場罪惡，還成功實施了。如果是在和平年代，這些魔鬼毫無機會把他們愚蠢的幻想實現到底。只有在今天，在這座孤零零的小島上，這個魔鬼才找到這些非同尋常的條件……」

「別再談論這一切了，好嗎？」薇洛妮克聲音顫抖地說。

堂路易吻了吻年輕女人的手，接著抓起好好先生。

「您說得對。我們不說了，否則好好先生又要傷心流淚了。好好先生，可愛的好好先生，我們不再談論這場令人痛苦的冒險了。但不管怎樣，我們應該回憶一下那些帶有異域風情的美好片段。對嗎，好好先生，你跟我一樣想起馬格諾老爹花園裡那些碩大無比的鮮花了嗎？還有天主寶石的傳說，居爾特部落帶著國王的蓋墓板四處流浪，這塊令人毛骨悚然的含鐳石板裡，那些活躍的神奇原子一刻不停地在撞擊著，這太值得稱讚了，對嗎，好好先生？只是你看，可愛的好好先生，如果我是小說家，負責寫三十口棺材島的故事，就不會費心描寫可怕的眞相，我會賦予你一個更重要的角色。我會拿掉堂路易這個誇誇其談的惹人厭角色，而你會成爲一位不屈不撓的沉默拯救者。將由你來和那些惡魔對抗，你會摧毀他們的陰謀詭計，最後用你美好的天性除惡揚善。這個結局好多了，因爲有千萬個有力證據足以說明，沒誰比你更適合讓我們明白生活中一切都會順利，不管發生什麼事。」

譯註：

①安東尼・亨利・貝克勒（Antoine Henri Becquerel，一八五二——一九〇八），法國物理學家。因發現天然放射性現象，獲得一九〇三年諾貝爾物理學獎。

國家圖書館出版品預行編目資料

棺材島／莫里斯・盧布朗（Maurice Leblanc）
著；李楠譯.
—— 初版. ——臺中市　：好讀, 2011.02
面：　公分，——（典藏經典；33）

譯自：L'Île aux trente cercueils

ISBN 978-986-178-176-1（平裝）

876.57　　99025072

好讀出版

典藏經典33

棺材島

原　　著／莫里斯・盧布朗
翻　　譯／李　楠
總 編 輯／鄧茵茵
文字編輯／林碧瑩
美術編輯／許志忠
行銷企畫／劉恩綺
發 行 所／好讀出版有限公司
407台中市西屯區工業30路1號
407台中市西屯區大有街13號（編輯部）
TEL: 04-23157795　FAX: 04-23144188　http://howdo.morningstar.com.tw
（如對本書編輯或內容有意見，請來電或上網告訴我們）
法律顧問／陳思成律師

線上讀者回函
獲得更多資訊

總經銷／知己圖書股份有限公司
106台北市大安區辛亥路一段30號9樓
TEL: 02-23672044 / 23672047　FAX: 02-23635741
407台中市西屯區工業30路1號
TEL: 04-23595819　FAX: 04-23595493
E-mail: service@morningstar.com.tw
網路書店：http://www.morningstar.com.tw
讀者專線：02-23672044 / 23672047
郵政劃撥：15060393（戶名：知己圖書股份有限公司）

印刷／上好印刷股份有限公司
初版／西元2011年2月15日
初版五刷／西元2020年8月1日
定價：280元
如有破損或裝訂錯誤，請寄回台中市407工業區30路1號更換（好讀倉儲部收）

Published by How-Do Publishing Co., Ltd.
2020 Printed in Taiwan

ISBN 978-986-178-176-1